Wahnwitz

Heinrich Veh

Wahnwitz

Eine Kriminalkomödie aus Ansbach

Impressum

Die Deutsche Nationalbibliothek
Bibliografische Information der Deutschen Nationalbibliothek
Die Deutsche Nationalbibliothek verzeichnet diese Publikation in der Deutschen Nationalbibliografie; detaillierte bibliografische Daten sind im Internet über http://dnb.d-nb.de abrufbar.

Heinrich Veh:
Wahnwitz

Umschlaggestaltung: Fahner Verlag, Lauf
Druck und Bindearbeiten: Scandinavianbooks

ISBN 978-3-942251-49-5

Allen Menschen gewidmet, die es sich zur Aufgabe machen,
aus dieser Erde einen lebenswerten Ort zu machen.

An einem Montagmorgen im Mai

Er lag mit dem Kopf nach unten auf der Treppe des Hauses, in dem er wohnte, und hatte große Schmerzen. Vermutlich hatte er sich einige Brüche zugezogen. Er konnte sich nicht bewegen, schon das Atmen fiel ihm schwer.

Womöglich war sein Rückgrat gebrochen und er würde durch eine unbedachte Bewegung eine Lähmung erleiden. So lag er stocksteif mit schweißüberströmtem Gesicht da und spürte, wie sich die Kanten der Treppenstufen in seinen Rücken bohrten.

Sein Kopf hing über eine Treppenstufe hinunter und er hatte das Gefühl, dass sein Gehirn mehr und mehr mit Blut volllief. Er befürchtete, dass es in absehbarer Zeit platzen würde. Sein Herz tobte in seiner Brust.

Was war geschehen?

Obwohl er den Wecker korrekt gestellt hatte, verschlief Ottokar Hauptvogel an diesem Morgen wieder einmal.

Automatisch hatte er wohl auf den Ausschaltknopf gedrückt, als das laute Geräusch seinen wohlverdienten Schlaf unterbrechen wollte.

Als er schließlich doch erwachte, wurde sein Blick sofort vom Zifferblatt seines Weckers angezogen. Er erschrak, rollte seinen wuchtigen Körper zur Seite und sprang – für seine Verhältnisse ziemlich geschwind – aus dem Bett.

Er besann sich darauf, dass an diesem Morgen am Platz vor der Residenz eine Gruppe aus Oberfranken auf ihn wartete, die auf den Spuren der Markgrafen von Brandenburg-Ansbach unterwegs war.

Hauptvogel führte regelmäßig Gruppen durch Ansbach und hatte dafür ein breites Repertoire an Themen angelegt. Es reichte von der klassischen Führung zu den Sehenswürdigkeiten der Stadt bis hin zu „Bratwurstführungen“. Bei diesen drehte sich alles um Ansbacher Bratwürste und es wurden natürlich welche gegessen. Daneben bot er eine ganze Palette von weiteren interessanten und auch nahrhaften Aktionen an.

Fast immer kleidete er sich dabei dem Anlass entsprechend. Er trat zum Beispiel als Hofrat aus dem 19. Jahrhundert auf, dazu trug er einen korrekten altertümlichen Anzug, eine Aktentasche und auf dem Kopf einen Bowler.

Sein Kleiderschrank enthielt zahlreiche wertvolle und sorgfältig gearbeitete Rokokokostüme, dazu den schon erwähnten Anzug des Beamten und eine Menge alter Uniformen aus verschiedenen Epochen und Ländern.

Alle diese Stücke entsprachen genau dem Stil ihrer Zeit und waren „sauteuer“, wie ihr Träger gerne betonte.

Neben seiner Stadtführertätigkeit war Hauptvogel amtierender Mesner in einer der großen Stadtkirchen, Mitglied des Kirchenvorstands und des Heimatvereins und nicht zuletzt selbstständiger Privatdetektiv mit einer gut laufenden Detektei in Ansbach.

Vermutlich war der Bus mit den heutigen Stadtbesuchern schon ganz in der Nähe der Stadt. Er musste sich sehr beeilen, um rechtzeitig am Treffpunkt zu erscheinen. Im Bad musste heute eine Katzenwäsche genügen.

Entsprechend seiner heutigen Rolle war es für ihn notwendig, sich im Stil des Rokokos anzukleiden. Er hetzte zum Kleiderschrank, holte die passenden Kniestrümpfe, die Kniebundhose, die bunte Weste und schließlich die lange, kunstvoll verzierte Jacke heraus, warf die Stücke auf sein zerwühltes Bett und zog sie, so schnell es ging, nacheinander an.

Halt! Die Perücke und den Dreispitz nicht vergessen. Schnallenschuhe mit etwas erhöhten Absätzen warteten im Flur. Er rannte aus dem Zimmer und schlüpfte in sie hinein. Ein Blick auf die Taschenuhr, die in der Jackentasche steckte und an einer Kette befestigt war, ließ ihn ein weiteres Mal erschrecken. Auweia! Das wurde knapp!

Hauptvogel riss die Wohnungstüre auf, sperrte sie von außen mit zwei Umdrehungen routiniert ab und machte einen großen

Schritt über das Treppenpodest zur Stiege hin. Er hatte nicht damit gerechnet, dass jemand an diesem Morgen bereits die Hausordnung in dem Mehrfamilienhaus erledigt hatte. Das Holz zu seinen Füßen war vom feuchten Reinigen noch nass und glitschig. Hauptvogel rutschte prompt aus, eine schwungvoll ausgeführte Bewegung brachte ihn aus dem Gleichgewicht. Obwohl er noch versuchte, sich mit den Armen in der Luft rudernd auszubalancieren, flog er die Stufen vom ersten Stockwerk ins Erdgeschoß hinab und überschlug sich dabei.

Kopfüber landete er schließlich auf den untersten Treppenstufen. Ein stechender Schmerz jagte durch seinen Körper. Es fühlte sich an, als hätte er sich sämtliche Knochen gebrochen.

Ungeordnete Gedanken wirbelten in seinem Gehirn herum und machten ihm das Denken schwer.

Es blieb ihm nichts anderes übrig, als nach Hilfe zu rufen, so laut er nur konnte.

Frau Hildegard Senftleben, die betagte Haushälterin des schon lange pensionierten Oberregierungsrats Doktor Stefan Maul, der seine Wohnung just im Erdgeschoß hatte, hörte ihn. Sie war gerade dabei, das Frühstück für den noch schlafenden „Herrn Rat" – wie sie ihn nannte – und sich selbst zuzubereiten, als sie vom Treppenhaus her großes Gepolter und kurz darauf die jämmerlichen Hilfeschreie eines Mannes hörte, den sie sofort als Hauptvogel erkannte.

Frau Senftleben ließ alle Tätigkeiten fahren und eilte zur Eingangstür. Zu ihrem Entsetzen fand sie den schreienden Mann mit dem Kopf voran auf der Treppe liegen. Frau Senftleben hatte für ihr Alter von über 66 Jahren eine noch ansehnliche, schlanke Figur und ein beachtliches Hörvermögen. Leider war ihre geistige Fitness mit den Jahren etwas eingerostet. So sah sie sich den Gefallenen erst genau an und beschloss dann, ihn anzusprechen. „Ja, Herr Hauptvogel, was ist Ihnen denn passiert? Sind Sie gestolpert? Ja, man kann nicht genug aufpassen! Können Sie denn nicht wieder aufstehen?"

„Au, au! Das sehen Sie doch! Ich habe furchtbare Schmerzen! Tun Sie doch was! Rufen Sie den Notarzt!“, keuchte der Verunglückte.

„Sie haben sich wohl was gebrochen?“

„Ja! Was stehen Sie noch herum und fragen! Rufen Sie schnell einen Arzt. Ich halte das nicht aus!“

„Ja, sofort, ich mach das. Es dauert nur einen Moment.“ Frau Senftleben eilte schon in die Wohnung und überlegte währenddessen: „Wie war nur die Nummer? Ach ja, 110!“

Nachdem sie irrtümlich bei der Polizei einen Notruf abgesetzt hatte, kam die ältere Dame wieder zu dem Verunglückten zurück. Hauptvogels Gesicht hatte inzwischen eine blaurote Färbung angenommen. Er jammerte immer noch laut, stöhnte jämmerlich und stieß zwischendurch unartikulierte Laute aus.

Frau Senftleben fragte besorgt: „Könnten Sie nicht wenigstens Ihren Kopf auf die Stufe legen? So mit dem Kopf nach unten zu liegen, ist gar nicht gesund!“

„ICH – KANN – MICH – NICHT – BE-WE-GEN! Ist das so schwer zu verstehen?“

„Ich kann das irgendwie schon verstehen. Sie müssen mich aber deswegen nicht so anschreien.“ Frau Senftleben war ein wenig beleidigt. Trotzdem sagte sie mit einer gewissen Großzügigkeit: „Ich könnte Ihren Kopf hochlegen, wenn Sie das möchten.“

Hauptvogel stöhnte: „Ich bitte darum. AUA!“

Die betagte Frau ließ sich mit einem schmerzhaften Laut auf die Stufe unter Hauptvogels Kopf sinken. „Uha, meine Arthrose!“

Der Liegende meinte das Knirschen der Gelenke zu hören, als sie sich auf einer Stufe unter seinem Kopf niederließ.

„Bitte langsam, ganz langsam!“ Hauptvogel war voller Angst, dass ihm die „Samariterin“ weiteren Schaden zufügen könnte.

Prophylaktisch schrie er schon einmal laut: „Au, au!“

Die Senftleben ließ sich von seinem Gejaule nicht beirren. Sie hob beherzt seinen Kopf an und legte ihn auf ihren Oberschenkel. Für Hauptvogel wurde die Lage dadurch tatsächlich viel bequemer. Die Unterlage war überraschend fest und doch auch nicht zu hart. Nun floss auch kein weiteres Blut in seinen Kopf, sein gemarterter Körper beschwerte sich aber weiterhin, indem er Schmerzwellen in sein Hirn jagte.

„Soll ich Ihnen die Zeit ein wenig vertreiben, bis Hilfe kommt?", erbot sich Frau Senftleben. „Ich könnte zum Beispiel etwas singen. Früher sang ich Sopran im Kirchenchor. Ab und zu konnte ich sogar als Solistin brillieren, etwa mit der Arie der Königin der Nacht von Wolfgang Amadeus Mozart."

Sofort setzte sie mit schriller, krächzender Stimme ein: „Ha, ha, ha, ha, Haaa!"

„Au, auweh!", brüllte Hauptvogel dagegen an. „Bitte nicht singen, das tut mir weh! Bleiben Sie einfach ganz still sitzen und rutschen Sie nicht herum."

„Na, dann nicht." Wieder war Frau Senftleben etwas eingeschnappt.

War es die Blutansammlung in seinem Kopf, der heftige Schmerz oder womöglich der grässliche Gesang, der seine Sinne mehr und mehr eintrübte? Hauptvogel bekam plötzlich Angst, sterben zu müssen. Er nahm seinen restlichen Verstand zusammen und überlegte, wie er dem Tod entkommen könnte. In seiner Not fiel ihm als engagierter evangelischer Kirchenvorsteher Martin Luther ein. Der war auf einer seiner Wanderungen in der Nähe von Stotternheim in ein außerordentlich schweres Gewitter geraten und fürchtete um sein Leben. Es war überliefert, dass er in dieser prekären Situation seine „Hausheilige" um Hilfe anrief und ihr versprach, Mönch zu werden, wenn sie ihm half, die Bedrohung zu überstehen.

Hauptvogel meinte, es könnte ihm helfen, wenn er einen ähnlichen Bestechungsversuch unternahm; jedoch woher in zunehmender Umnachtung schnell einen Heiligen nehmen?

Auch das Versprechen musste – ähnlich dem Luthers – wirklich groß ausfallen.

Sicher heißt einer dieser Heiligen „Lurzius" oder so ähnlich, dachte er sich. Vielleicht ist der nicht so bekannt und damit auch nicht so beschäftigt wie andere. Vielleicht freute sich der sogar, wenn er mal etwas zu tun bekam.

Was sollte er versprechen? Es musste nun schnell gehen, denn er spürte, wie die Ohnmacht immer näher kam. Er bete hastig: „Heiliger Lurzius hilf mir! Ich verspreche dir, wenn ich das hier überlebe, will ich Papst werden!“

Zu weiteren Zugeständnissen kam es nicht, denn schon übermannte ihn eine tiefe Finsternis, in deren Bodenlosigkeit er versank. Zehntelsekunden vor Eintritt der Dunkelheit rastete etwas hörbar in seinem Gehirn ein. Dieses Geräusch musste wohl auch außerhalb des Kopfes zu hören gewesen sein, denn Frau Senftleben zuckte dabei erschrocken zusammen.

***

Als er glücklicherweise wieder erwachte, stand ein Mann in weißem Mantel vor ihm. Dahinter erblickte er eine engelsgleiche weibliche Schönheit, apart in einen hellblauen Anzug gekleidet.

Hauptvogel, noch ganz in seinen letzten Gedanken vor der Ohnmacht gefangen, hielt den Mann wegen seines weißen Gewandes für den Papst persönlich. Er grübelte: Welcher ist es – Benedikt oder Franziskus? Nein, der hier sieht viel jünger aus. Bestimmt haben die schon wieder einen neuen. Wahrscheinlich ist Franziskus auch in den Ruhestand gegangen. Aber wer ist dann der hier?

Er räusperte sich, dann sagte er bestimmt: „Ich bin der neueste Papst, du kannst abdanken und ebenfalls in den verdienten Ruhestand gehen.“

„So, so. Sie halten sich also für den Papst?“, forschte der junge Assistenzarzt nach.

„Ich halte mich nicht dafür, ich bin es! Wenn du mit mir sprichst, kannst du dich ruhig an die Gepflogenheiten halten und mich mit ‚Heiligkeit‘ titulieren. Ich bitte darum!“

Der Arzt wandte sich grinsend zur hinter ihm stehenden Krankenschwester um, die Mühe hatte, sich ein Lachen zu verkneifen.

Er grinste sie breit an und sagte vergnügt: „Da fliegst du die Treppe hinunter, wirst ohnmächtig, und wenn du wieder aufwachst, hältst du dich für den Papst. Voll krass, oder? Auch sonst ist er ein komischer Fall. Wird in voller Rokokomontur hier eingeliefert, zuerst diagnostiziert der Notarzt bei ihm multiple Knochenbrüche, dabei hat der sich nur ein Bein gebrochen und einige Prellungen zugezogen, und dann stellt sich heraus, dass in Wirklichkeit sein Kopf geschädigt ist. Er hält sich für den Papst – ausgerechnet. Heiliger Bimbam!"

Die Schwester antwortete mit einem halb unterdrückten Glucksgeräusch.

Schnell flüchteten die beiden dann auf den Flur, um sich dort vor Lachen über den amüsanten Fall zu kugeln.

Hauptvogel wunderte sich über den schnellen Abgang der zwei Gestalten. Dieser Papstkollege schien ihm nicht wirklich standhaft zu sein. Er würde mit ihm leichtes Spiel haben.

Nicht lange danach klopfte es etwas zaghaft an der Tür des Krankenzimmers.

„Herein!"

Die Türe wurde geöffnet und die hagere Gestalt seines Freundes Kommissar Theodor Mühleis erschien. Er sah an diesem Tag dem Münchner Komiker Karl Valentin wieder verdammt ähnlich. Seine Kollegen riefen ihn deshalb manchmal „Karl", was den so Genannten jedes Mal sehr ärgerte. Er hatte es jedoch aufgegeben, seinen Ärger kundzutun, weil er bemerkt hatte, dass es einige der Uniformierten geradezu darauf anlegten, ihn hochgehen zu sehen und sich darüber köstlich zu amüsieren.

Nachdem Mühleis von den Polizisten, die Hauptvogel nach dem Sturz aufgefunden hatten, die Nachricht von dem Unfall bekommen hatte, stellte er sofort den Antrag, seine beträchtlichen Überstunden abzufeiern. Sein Vorgesetzter hatte sein Anliegen erstaunlicherweise auch gleich befürwortet.

Die Abteilung Einbruch und Diebstahl, in der Mühleis zusammen mit seinem Kollegen Franz Schöberl arbeitete, bekam zwar relativ viele Anzeigen, hatte bisher jedoch relativ wenige Fahndungserfolge vorzuweisen. Vor Kurzem hatte man den beiden Kommissaren einen Anwärter zur Seite gestellt, seitdem stieg die Zahl der Erfolge seltsam an. In der Inspektion ging das Gerücht herum, dass Mühleis den Ermittlungen durch Nachlässigkeit und kriminalistischen Dilettantismus bisher eher im Wege gestanden hatte. Kein Wunder, dass man ihn am liebsten loswerden wollte, das war aber aufgrund seines Beamtenstatus schlicht nicht möglich. Er und sein ähnlich gearteter Kollege waren deshalb bei Beförderungen dauernd irgendwie übersehen worden. Sein Antrag wurde, vielleicht wegen der vagen Hoffnung, dass er nicht mehr zurückkam, sehr wohlwollend befürwortet.

Etwas unsicher trat Theodor Mühleis in das Krankenzimmer ein und sagte: „Sag mal Ottokar, was machst du denn für Sachen? Wie geht es dir denn?"

Durch seine liegende Stellung konnte Hauptvogel nicht gleich erkennen, wer da gekommen war, aber die Stimme erkannte er sofort.

„Typisch für den Mühleis", ging es Hauptvogel durch den Kopf, „zwei dumme Fragen auf einmal."

Dann stand Mühleis neben ihm am Bett und glotzte ihn an.

Auf Würde bedacht, antwortete er dem Mühleis: „Haben sie dich zu meinem Assistenten gemacht oder zum Sekretär, wie den Gänswein, der für den Benedikt arbeitet, guter Theodor? Ich erhebe dich hiermit in den Rang eines Monsignore!"

„Danke schön, lieber Ottokar, aber ich weiß nicht, wovon du sprichst."

„Also, du weißt doch, dass ich zum Papst aufgestiegen bin. Ich nenne mich übrigens ‚Ottokarius der I.', aber du kannst immer noch du zu mir sagen und musst mich auch nicht als ‚Ihre Heiligkeit' ansprechen. Ich denke, das bin ich unserer jahrelangen Freundschaft schuldig. Allerdings bist du mein Untergebener und musst meine Anweisungen treu und korrekt erfüllen. Versprichst du mir das?"

„Hä?"

„Bist du taub? Ich bin der Papst und liege hier, hm ... warum liege ich überhaupt hier und wo bin ich?"

„Du bist die Treppe heruntergefallen und hast dir das linke Bein gebrochen. Sie haben dich ohnmächtig ins Ansbacher Klinikum eingeliefert. Die ganze Polizeiinspektion spricht darüber.

Weil die gute Frau Senftleben die Notrufnummer der Polizei gewählt hat, waren zwei unserer Uniformierten die Ersten, die dich aufgefunden haben. Die Blödiane haben sich auch noch lustig gemacht: ‚Der Hauptvogel lag mit seinem Kopf auf dem Oberschenkel einer holden Frau und jaulte wie ein hungriger Hund.‘"

„So, so. Manche von den Blauen müssten mal zu mir in die Beichte kommen! Ich würde denen Bußübungen draufknallen, dass sie zu nichts anderem mehr kämen!"

Mühleis kratzte sich verlegen hinterm Ohr und sagte: „Ottokar, auch wenn ich dich jetzt ein wenig enttäuschen werde, muss ich dir an dieser Stelle unseres Gespräches leider sagen, du bist nicht Papst Ottokarius der I., sondern Ottokar Hauptvogel, Stadtführer, Mesner, Privatdetektiv und Kirchenvorstand."

Verdutzt blickte ihn Hauptvogel an. „Du redest wieder Unsinn. Ich habe dem Heiligen Lurzius versprochen, dass ich Papst sein will, und er hat mich dazu berufen. Ich meine, auch du solltest den Willen eines Heiligen respektieren! Ich weiß, dass du mit Religion nichts am Hut hast, das ist immer noch kein Grund, mir die Unwahrheit über mich zu erzählen. Ich lege dir zur Buße auf, hundertmal zu schreiben ‚Ottokatrius I. ist Papst!‘

Theo, du hast noch sehr viel zu lernen, aber um unserer Freundschaft willen kannst du trotzdem für mich tätig sein. Ich vergebe dir, wenn du mir deine Bußübung zur Begutachtung vorlegst."

Mühleis schluckte hart. Der Hauptvogel meinte es ernst. Der hatte bei seinem Unfall bestimmt einen Dachschaden erlitten.

Nun hatte der Kommissar schon etwas über ähnliche Zustände gelesen und wusste daher, dass man Schizophrenen nicht widersprechen soll. Sie hielten das, was sie sagten für die reine Wirklichkeit. Deshalb bemühte er sich um ein freundliches Lächeln und sagte: „Ottokar, natürlich bist du Papst. Ich schreibe das hundertmal. Ich muss dir jedoch sagen, bevor wir uns beide in deine Residenz nach Rom begeben, musst du dich noch ein wenig in Geduld üben. Du musst erst wieder laufen können. Sicher wird alles bald wieder gut."

„Bitte sorge dafür, dass alles bis zu meiner Ankunft in Rom vorbereitet ist. Bestimmt muss ich da erstmal wieder für Zucht und Ordnung sorgen. Wenn die Katze aus dem Haus ist, tanzen die Mäuse bekanntlich auf dem Tisch. Dass mir die Kardinäle vollzählig da sind! Denen werde ich als Erstes die Ohren lang ziehen. Wer weiß, was die inzwischen wieder angestellt haben. Von den übrigen Päpsten will ich keinen sehen! Außerdem hältst du mir die Medien vom Hals. So, nun geh mein treuer Knecht und tue, wie ich‘s dir aufgetragen habe.“ Er hielt Mühleis die Hand hin. „Du darfst meinen Fischerring küssen.“

Mühleis kratzte sich wieder verlegen hinter seinem rechten Ohr, dann sagte er: „Ich bin untröstlich, der Ring musste in die Reparatur, er wurde bei deinem Sturz beschädigt.“

„Sehr ärgerlich. Wann bekomme ich ihn zurück?“

„Das lässt sich im Moment noch nicht sagen. Du weißt doch, das ist ein so wahnsinnig kostbares Stück. Es wird von einem ganz speziellen Juwelier in Südafrika repariert, das dauert natürlich ein wenig. Wenn der Ring wieder da ist, bringe ich ihn gleich zu dir.“

„Also da kann man wohl nichts machen. Und nun geh und tue, wie ich es angeordnet habe.“

Mühleis verbeugte sich linkisch, sagte „Servus“ und ging schnell aus dem Zimmer.

„Der Theodor hat noch so viel zu lernen!“, seufzte Papst Ottokarius I. wieder und versuchte, seinen Kopf zu schütteln, was nicht gelang, weil sein Hals von einer festen Manschette umgeben war.

***

Mühleis eilte zum Pflegestützpunkt auf dem Flur. „Ich muss sofort den behandelnden Arzt meines Freundes Ottokar Hauptvogel sprechen!“

Die beiden anwesenden Schwestern blickten irritiert von ihren Schreibarbeiten auf. „Was ist denn mit Herrn Hauptvogel los, können wir Ihnen helfen?“

„Was los ist? Er ist verrückt geworden und hält sich für den Papst!“ Mühleis keuchte.

„Ja, das wissen wir schon. Wir sagen allerdings ‚partielle Amnesie‘ dazu. Die gibt sich mit der Zeit wieder ... hoffentlich.“

„Deswegen muss ich den Arzt sprechen. Es muss doch Mittel und Wege geben, damit er wieder der Alte wird.“

„Na gut. Ich rufe Herrn Doktor Fuchs an. Ein bisschen Geduld müssen Sie schon haben!“

Mühleis setzte sich einigermaßen erschüttert auf einen Stuhl im Flur und wartete.

Es dauerte ziemlich lange, bis ein Arzt in wehendem Mantel den Gang entlang auf ihn zu eilte. Mühleis sprang auf und stellte sich vor.

„Also in Bezug auf Ihren Freund darf ich Ihnen leider keine Auskunft geben. Sie sind kein Angehöriger, soviel ich weiß.“

„Aber Ottokar Hauptvogel hat keine Angehörigen mehr. Er ist ein Einzelkind und seine Eltern sind bereits verstorben. Er ist eine Waise. Ich bin seine einzige Bezugsperson.“

„Sind Sie mit ihm verheiratet?“

„Nein, bin ich nicht, wir sind eben sehr gute Freunde, nicht mehr und auch nicht weniger.“

„Eigentlich darf ich es nicht, aber wenn Sie mich nicht verraten, sage ich ihnen Folgendes im Vertrauen: Der Mann hat bei seinem Sturz einen psychischen oder neurologischen Schaden erlitten. Wir müssen ihn gründlich untersuchen, um herauszufinden, wie bei ihm eine erfolgreiche Behandlung auszusehen hat. So einen Fall gibt es leider immer wieder. Normalerweise verzeichnet man mit einer medikamentösen Behandlung recht gute Erfolge. Es gibt da genügend einschlägige Studien.

Nun müssen Sie mich entschuldigen. Mir steht die Arbeit bis hier oben.“

Er deutete eine Linie über seinem schon leicht ergrauten Haupt an, wandte sich um und entschwand eilend und mit wehendem Mantel.

Mühleis fasste sich an den Kopf. So ein Unglück! Ob der Ottokar nun weiterhin, vielleicht für immer, Papst bleiben würde?

***

Ebenfalls an diesem Morgen:

Auch ein anderer Mann hatte zu dieser Tageszeit an einem anderen Ort große Probleme.

Professor Doktor Rubert Sailer blickte ängstlich und angespannt durch das schmale Fenster. Er hatte sich an diesem Morgen eingesperrt in einem Zimmer vorgefunden, das allen seinen Wahrnehmungen nach im Keller eines Hauses lag. Das schmale, vergitterte Fenster vor ihm bot ihm lediglich einen Blick auf die Böschung davor. Sie war mit Gras bewachsen. Er vermutete ein Gartengrundstück dahinter. Nicht einmal den Himmel konnte er sehen. Lediglich die Stärke des Sonnenlichtes verriet, ob der Tag düster und wolkenverhangen oder sonnig war. An diesem Tagesbeginn wechselten sich offenbar Sonne und Wolken ab. Immer wieder kamen kurze Regenschauer herunter. Einmal waren sogar Schneeflocken dabei gewesen. Nichts Besonderes, diese Launen des Aprilwetters. Die Uhrzeit konnte er, auch nur in etwa, an diesem indirekten Licht bestimmen.

Man hatte ihm seine Armbanduhr, sein Mobilfunkgerät, ja überhaupt alle persönlichen Gegenstände, die er bei sich getragen hatte, entwendet. Sailer hatte beim Erwachen bemerkt, dass er in seiner Unterwäsche geschlafen hatte. Er selbst oder jemand anderes musste ihn ausgezogen haben.

Man hatte ihm auch sein Hemd, seine Jacke und seine Hose ausgezogen. Er konnte sie im Raum jedenfalls nirgendwo entdecken. Ein blauer Hausanzug war über der Lehne des Stuhls gehängt worden, den hatte er sich inzwischen übergezogen, genau wie die dicken Strümpfe, die man ihm zurechtgelegt hatte. Seine eigenen Schuhe standen ordentlich nebeneinander unter dem Stuhl. Sie trugen allerdings keine Schnürsenkel mehr.

Was waren das für Leute? Was wollten sie von ihm? Warum war ausgerechnet er betäubt, entführt und hier eingesperrt worden? Das waren Fragen, die ihn umtrieben und ihn mit großer Unsicherheit und Angst erfüllten.

Er drehte sich um und sah sich sein Gefängnis an. Der Raum war einheitlich weiß gestrichen. Kein Bild zierte die kahlen Wände. An einer Wand standen ein kleiner Holztisch und ein einfacher Stuhl, ebenfalls aus Holz.

Das Bett, in dem er die Nacht verbracht hatte, war ebenfalls von schlichter Machart. Es hatte eine gute Matratze, nicht zu weich, nicht zu hart.

Der Bettüberzug war wohl frisch gewaschen und roch nach irgendeinem Waschmittel.

An einer Wand stand ein niedriges Bücherregal. Die Bücher, die darin standen, waren bunt gemischt. Er hatte bereits verschiedene Romane entdeckt, darunter einige Regionalkrimis, aber auch Sachbücher unterschiedlicher Wissensgebiete. Zu seiner Überraschung fand er neben diesen Büchern, die eher der Unterhaltung dienten, chirurgische Abhandlung neueren Datums. Alle Bücher schienen ihm neu und ungebraucht.

Das Zimmer war etwa fünfzehn Quadratmeter groß.

Zu seiner Erleichterung hatte er in einem kleinen Nebenraum ein Bad mit Toilette gefunden.

Bis auf den Umstand, dass sein Geist etwas benebelt und sein Denken langsam war, so als wäre eine Bremse eingelegt worden, die er momentan nicht lösen konnte, schien alles an ihm in Ordnung zu sein – wären da nicht Wellen der Angst, die ihn immer urplötzlich überfluteten und sich fast zur Panik steigerten.

Er war eingesperrt, schon dieser Gedanke an sich, war für ihn unfassbar.

Es schien ihm in diesen Momenten, als rückten die Wände des kleinen Zimmers auf ihn zu und wollten ihn erdrücken. Er war sich bewusst, dass die Luft in diesem Zimmer durch sein Atmen verbraucht war, und meinte, an ihr ersticken zu müssen. Die Lüftung in dem kleinen Badezimmer schaffte es nicht, die Luft zu erfrischen. Auch dort mangelte es an Sauerstoff.

Die Beengung kam nicht nur von außen, sie gewann auch in ihm Raum. Er grübelte, ohne aus dem Kreisen seiner Gedanken einen Ausweg zu finden.

Was sollte das, was hatte man mit ihm vor? Immer wieder kam er auf diese Fragen zurück.

Er hatte schon seit seinem Erwachen kräftig über diesen Fragen gebrütet: Hatte es ein Kollege oder eine Kollegin auf seinen Posten als leitender Chefarzt des Klinikums abgesehen? Schon möglich, Neider hatte er genug!

War er das unschuldige Opfer einer terroristischen Vereinigung, die ihn als Chirurg missbrauchen wollte, damit er einen ihrer im Kampf verletzten Mitstreiter operierte? Aus deren Sicht eine Superidee, fand er.

Rubert Sailer ließ sich auf das Bett sinken. Ihm wurde bewusst, wie viel Zeit er plötzlich hatte. Als viel beschäftigter Chefarzt mitten aus seinen alltäglichen Tätigkeiten gerissen, war er sozusagen in vollem Lauf gestoppt worden. Er konnte es kaum fassen. Wie ein schlechter Traum kam ihm das vor.

Als wollte er seine Umgebung ausblenden, legte er sein Gesicht in die Hände.

Seine Mutter kam ihm in den Sinn. Ob sie schon bemerkt hatte, dass er unauffindbar war? Er dachte ein wenig über sie nach. Marianne Sailer, geborene Gerbock, hatte Geld im Überfluss und lebte gemütlich und höchst komfortabel in einem Luxusaltenheim in Ansbach.

Das Wohnstift verlangte einen unverschämt hohen Pensionssatz von seinen Bewohnern. Natürlich wurde ihnen auch viel geboten, von der gehobenen Gastronomie angefangen bis hin zu den vielen kulturellen und gesellschaftlichen Veranstaltungen mit vorzüglicher Bewirtung. Auf dem Unterhaltungsprogramm standen jede Menge Ausflugsmöglichkeiten unter Begleitung eines Arztes oder einer Pflegekraft. In dieser besonderen Umgebung hatte seine Mutter natürlich auch ihre Freundinnen und Freunde, auf die wollte sie keinesfalls verzichten.

Seine Mutter stammte ursprünglich aus bescheidenen Verhältnissen. Sie hatte den Beruf einer Fremdsprachensekretärin erlernt und in einer großen Nürnberger Firma gearbeitet.

Dann hatte sie Hans Sailer, einen jungen Bankangestellten, geheiratet. Der hatte in seiner Bank eine steile Karriere hingelegt und war schließlich Bankdirektor geworden. Nach seinem Ruhestand versuchte er, für sich wieder einen Sinn im Leben zu finden. Er verlegte sich mit Begeisterung auf Börsenspekulationen. Seine hohe Rente und beträchtliche Gewinne im Handel mit Aktien hätten ihm ein finanziell vollkommen sorgenfreies Leben gestattet. Leider starb er bereits nach sechs Jahren Ruhestand.

Seine Frau Marianne konnte nun ihrerseits wunderbar von dem angehäuften Reichtum leben.

Sie hatte nach dem Tod ihres Mannes zunächst eine Zeit lang weiter in der Familienvilla gelebt. Als ihr diese zu groß wurde, zog sie in das Luxuswohnstift um, in dem sie einige Freundinnen und Freunde schon sehnlichst erwarteten.

Konnte ihr Wohlstand das Ziel der Erpressung sein?

Rubert Sailer überlegte, wann man wohl überhaupt bemerken würde, dass er verschwunden war. Im Klinikum hatte er an diesem Tag mehrere Operationstermine, außerdem waren verschiedene Sitzungen angesetzt. Wenn er nicht rechtzeitig dort eintraf, würde seine Sekretärin, Angelika Bauer, verständigt werden.

Diese würde sofort alle Hebel in Bewegung setzen, um ihn zu finden. Zunächst würde sie seine Haushälterin Irene Kopp anrufen. Die schon etwas ältere Dame hatte natürlich keine Ahnung, wo er sich befand. Sie, die ihm jahrelang treue Dienste geleistet hatte, im Haushalt und in ihren jüngeren Jahren sogar in seinem Bett, die so gut organisieren konnte, hervorragend kochte, das ganze Haus tipptopp in Ordnung hielt, auf die er sich immer verlassen konnte, auch wenn er eine Neue anschleppte oder mal eine Einladung hatte. Immer diskret, immer professionell – eine wahre Perle!

Er hatte der Sekretärin vor einigen Tagen vorsichtshalber die Telefonnummer seiner derzeitigen Freundin Carla Renner gegeben, damit sie Treffen mit ihr arrangieren oder absagen konnte – je nachdem. Die würde sie als Nächstes anrufen und natürlich auch seine alte Mutter im Seniorenstift. Er durfte gar nicht daran denken, welche Sorgen dieser Anruf bei ihr auslösen könnte. Weitere Verwandte hatte er nicht. Er hatte zwar einige gute Bekannte, mit denen er sich von Zeit zu Zeit traf – selten genug, was seiner vielen Arbeit geschuldet war –, von denen hatte Angelika jedoch weder Adresse noch Rufnummer.

Wenn alles nichts half, würde seine Sekretärin die Krankenhäuser im Umkreis abklappern und letztlich auch bei der Polizei anrufen.

Aus seiner Krimilektüre war ihm bekannt, dass sie dort erst einmal vertröstet würde. Bei erwachsenen Personen wartete die Polizei zunächst ein- oder zwei Tage, ob sie nicht von selbst wieder auftauchten. Erst wenn das nicht der Fall war, fingen die mit der Suche an. Die für diesen Tag anberaumten Sitzungstermine wurden sicher einstweilen verschoben. Sie würden genau wie die Operationen früher oder später von einem Kollegen oder einer Kollegin übernommen werden.

Selbst er war nicht unersetzbar. Ein merkwürdiger, ganz und gar ungewohnter Gedanke!

Er fragte sich immer wieder, wen die Gangster wohl erpressen könnten. Das Klinikum, die Stadt Ansbach, die Staatsregierung? Womöglich doch seine Mutter?

Oder handelte es sich um einen verspäteten Racheakt einer seiner abgelegten Beziehungen, also jener zahlreichen Damen, die seinem guten Aussehen und seinem unwiderstehlichen Charme erlegen waren?

Oder waren sie eher seinem Titel, seinem Wohlstand oder seiner schönen Villa erlegen? Wie auch immer – es war doch jedes Mal ein Geben und ein Nehmen gewesen. Die Damen hatten ihm das gegeben, was er sich von ihnen erwartet hatte, und er hatte sie verwöhnt, so gut es ging, und sie jedes Mal recht gut abgefunden, wenn er ihrer überdrüssig wurde und sie sich trennten.

Immer noch preiswerter als eine Scheidung mit hohen Rechtsanwaltskosten und den jahrelangen Zahlungen an die frühere Gattin, fand er, und zudem abwechslungsreicher. Außerdem wollte er keine Kinder. Für ein Familienleben hatte er weder Sinn noch Zeit.

Er ging die Namen der Verflossenen durch, die ihm noch geläufig waren, und versuchte, sie mit einigen Gesichtern und sonstigen Merkmalen in Verbindung zu bringen. Nicht so einfach. Jedoch schien es ihm auch nicht wahrscheinlich, dass eine von ihnen ihn erpressen wollte. Er hatte sich um (fast) jede redlich bemüht – meinte er zu wissen.

Seine gegenwärtige Flamme war erst seit vierzehn Tagen aktuell und hatte noch viel von ihm zu erwarten und er von ihr. Zum Glück hatte er ihr noch nicht den Schlüssel zu seiner Villa überlassen, somit musste er keine Angst haben, dass sie ihn ausraubte oder sonst einen Unsinn in seinen ihm heiligen Räumen anstellte.

Ob die süße Maus daran dachte, von ihm auf diese Weise Geld erpressen zu können, oder schlimmer, ihm seinen neuen großen Tesla abspenstig zu machen?

Vor Entsetzen über diesen schrecklichen Gedanken hatte er Mund und Augen weit aufgerissen. Als er das bemerkte, riss er sich zusammen. Ha! Für einen Mann mit seiner außergewöhnlichen Intelligenz konnte sein aktueller Zustand doch nicht zu einem unlösbaren Problem werden! An seinen IQ konnte er sich zwar gerade nicht erinnern, aber der war bestimmt um einiges höher als der dieser Gangster, die ihn mit niederer Gesinnung zur Strecke bringen wollten.

Er würde sie allein mit seinen überragenden Geisteskräften besiegen; schließlich hatte er es mit seiner Intelligenz zum leitenden Chefarzt der Klinik und zu einem Lehrstuhl für Medizin an der Universität Erlangen, gebracht!

Na ja, viele Winkelzüge und nicht zuletzt ein funktionierendes Netzwerk hatten natürlich mitgeholfen.

Sein Beruf war auf jeden Fall sein Leben.

Freilich gab es auf dem Weg nach oben immer wieder einiges Gerangel. „Wo man hobelt, fallen Späne!“ Solche gab es zuhauf. Ob es da noch offene Rechnungen gab?

Unwillkürlich fing er an, über sein bisheriges Leben nachzudenken. Er war als Kind hauptsächlich von seiner Mutter betreut worden. Sein Vater hatte sich für ihn weniger Zeit genommen, der war mit seiner Bank voll beschäftigt. Seine Mutter achtete streng auf sein Wohlbefinden, so wie sie es beurteilte. Sein Essen fiel deshalb möglichst ausgewogen aus. Sein Geist sollte dadurch gestärkt werden, natürlich auch sein Körper. Deshalb wurde ihm regelmäßig Sport verordnet. Allerdings kein Fußball oder ein x-beliebiger Sport im Verein, nein, es musste schon Tennis, Skifahren oder Golf sein. Klavierspielen musste er auch lernen, klar!

Die Kindergeburtstage waren ebenso sorgfältig geplant worden, wie seine sonstigen Freizeitbeschäftigungen. Einige handverlesene Kinder – Sprösslinge reicher oder einflussreicher Eltern – wurden dazu eingeladen. Sinnvolle Spiele wurden von seiner Mutter und einer weiteren Aufsichtsperson überwacht. Toben war nicht vorgesehen.

Die Schule spielte eine große Rolle. Seine Mutter war ständig hinter ihm her, damit er genügend lernte, um in der Spitzengruppe seiner jeweiligen Klasse mithalten zu können. Seine Hausaufgaben unterlagen einer gewissenhaften Überwachung. Seine Lehrer waren mit ihm immer hochzufrieden.

Um seinen Werdegang zu fördern, schickte man ihn später in eine Eliteschule. Dort sollte er in erster Linie Kontakte zu anderen Abkömmlingen von wohlhabenden Eltern knüpfen, um zusammen mit ihnen ein Netz zu knüpfen, das ihnen in späteren Zeiten gut nützen würde.

Erste sexuelle Erfahrungen konnte er mit einem hübschen Dienstmädchen erleben. Als die Sache aufflog, flog sie raus. Später kam es zu diversen Beziehungen, die jeweils von mehr oder weniger langer Dauer waren.

Im Studium ging es standesgemäß weiter: Rubert wurde nach Amerika geschickt und studierte an einer namhaften Universität. Der „Ivy-Effekt“, wie manche es nannten, nutzte auch in

Deutschland kräftig. (Elite-Unis in den USA werden mit der Efeupflanze in Verbindung gebracht, deren alte Ranken die geschichtsträchtigen Gebäude emporkriechen, während sie gleichsam von den ruhmreichen Geschichten der Studierenden berichten.) Wer war man denn, wenn man nicht ein wenig in Amerika studiert hatte?

Rubert wurde Arzt. Sein Weg ging steil nach oben.

Immer wieder bewährten sich all die Netzwerke, die er teils bereits von seinen Eltern übernahm und weiter ausgebaute. Vom Chefarzt zum Ärztlichen Direktor der Klinik war es nicht weit. Rubert bekam den Lehrstuhl in Erlangen. Damit trug er auch den Titel „Professor". Er war von frühester Jugend an auf Erfolg getrimmt worden und er hatte ihn auch. Ein Ende des Aufstiegs schien nicht in Sicht – und nun dieser desaströse Zwischenfall.

Trotz seines „Erfolgslebens" fehlte ihm schon lange etwas. Er war noch nicht dahinter gekommen, um was es sich genau handelte. Es war doch bisher alles gelaufen wie geschmiert.

Er musste hier raus! Diese Grübelei machte ihn noch wahnsinnig!

Um sich selbst zu befreien, hatte er schon einiges versucht. Das schmale Kellerfenster bot keine Chance zur Flucht; denn es war von außen vergittert. Außerdem war der Griff, mit dem man es hätte öffnen können, abgeschraubt. Ein Ausstieg war also unmöglich. Er überlegte, die Verglasung herausschlagen, um durch Hilferufe vielleicht Vorübergehende auf sich aufmerksam zu machen. Beherzt nahm er den Holzstuhl und drosch mit dessen Beinen auf Fensterglas ein. Doch so sehr er sich auch bemühte, die Scheibe leistete unerbittlichen Widerstand. Er vermutete, es handelte sich um eine dicke Sicherheitsscheibe, schlag- und schussfest.

Erschöpft gab er dieses Vorhaben auf und sah sich weiter um.

Die solide Türe des Zimmers war abgeschlossen, sie hatte auch keine Klinke. Keine Chance, sie zu öffnen.

In der Türfüllung erkannte er eine kleine Klappe, die wohl von außen zu öffnen war. Er hatte sich zwei Fingernägel abgebrochen bei dem Versuch, sie zu aufzureißen. Auch das gab er schließlich auf.

Natürlich hatte er auch mehrmals heftig an die Türe geschlagen und dabei geschrien, so laut er konnte, aber niemand hatte darauf geantwortet.

Rubert setzte sich wieder auf das Bett und grübelte.

Bereits nach dem Aufwachen hatte er sein Gedächtnis gründlich durchforscht, um herauszufinden, auf welche Weise er überhaupt in diese missliche Lage geraten war.

***

Alles, woran er sich erinnern konnte, war, dass er nach einem arbeitsreichen Tag die Klinik verlassen hatte. Es musste so gegen dreiundzwanzig Uhr gewesen sein. Draußen war, wie üblich zu dieser Jahreszeit, längst die Nacht hereingebrochen.

Im Licht der Straßenlampen war er auf den für Ärzte reservierten Parkplatz hinter dem Gebäude gegangen und hatte eben das Türschloss seines Wagens angeklickt, als aus einer dunklen Ecke eine Frauengestalt auf ihn zukam.

Er wartete, bis sie näher herangekommen war, weil er vermutete, eine Kollegin vor sich zu haben. Bedingt durch die schlechte Beleuchtung konnte er die Frau nicht recht erkennen, ja, nicht einmal ihr Gesicht war richtig zu sehen. Sie hatte einen Schal locker um den Kopf geschlungen, daran erinnerte er sich. Der Schal verdeckte den unteren Teil ihres Gesichtes. In der Hand hielt sie etwas Kurzes, Längliches, Weißes.

„Könnte ich bitte Feuer haben?“, fragte sie ihn. Er hatte einen leichten Akzent mit harten Kehllauten bemerkt. Chönte ich bitte Feucher chaben? So in etwa. Gerade wollte er entgegnen, dass er keines habe, weil er Nichtraucher sei, und dachte reflexartig daran, die Frau zu mahnen, sie sollte das Rauchen besser aufgeben, als diese im Gehen plötzlich stolperte und ihm überraschend nahekam. Ihre Hand war vorgeschossen, als wollte sie sich an seinem Arm fangen. Dann spürte er einen Stich im Oberarm und von dem Augenblick an konnte er sich an nichts mehr erinnern.

Man musste ihn betäubt haben. Vermutlich hatte sie ihn dann in ein Auto geladen und in dieses Haus gebracht.

Rubert musste mit dem Gedanken fertig werden, dass er entführt worden war. Den Grund würde er hoffentlich bald erfahren, um angemessen darauf reagieren zu können.

Bestimmt hatte die Frau Komplizen. Alleine hätte sie es kaum geschafft, seinen immerhin eins fünfundachtzig großen und ca. neunzig Kilo schweren leblosen Körper zu transportieren.

Was würde nun geschehen? Er grübelte weiter: Sollten Menschen oder eine Institution durch ihn erpresst werden?

Der Gedanke jagte ihm einen Kälteschauer über den Rücken, gleichzeitig rann ihm kalter Schweiß über das Gesicht. Er dachte daran, was seine Entführer mit ihm anstellen könnten, wenn die Erpressung nicht gleich gelang. Vielleicht würde man ihm ein Fingerglied nach dem anderen abschneiden und versenden, um den Erpressten damit Druck zu machen – oder womöglich ein Ohr?

Angstvoll fasste er sich an den Kopf. Aus ärztlicher Sicht deuteten alle seine emotionalen Zustände auf einen polytraumatischen Schock hin. Er musste unbedingt versuchen, den Schock zu überwinden, um wieder so sachlich und wissenschaftlich zu denken, wie er es gewohnt war.

Rubert las gerne Krimis, um sich zu entspannen. Daher wusste er, dass man Erpressungsopfer meist tötete, wenn sie die Täter ohne Maske gesehen hatten. Er nahm sich vor, bei jeder Begegnung mit den Gangstern demonstrativ beide Augen mit den Händen abzudecken. Ob das etwas nützte?

Seine Gedanken sprangen zu einer anderen Szenerie: Jede Geldübergabe war mit großen Risiken für die Erpresser verbunden. Was würden sie mit ihm anstellen, wenn sie ihn übergaben? In welchem Zustand würde er sich dann wohl befinden? Wieder störten ihn die emotionalen Einsprengsel in seinen Überlegungen.

Plötzlich hörte er, wie sich jemand an der Tür des Zimmers zu schaffen machte. Er setzte sich, auf alles gefasst, aufrecht hin.

Erstarrt wie eine Schaufensterpuppe fixierte er die Tür. Jetzt kamen sie. Er würde sich zu wehren wissen, aber Hallo!

Die Türe wurde jedoch nicht geöffnet. Stattdessen öffnete sich das kleine Fenster in der Füllung. Es bot damit eine Fläche, auf der nun von zwei Händen in schwarzen Einmalhandschuhen ein passendes Tablett abgestellt wurde. Sein Frühstück? Das Tablett war ohne ein Wort hingestellt worden.

Zögernd erhob er sich und ging vorsichtig zur Tür. Er versuchte, nicht in die Richtung der Person zu blicken, die davor stand. Mit sehr energischer und erhobener Stimme fragte Rubert: „Wieso bin ich hier eingesperrt? Was wollen Sie von mir?" Keine Antwort. Er fragte nochmal, diesmal noch lauter und energischer. Keine Regung. Keine Antwort.

„Hören Sie oder sind Sie taub? Das könnt ihr mit mir nicht machen! Mit mir nicht!" Er hatte zu brüllen begonnen. Und wieder: keine Regung, keine Antwort.

Er schüttelte den Kopf und versuchte, seine Aufregung zu zügeln. Bestimmt wäre es besser, in dieser Situation mit Gelassenheit zu punkten.

Rubert nahm behutsam das Tablett und trug es zu dem kleinen Tisch. Seine Hände zitterten dabei allerdings so stark, dass die Porzellanteile leise klirrend aneinanderstießen.

Ein Teller stand darauf, beladen mit Wurst- und Käsescheiben. Ein kleines Stück eingepackte Butter, drei Gurkenscheiben. Ein Miniplastikbehälter mit Kondensmilch.

Neben einer größeren Tasse stand eine kleine Thermoskanne. Er schnüffelte hinein: Kaffee. Dünnes Plastikbesteck vervollständigte das Ganze.

Wie in einer billigen Pension, dachte er abfällig.

Er drehte sich zur Tür hin. Die Öffnung war wieder geschlossen worden – ganz geräuschlos. Irgendwie unheimlich!

***

Einige Stunden später an diesem Morgen

Theodor Mühleis hatte keine Ruhe. Stundenlang war er an seinem Schreibtisch auf der Inspektion gesessen und hatte keinen vernünftigen Gedanken gefunden. Ständig musste er an seinen geistig verwirrten Freund denken.

Manchmal stieg auch Ärger in ihm hoch. „Wie kann man nur so doof sein und meinen, man wäre der Papst?“ Dann entschuldigte er sich in Gedanken bei Ottokar, er konnte schließlich nichts dafür. Mühleis befürchtete, dass sein Freund jetzt auf dem schnellsten Weg in die Psychiatrie eingewiesen wurde und dort so schnell nicht wieder herauskommen würde. Das konnte er nicht zulassen. Er beschloss, das zu verhindern. Zunächst musste er Ottokar aus dem Klinikum herausholen.

Nach Stunden des Nachdenkens kam ihm ein guter Gedanke. Mühleis verließ die Inspektion und fuhr zum Klinikum. Auf der Unfallstation angekommen, wurde er schon auf dem Flur Zeuge einer äußerst merkwürdigen Szene. Mithilfe einer Schwester, eines Pflegers und zweier Krückstöcke übte Ottokar Hauptvogel gerade das Laufen auf einem Bein. Die beiden Pflegekräfte hatten ihre Mühe, den schweren Mann immer wieder vor einem Sturz zu bewahren. Sie redeten fortwährend auf ihn ein und erteilten ihm Ratschläge, wie er die Arme einzusetzen hatte, um nicht aus dem Gleichgewicht zu kommen. Sie schimpften zwischendurch auch laut, weil Hauptvogel den Eindruck machte, als würde er sie und ihr Reden gar nicht beachten. Er hatte wohl anderes im Sinn. Ständig vor sich hin murmelnd, versuchte er mit großer Geste einen Segen in Richtung der Türen zu senden, an denen sie vorbeikamen. Auch Menschen, die auf dem Flur umherliefen, wurden von ihm großzügig damit bedacht.

Es dauerte nicht lange, dann gaben seine Begleiter ihre Bemühung auf. Der Pfleger ging dazu über, laut zu schimpfen und zu fluchen.

Papst Ottokarius I. verpasste ihm dafür einen Extrasegen und bezeichnete ihn als von einem bösen Geist Besessenen. Milde, aber bestimmt kündigte er an, dass er an dem wütenden Mann im Laufe des folgenden Tages einen gründlichen Exorzismus vornehmen würde. Der Pfleger drehte sich daraufhin einfach um und ging weg. Die Schwester mühte sich nun damit ab, Ottokar aufrechtzuhalten. Mühleis lief hin und beeilten sich, ihr beizustehen. Gemeinsam brachten sie den immer noch mit den Armen fuchtelnden Patienten in sein Zimmer zurück und legten ihn auf sein Bett.

„Ah, gut, dass du kommst, Monsignore Theodor! Es ist schwer, mit diesen Ungläubigen zurechtzukommen. Veranlasse bitte, dass man mich morgen mit dem Privatjet nach Rom in die Gemelli-Klinik bringen möge. Hier habe ich immer den Eindruck, dass man meiner Person nicht gerecht wird. Immer wenn die Schwestern und Pfleger mich mit ‚Ihre Heiligkeit' ansprechen, grinsen sie so blöd dabei. Ich habe den Eindruck, sie würden am liebsten anfangen zu lachen. Das geht natürlich gar nicht! Die haben keinen Glauben an Gott und keinen Respekt vor mir. Das eine ist so schlimm wie das andere!"

Mühleis kratzte sich wieder hinter dem Ohr und sagte mit besorgter Stimme: „Ich kann dich gut verstehen. Gerade in deiner Lage muss das unerträglich sein. Ich traue denen zu, dass sie inzwischen mit Rom Kontakt aufgenommen haben und behaupten, du wärst geisteskrank oder sonst wie schwer verletzt in ein Sanatorium oder in das örtliche Bezirkskrankenhaus eingeliefert worden. Die Genugtuung deiner Widersacher im Vatikan kann ich mir gut vorstellen. Das wäre doch die beste Gelegenheit, dich für immer von der Bildfläche verschwinden zu lassen."

Theodor pausierte kurz, um seine Rede wirken zu lassen, und fuhr dann fort.

„Ich habe mir über alles gründlich Gedanken gemacht. Ich schlage dir Folgendes vor: Du tust ab jetzt so, als wärst du der einfache Mann Ottokar Hauptvogel. Wenn sie dich befragen, gibst du an, von Beruf Mesner, Stadtführer und Privatdetektiv mit eigener Detektei zu sein. Davon lässt du dich keinesfalls abbringen. Hörst du? Das ist äußerst wichtig!

Dann sagst du denen, du möchtest das Klinikum verlassen und in deine kleine Wohnung gebracht werden. Wenn sie dich fragen, wer sich dort um dich kümmert, sagst du, dass ich mir dafür extra Urlaub nehmen werde, um ganz für dich da zu sein. Außerdem würden wir einen Krankengymnasten bestellen, der für deine Mobilität sorgen wird. Wenn du dann wieder fit bist, rufe ich einen Learjet, wir fliegen nach Rom und räumen dort auf. Was meinst du zu meinem Vorschlag?"

Die Augen des „Papstes" leuchteten auf: „Ausgezeichnet, ich kann diese scheinheiligen Heidengesichter hier einfach nicht mehr sehen. Ich will sofort hier weg und in mein örtliches Refugium heimkehren.

Monsignore, ruf mir sofort einen Arzt. Du kannst bei dem Gespräch mit ihm dabei sein und mich notfalls unterstützen. Ich sage dir, du wirst dich wundern, wie gut ich schauspielern kann, wenn es darauf ankommt."

Mühleis ließ sich das nicht zweimal sagen. Er ging zum Pflegestützpunkt auf dem Flur und verlangte, dass dringend ein Arzt zu Hauptvogel kommen sollte.

Es dauerte tatsächlich nicht sehr lange und ein Arzt trat in das Krankenzimmer, in dem die zwei Freunde seiner harrten.

„Eure Heiligkeit haben mich rufen lassen?" Eine kleine angedeutete Verbeugung und ein freches Grinsen begleiteten die scheinheilige Begrüßung.

Hauptvogel war auf der Hut. Er überwand seinen aufsteigenden Ärger und sagte energisch: „Ich bin keine Heiligkeit, sondern Privatdetektiv, Stadtführer, Mesner, und was weiß ich noch, aber lassen Sie den Unsinn mit der Heiligkeit!"

„Was ist denn jetzt los?" Dem Arzt war der Kiefer heruntergefallen. Er kniff die Augen zusammen und fragte: „Sie sind also nicht Papst Ottokarius der I.?"

„Bitte verkaufen Sie mich nicht für dumm. Ersparen Sie sich diese durchschaubaren Versuche, mich in irgendeine psychiatrische Klinik abzuschieben. Ich bin zu Hause die Treppe hinabgestürzt und habe mir einen Beinbruch und mehrere Prellungen zugezogen, die immer noch sehr schmerzen, weiter gar nichts. Mein Geisteszustand ist so normal wie Ihrer und der meines Freundes Theodor. Ich will jetzt sofort aus diesem Krankenhaus entlassen werden und nach Hause gehen! Es ist mein Recht, mich selbst auf eigenes Risiko zu entlassen. Schließlich bin ich nicht gemeingefährlich!"

Der Arzt dachte kurz nach. Die Fallpauschale war für das Klinikum bereits gesichert, dazu kam die Aussicht auf ein freies Bett auf der Unfallstation und sie waren hier – but last not least – eine komische Nervensäge los.

„Ich hole nur schnell das entsprechende Formular, wenn Sie das unterschreiben, sind Sie ein freier Mann. Dann rufe ich gleich die Sanitäter, die transportieren Sie heim, direkt in die Wohnung."

Fast hätte sich Hauptvogel verplappert, aber anstatt ein herzliches „Vergelt's Gott, mein Sohn" auszusprechen, bekam er gerade noch die Kurve und sagte nur: „Okay!"

Der Arzt ging, Hauptvogel rieb sich die Hände und lobte: „Supertaktik, Monsignore!"

Als der Arzt zurückkam, hatte er ein Formular in der Hand, dessen Inhalt er mit hoher Geschwindigkeit vorlas. Als er alles vorgelesen hatte, streckte er Hauptvogel einen Stift hin und bat ihn, links unten zu unterschreiben. Dann verabschiedete sich der Arzt förmlich. Die Erleichterung über diesen Abschied war ihm ins Gesicht geschrieben.

Zusammen mit einer Krankenschwester half Mühleis dem Freund in sein Rokokokostüm, mit dem er eingeliefert worden war.

Dann kamen auch schon die Sanitäter. Sie hatten einen Rollstuhl dabei, setzten den Entlassenen, ob seines theaterhaften Aussehens ein wenig feixend, hinein und fuhren ihn durch die belebten Gänge des Klinikums Richtung Ausgang.

Wie juckte es Hauptvogel in den Fingern, nach links und rechts seinen päpstlichen Segen zu spenden. Hätte er es aber tatsächlich getan, hätten die Krankentransportspezialisten womöglich gleich den Rückwärtsgang eingelegt und er wäre wieder in diesem grässlichen Krankenzimmer gelandet oder ganz woanders.

***

Endlich in seiner Wohnung angekommen, fühlte er sich sofort wie zu Hause.

„Monsignore Mühleis, ich fühle mich wohl!“, rief er begeistert.

„Wie gemütlich hast du alles hier eingerichtet und auf mein Kommen vorbereitet. Ich kann dir gar nicht genug danken! Um meinen Dank gebührend auszudrücken, spende ich dir meinen päpstlichen Segen und erteile dir meine Generalabsolution, haltbar bis übermorgen.“

Er machte ein Segenszeichen und murmelte etwas dabei.

„Danke!“, sagte Mühleis. „Jetzt interessiert mich aber doch, was du immer murmelst, wenn du einen Segen erteilst.“

„Na so was, das kennst du doch. Ich sage dann immer ‚Urbi et Gorbi‘!“

„Der Spruch ist doch falsch“, reklamierte Mühleis. „Richtig muss es doch ‚Urbi et orbi‘ heißen, also ‚Stadt und Erdkreis‘.“

Hauptvogel schaute ihn völlig verdutzt an. „Was du nicht sagst! Ich habe mich auch schon immer gewundert, was meine Vorgänger mit diesem Russen sagen wollten … wie hieß der noch mit ganzem Namen?“

„Du meinst sicher Gorbatschow?“

„Richtig!“

Mühleis war ungeduldig.

„Lieber Ottokar, ich muss noch etwas zu essen besorgen, sonst müssen wir hier noch hungern. Kannst du ein halbes Stündchen allein bleiben? Ich verspreche dir auch einige deiner Lieblingsspeisen mitzubringen und dazu einen Kasten Bier, eines, das du besonders magst.“

„Monsignore Theodor, du bist ein Engel. So fliege nun fort und besorge all die Köstlichkeiten.“

***

Am späteren Vormittag dieses Tages

Während die beiden auf diese Weise glücklich in Hauptvogels Wohnung zurückgekommen waren, hatte der Gefangene, Doktor Rubert Sailer, ebenfalls eine Unterschrift leisten müssen, diese war jedoch von ganz anderer Art.

Das kam so: Er hatte gefrühstückt, dabei hatte sein Händezittern etwas nachgelassen. Während des Essens wunderte er sich über seine extremen Gefühlsschwankungen. Mal trug ihn eine Woge dieses übersinnlichen Selbstbewusstseins bis fast unter die Zimmerdecke hinauf und brachte ihn zu der Überzeugung, diese missliche Lage voll und ganz zu seinen Gunsten wenden zu können, dann sauste er wieder in eine tiefe depressive Phase hinein, bekam Schweißausbrüche und fing an zu zittern, wie das bekannte Laub der Espen.

Die Ungewissheit brachte diese fatale Grübelei mit sich, die sich zuweilen weit über ihn ausspannte und schließlich wie ein großes schwarzes Tuch auf ihm niederlegte und in ihm das Gefühl absoluter Hilflosigkeit entstehen ließ.

Das Tuch kam herab und verschwand auch wieder, ganz wie es wollte.

Während er versuchte, Abstand von sich zu gewinnen und das Ganze aus wissenschaftlicher Perspektive zu betrachten, öffnete sich die Tür seines Gefängnisses fast lautlos. (Wieder unheimlich!)

Er hatte nur einen feinen Luftzug verspürt, der ihn dazu veranlasste, sich umzudrehen. Dann erschrak er bis ins Herz hinein, als er die drei schwarzen, bis auf Augenschlitze komplett vermummten Gestalten sah, die das Zimmer still und leise betreten hatten. Er sah zwei schlanke, etwa gleich große Menschen, offenbar ein Mann und eine Frau, und einen größeren, breitschultrigen Mann, dessen dicke Muskelpakete durch die Kleidung kaum verborgen waren. Er wirkte bullig und gefährlich. Rubert bekam spontan Angst von seinem Anblick.

Zum Zeichen, dass sie unter Umständen auch konsequent sein konnten, hatte der schlanke Mann einen schweren Revolver in der Hand, dessen Mündung genau auf sein Gesicht gerichtet war.

Rubert erzitterte in den Grundfesten. Würden sie ihn jetzt erschießen?

Eine solche Angst hatte er sein ganzes Leben über noch nicht verspürt. Nicht einmal, als ihm als Assistenzarzt während einer Herzoperation das Skalpell aus der Hand gerutscht war und in das offene Herz des Patienten hineinfuhr. Die große Angst kam damals in ihm hoch, als er die Mordlust in den Augen des Oberarztes wahrnahm, der seinerseits ein Skalpell auf ihn richtete, wobei er schrie: „Du blödes Arschloch! Zu doof, um das Messer in der Hand zu halten. Du stichst hier mir nichts, dir nichts einfach einen meiner Patienten ab!“ Dann warf er das Skalpell nach ihm. Rubert hatte mit Ähnlichem gerechnet und jung und schnell, wie er damals noch war, hatte er sich zur Seite geworfen und war mit größter Geschwindigkeit, zum Teil auf allen vieren, aus dem Operationssaal geflüchtet.

Glück im Unglück: Der Patient hatte es überlebt. Ihm selbst war kein körperlicher Schaden zugefügt worden. Die Schmach, vom Oberarzt wieder ein halbes Jahr zum Hackenhalter bei Operationen degradiert zu werden, nagte noch bis heute an ihm.

Dem Oberarzt war er später in einer anderen Klink wiederbegegnet. Nicht etwa auf Augenhöhe, nein! Diesmal war er der Chef. Dem hatte er es ein halbes Jahr lang gezeigt – mein lieber Scholli!

Das hier aber war noch viel schlimmer. Er hatte echte Todesangst.

Eine der Gestalten fing plötzlich zu sprechen an. Die Stimme war ihm sofort bekannt.

„Rubert Sailer, du bist ein Gefangener der Brigade 2007. Du bist ganz und gar in unserer Gewalt und hast keine Chance, auszubrechen. Jeder Versuch wird unweigerlich schwer bestraft. Du bist unsere Geisel und wir werden für deine Freilassung zwei Millionen Euro fordern. Wird uns diese Forderung verweigert, werden wir dich töten müssen. Du wirst all jenen nachfolgen, die uns die Tour vermasselt haben, weil sie zu wertlos waren. Keiner wollte so viel für sie ausgeben. Wir hoffen, auch in deinem Interesse, du bist die Millionen wert. Sonst knallt's!" Die verhüllte Frau hatte bei ihrer kleinen, aber unfeinen Rede natürlich reichlich mit Kehllauten um sich geworfen: Gefanchener zum Beispiel. Du bist chanz und char ... und so weiter. Es war schrecklich, anzuhören.

Rubert schauderte. Er krächzte: „Was kann ich zum Gelingen eures Anliegens beitragen?"

„Erstens ganz lieb und brav sein und jetzt musst diesen Zettel hier unterschreiben." Sie legte ein Blatt Papier hin, auf dem stand:

An Frau Marianne Sailer
Seniorenwohnstift Ansbach

Liebe Mutter!

„Ich, Professor Doktor Rubert Sailer, – dein Sohn!!! – wurde entführt.

Ich bin ein Gefangener der Brigade 2007.
Diese führt einen gerechten Krieg gegen diesen Unrechtsstaat, in dem wir hier in Deutschland leben. Ich bin ein typischer Vertreter dieses unwürdigen Staates, den es zu beseitigen gilt. Wenn du mich unverletzt zurückhaben willst, zahle an die Brigade 2007 zwei Millionen Euro. Die Modalitäten der Übergabe werden dir nach deiner Bereitschaftserklärung mitgeteilt. Das beiliegende Foto zeigt mich, deinen Sohn, Rubert Sailer, in noch wohlbehaltenem Zustand. Wenn du die Polizei einschaltest, werden mich die Brigadisten schwer verletzen oder töten!

Rubert Sailer

„Unterschreibe das hier unten!“ Ein behandschuhter Finger zeigte auf die Stelle.

Er unterschrieb sofort.

„So und nun das Foto.“

Die Gestalt zog ein Mobiltelefon aus ihrem schwarzen Gewand und ließ sich von einer der anderen Gestalten eine Zeitung geben. Rubert sah das Datum an, es war die heutige Ausgabe.

„Halten Sie die Zeitung vor Ihre Brust!“

Die Mündung der Pistole zeigte direkt auf seinen Kopf, das nahm ihm die Lust, ins Handy zu lächeln. Dann blitzte es kurz und die drei Fremden gingen ebenso still, wie sie gekommen waren. (Wieder unheimlich!)

***

Am Mittag dieses Tages

Als Mühleis, schwer bepackt vom Einkauf, wieder in Hauptvogels Wohnung zurückkam, erwartete ihn der Freund voller Ungeduld und Sorge.

„Mensch, Monsignore Theo, während du weg warst, hat eine Frau voller Aufregung auf den Anrufbeantworter gesprochen. Ich konnte ja nicht rangehen, weil ich noch nicht so gut laufen kann. So musste ich ihr hilflos zuhören. Es war schrecklich. Das war der Stimme nach eine alte Frau. Sie heulte und schrie in einem fort, ihr Sohn sei entführt worden. Sie hat einen Brief der Entführer bekommen, in dem zwei Millionen Euro für seine Freilassung und für das Leben des Sohnes verlangt wurden. Wenn die Polizei hinzugezogen wird, droht ihrem Sohn der Tod. Sie hat den Privatdetektiv Ottokar Hauptvogel angefleht, ihr doch zu helfen.“

Ottokarius I. rang die Hände. „Dieser Detektiv bin doch jetzt ich! Wie kann ich denn der guten Frau helfen? Ich habe doch keine Ahnung, wie man entführte Menschen wieder zurückholt. Woher soll man denn so viel Geld auftreiben – zwei Millionen! Ich könnte natürlich die Vatikanbank anweisen, das Geld zu schicken, aber dann wären die Erpresser mit der Übergabe schnell über alle Berge und das viele Geld wäre weg. Es sind doch Spendengelder!"

„Jetzt reg dich doch nicht so auf, Ottokar! Nicht du sollst bezahlen, sondern jemand anderes. Außerdem bist du ein besserer Detektiv, als du gerade selbst denkst. Du könntest den Fall lösen, den Mann retten und vielleicht sogar die Erpresser hinter Schloss und Riegel bringen und dabei ganz groß herauskommen."

„Ich bin doch gar kein Detektiv. Ich bin doch von Beruf Papst, hast du das vergessen? Und außerdem komme ich täglich groß heraus!" Ottokarius Stimme rutschte leicht ins Weinerliche ab.

„Nein, natürlich habe ich das nicht vergessen, aber sieh mal, dein Papstberuf bringt in so einer Sache doch auch viele Vorteile. Du hast unvorstellbar viel Erfahrung mit Menschen, um nur ein Beispiel zu nennen.

Außerdem: Jeder Kriminalist, jeder Detektiv hat doch irgendeinen Defekt, einen tiefen Kratzer, eine negative Ungewöhnlichkeit. In den Romanen kann man sie dadurch gut auseinanderhalten, aber auch in der Wirklichkeit ist das so. Manche Kommissare sind viel zu dick für ihren Beruf, andere haben Beziehungsprobleme, chronische Schwierigkeiten, wenn es um Partnerschaft geht. Manche leiden unter Schwindelanfällen oder Höhenangst. Oft haben sie eine Sucht: Alkohol, Drogen, Sex. Sie sind vielleicht Kettenraucher und kippen einen Schnaps oder ein Bier nach dem andern hinunter. Andere sind einäugig, kommen beruflich nicht vom Fleck, haben dauernd Pech, sind alt und klapprig, haben das falsche Geschlecht, die falsche Einstellung. Wieder andere können kein Blut sehen oder keine Leiche anschauen, und was der unpassenden Voraussetzungen mehr sind."

Er hielt kurz innen und atmete tief ein. Sein Gesicht verzog sich schmerzlich.

„Du kennst mich ja und weißt, gerade ich vereine in meiner Person mehrere solcher Deformationen. Außerdem habe ich Rudolf Dotzauer zum Vorgesetzten. Wer den als Chef hat, der braucht keine Defizite und keine Feinde mehr! Und du bist fast das Gegenteil von allem. Dein Handicap ist lediglich der Umstand, dass du Papst bist – na und? So eine Kleinigkeit hält einen doch nicht davon ab, freudig ins Jagdhorn zu stoßen und ein Halali in die Welt zu jubeln: Auf, auf zur fröhlichen Verbrecherjagd!

Ottokar ich kenne dich lange genug, um zu sagen: Wenn einer diesen Fall lösen kann, dann du!

Ich werde dir mit meinem kriminalistischen Scharfsinn selbstverständlich zur Seite stehen, so gut ich kann. Allerdings riskiere ich dabei den Rausschmiss aus der Polizei und meine mühsam erarbeitete Pension. Deshalb muss ich dich wie ein Schatten, wie ein sanftes Lüftlein begleiten. Unsichtbar wie die Helden in der Sagenwelt, aber immer dabei, wie die Sonne am Tag und der Mond zur Nacht." Mit Pathetik in der Stimme fuhr er fort: „Ottokar, denke auch an die arme, arme Mutter, die in Gefahr ist, ihr geliebtes Kind wegen des schnöden Mammons zu verlieren. Denke an den Mann im Gefängnis, einsam, von irgendwelchen Unmenschen von morgens bis abends und vielleicht auch noch in der Nacht gedemütigt und gequält, vom Tode bedroht in jeder Sekunde seines Lebens. Ottokar wach auf! Es ist deine Christenpflicht, zu helfen!"

Theodor hatte sich dermaßen in Begeisterung hineingeredet, dass ihm fast entgangen war, welcher Wandel sich in den Gesichtszügen des Freundes während seiner eindringlichen Rede vollzogen hatte. Von ratlos bis resigniert am unteren Ende der Emotionsskala hatte sich dessen Miene nach und nach in die strahlenden Höhen der Zuversicht und der Vorfreude emporgeschwungen. Mit einem Lachen im Gesicht sagte Hauptvogel schließlich: „Monsignore Theodor, du hast mich überzeugt, ja mehr noch, du hast mir ins Herz gesprochen. Es waren göttliche Worte, die du in prophetischer Weise eben ausgesprochen hast. Außerdem hast du eine poetische Ader. Allerdings nützt uns die gerade nicht viel. Also, was tun wir?"

Theodor fasste sich an seine lange Nase. „Wir rufen diese Mutter an und machen einen Gesprächstermin aus."

„Aber ich kann doch nicht laufen."

„Dann muss sie eben herkommen."

„Ja wie denn, wenn das die Entführer bemerken, dann murksen sie vielleicht den Sohn ab."

„Jetzt komme ich ins Spiel. Ich verkleide mich und fahre zu der Frau hin. Dann fahre ich mit ihr zu dir her und wir sprechen über alles."

Ottokar hob abwehrend die Hände: „Das ist zu gefährlich! Stell dir vor, sie wird beschattet und bis zu uns her verfolgt, dann fliegt alles gleich auf. Nein, das können wir nicht riskieren."

Nach kurzem Nachdenken hob er den Zeigefinger: „Mühleis, ich hab's! Wir beide werden uns verkleiden. Ich werde ein alter Knacker mit gebrochenem Bein im Rollstuhl sein und du wirst mich als viel jüngerer Sohn begleiten. Wir werden uns im Wohnstift ein Apartment für mich ansehen und dabei so ganz nebenher dieser Frau begegnen. Na, was sagst du?"

„Dich älter zu machen, ist kein Problem. Mich als deinen Sohn auszugeben, kann ich mir nicht vorstellen. Außerdem kennen mich doch viele hier in Ansbach. Ich habe nun mal dieses unvergleichliche Auftreten."

Hauptvogel sah ihn an und schüttelte nun ebenfalls zweifelnd den Kopf. Dann leuchteten seine Augen plötzlich auf, als hätte jemand ein Licht angeschaltet. „Als Mann kennen dich in dieser Stadt ganz viele, aber nicht als Frau."

Jetzt riss Mühleis die Hände abwehrbereit hoch: „Nein, das kannst du nicht von mir verlangen! Ich kann mir nicht vorstellen, dass ich als Frau durchginge. Außerdem kann ich in High Heels nicht laufen. Die finde ich sowieso saugefährlich. Außerdem, wenn mich jemand erkennt, kann ich gleich von hier wegziehen."

Hauptvogel ließ sich nicht beirren. „Es käme doch auf einen Versuch an. Die Frage ist nur, wo wir passende Kleidung für dich herbekommen." Kurzes Grübeln, dann: „Na klar, das ist die Lösung, oder vielmehr SIE ist die Lösung. Frau Senftleben! Ihr habt ungefähr die gleiche Größe und sie hat auch diese überschlanke Figur wie du. Ihre Kleider müssten dir passen."

„Ich soll in den Kleidern einer über Sechzigjährigen herumlaufen? Das kommt überhaupt nicht infrage! Ich könnte in keinen Spiegel schauen. Ich würde mich sicher durch mein lautes Gelächter selbst enttarnen."

„Lachen ist gut und gesund! Auf, Monsignore! Du gehst jetzt hinab ins Erdgeschoss und läutest an der Wohnung von Oberregierungsrat Maul. Wenn seine Haushälterin, Frau Senftleben, öffnet, sagst du ihr, wir bräuchten für eine Theateraufführung unseres Laientheaters Frauenkleider für dich. Lass dir halt welche mit etwas modischerem Schnitt zeigen."

„Ottokar, das finde ich jetzt schon ganz merkwürdig, eher seltsam, nicht mal so richtig komisch, aber doch immerhin aller Aufmerksamkeit wert. Du bist der Papst, lebst die meiste Zeit im Vatikan und dann kennst du in diesem Haus Leute, die noch nicht mal ich kenne. Wie findest du das?"

Hauptvogel sah ihn verwirrt an „Keine Ahnung, wie ich das finde. Woher kenne ich die so genau?" Dann nickte er wissend mit dem Kopf. „Jetzt weiß ich es. Ich halte mich in dieser Wohnung doch immer dann auf, wenn ich mich inkognito von meinen Belastungen in Rom erholen will. Castell Gandolfo ist mir da schon zu nah an der Stadt, die mir manchmal regelrecht zum Hals heraushängt. Und erst diese Kardinäle in ihrem scheußlichen Purpur und mit ihrem komischen Gerede. Eine echte Bande! Immer wollen sie mich einseifen. Die beleidigen dauernd meine Intelligenz mit ihrem Geschwafel. Wenn ich dann auch noch den ehemaligen Päpsten begegne, ist es oft ganz aus ... dem Benedikt, dem Franziskus und neuerdings diesem jungen Mann im weißen Mantel, der hier im Klinikum sein Unwesen treibt. Dessen Namen kenne ich noch gar nicht. Jeder von denen führt sich päpstlicher auf als der Papst. Der wahre Papst bin doch ich, Ottokarius I.!"

Mühleis hatte in der Küche den Herd eingeschaltet. Nach ein paar Minuten klingelte ein Signal und deutete darauf hin, dass die Röhre des Herdes die richtige Temperatur erreicht hatte. Theodor entfernte die Verpackung von zwei gefrorenen Pizzen und schob sie in den Herd. Etwas später klingelte die von ihm eingestellte Eieruhr. Der Amateurkoch prüfte das Aussehen der runden Köstlichkeiten und war zufrieden. Ottokar wartete schon sehnlichst und mit großem Hunger, als ihm Theo seine Pizzamahlzeit hinstellte. Dazu holt er noch eine Flasche Rotwein und zwei Gläser aus der Küche, dann ließen es sich die beiden Freunde schmecken.

Nach dem Essen sagte Ottokar mit gewichtiger Stimme, fast als spräche er ex cathedra: „Nun Monsignore Theo, gehe zu der Frau Senftleben hinab und besorge dir passende Kleider. Eine Perücke wird sich in meinem Fundus wohl auch noch finden."

„Also, du scheinst das wirklich ernst zu meinen, dass ich mich als Frau verkleiden soll?"

„Ich habe mich klar und deutlich ausgedrückt, Monsignore! Das ist ein dienstlicher Befehl!" Hauptvogel war im Gesicht ganz rot geworden und fing an, mit den Händen herumzufuchteln.

„Rege dich bitte nicht so auf, Ottokar, das ist für deine Gesundheit gar nicht gut. Ich gehe ja schon."

***

… kurze Zeit später

Mühleis ging aus der Wohnung, die Treppe hinab und läutete im Erdgeschoß.

Frau Senftleben öffnete ihm persönlich. Sie war eine betagte Frau, das stimmte, aber es war ihr immer noch anzusehen, dass sie in jüngeren Jahren eine Schönheit gewesen war. Nun hatte sie graue Haare und ziemlich viel Falten im Gesicht. Um die Augen sah man tief eingeprägte Lachfalten, die sie sehr sympathisch erscheinen ließen. Sie lächelte Mühleis freundlich an, blickte ihm direkt ins Gesicht, musterte ihn dann von oben bis unten und verdrehte dabei ihre Augen ein wenig. Nicht etwa deshalb, weil ihr das, was sie sah, missfallen hätte. Nein, ganz im Gegenteil. Sie war von Mühleis' Anblick sofort hin und weg. „So ein schönes Mannsbild!", fuhr es ihr durch den Kopf. Es war quasi Liebe auf den ersten Blick in ihrer reinsten Form. Sie inspizierte noch einmal die Nase ihres Gegenübers, die war ja nun das hervorragendste an Theodor Mühleis. „Sehr eindrucksvoll!", konstatierte sie.

Hildegard Senftleben glaubte immer noch an einen Spruch aus ihrer Jugendzeit, der lautete: „Wie die Nase des Mannes, so sein Johannes."

Jetzt strahlte sie schon wie ein Honigkuchenpferd.

„Sie wünschen?", lispelte sie. Ihr Antlitz rötete sich wie bei einem jungen, schüchternen Mädchen. Dabei blinzelte sie heftig und atmete tief ein und aus. Ob sich diesem Mann eine neue Möglichkeit ergab? Wie lange hatte sie schon darauf gewartet, dieses belebende, prickelnde Gefühl wieder in sich zu spüren. Verliebtsein, Verlangen, heiße Leidenschaft!

„Hildegard, nutze diese Gelegenheit, sei klug!", mahnte sie sich in Gedanken.

Theodor Mühleis bemerkte das alles nicht. Er war ein wenig verlegen, weil ihm der Auftrag doch recht peinlich war.

„Also, ich bin der Freund von Herrn Hauptvogel", begann er mit zögerlich.

„Aber natürlich, ich kenne Sie doch." Sie legte ihre Hand kurz auf Mühleisens Brust, wie um ihn zu beschwichtigen. „Leider habe ich Sie noch nie so richtig angesehen, es ging immer alles so schnell, wenn wir uns über den Weg gelaufen sind. Wollen Sie nicht hereinkommen? Diese Stunde eignet sich gut, um sich besser kennenzulernen, denn der Herr Rat ist heute Abend bei seinem Ruhestandsbeamtenstammtisch. Da kommt er immer erst mitten in der Nacht nach Hause, meist stockvoll und ich muss ihn ins Bett bringen. Wir könnten eine Tasse Tee oder etwas anderes miteinander trinken und uns ein wenig unterhalten."

„Ja gerne, dann kann ich Ihnen auch in Ruhe sagen, weswegen ich zu Ihnen komme. Es handelt sich nämlich um eine doch etwas heikle Angelegenheit und ich brauche schon ein wenig Zeit, um Ihnen zu erklären, was ich von Ihnen will."

Frau Senftleben riss die Wohnungstüre weit auf und machte eine einladende Geste: „Nur herein in die gute Stube. Herzlich willkommen!“

Sie wies ihm den Weg ins Wohnzimmer, das mit altertümlich anmutenden schweren Möbeln bestückt war. Als sie sich ihm gegenüber in die Polstergarnitur gesetzt hatte, schlug Frau Senftleben ihre Beine apart übereinander, sodass sie gut zur Geltung kamen, und fragte Mühleis mit verschmitztem Lächeln: „So, und was wollen Sie jetzt von mir?“

Theodor räusperte sich verlegen „Kurz gesagt: Ich bräuchte ein paar von ihren Kleidern.“

Sein Gegenüber öffnete den Mund und riss die Augen auf. Hildegard Senfleben wollte etwas sagen, brachte aber zunächst nur einen undefinierbaren Laut hervor, etwa so: „Uuaarg-ui!“

Dann fasste sie sich und fragte mit ungläubigem Gesichtsausdruck: „Habe ich eben richtig gehört? Sie möchten Kleider von mir haben? Ist das so, oder spielen meine Synapsen gerade verrückt?“

„Sie haben schon richtig gehört, liebe Frau Senftleben.“ Theo rang seine Hände. „Es ist so, dass Herr Hauptvogel und ich einen besonderen Auftritt vorbereiten und dabei ein Ehepaar spielen wollen. Mir ist dabei die Rolle der Frau zugefallen. Und nachdem Sie über einen so wunderbaren, schönen schlanken, sicher biegsamen Körper verfügen, der meinem ähnlich ist, dachten wir, dass mir Ihre Kleider passen könnten. Sicher haben Sie in früheren Zeiten Sport getrieben oder gar Ballett getanzt, weil Sie so jugendlich wirken.“ Nach kurzem, flachem Einatmen schob er mit erstickter Stimme nach: „Könnten Sie mir vielleicht Ihre Kleider zeigen?“

„Also, Herr Mühleis, ich fühle mich sehr geschmeichelt, wie Sie meine Figur umschreiben, aber ich bin auch schockiert! Ich kann doch hier keine Modeschau aufführen, also nein, das geht nicht. Da genier ich mich.“ Jetzt war sie puterrot im Gesicht. „Außerdem haben Sie schon recht, ich jogge noch jeden Morgen und gehe regelmäßig ins Fitnesscenter. Mein Körper ist biegsam und fit.“

„Dachte ich's mir doch! Sie brauchen sich vor mir auch gar nicht genieren. Ich will mir ja keine Unterwäsche von Ihnen ansehen, nur die Überkleider. Ich sehe mir sie sozusagen auch nur vom wissenschaftlich-kulturellen Standpunkt an. Wissen Sie, mir stehen nicht alle Farben gleich gut. Ich halte mich für den Wintertyp und nutze deshalb immer Farben, die zu meiner kühlen, eher abgeklärten, lebenserfahrenen Persönlichkeit passen. Ihnen stehen solche Farben auch gut, da dachte ich ..."

„Also keine passende Unterwäsche zu den Kleidern?", fragte Frau Senftleben mit einer Spur Enttäuschung in der Stimme. „Wissen Sie, ich lege bei Unterwäsche großen Wert auf Chic. Sie darf ruhig ein wenig freizügig und sexy sein. In meinem Alter braucht man sich ja noch nicht zu verstecken. Ich fühle mich – vor allem innerlich – noch sehr, sehr jung und unternehmungslustig."

„Ah ja, innerlich, hm, ja, so was gibt's, so was gibt's", Mühleis nickte, als hätte er verstanden. „Aber lassen Sie uns doch in medias res gehen, liebe Frau Senftleben. Fangen wir an. Ich warte hier, bis Sie sich umgezogen haben."

„Na so was, in medias res wollen Sie gleich gehen? Sie sind ja ein ganz Schlimmer! Also wenn es für einen guten Zweck ist, man tut ja, was man kann!"

„Aber ich hole uns vorher erst einmal was Vernünftiges zu trinken." Frau Senftleben sprang auf und sagte: „Ich komme gleich wieder, laufen Sie mir nicht weg!" Im Vorbeigehen streichelte sie ganz sanft Mühleisens Wange.

Mühleis grinste etwas dümmlich und dachte darüber nach, ob die Dame vielleicht irgendetwas falsch verstanden hatte.

Sie lief schnell in die angrenzende Küche. Er hörte, wie eine Türe geöffnet und geschlossen wurde, dann wieder eine andere. Gläser klangen leise.

Herrn Rats Haushälterin kam mit einer Flasche Sekt und zwei Gläsern zurück.

Nachdem sie die Gläser auf den niederen Tisch gestellt hatte, öffnete sie die Sektflasche äußerst geschickt. Diese erlaubte sich lediglich ein diskretes „Plopp" und schon war sie offen.

Routiniert goss die Gastgeberin das edle Gesöff in die Gläser. Dann reichte sie Mühleis ein ziemlich volles Glas, strahlte ihn an und sagte ihrerseits das wohlgefüllte zweite Glas erhebend: „Lieber Herr Mühleis, oder darf ich Sie bei Ihrem Vornamen nennen? Ich heiße Hildegard und möchte ‚du' zu Ihnen sagen, würden Sie mir das erlauben?" Sie wirkte bei diesen Worten wie ein schüchternes kleines Mädchen, das um ein Eis bettelte. Das konnte er ihr doch nicht versagen.

„Hm, ja, Theodor heiße ich, werde von meinen Freunden aber meist Theo genannt."

Sie tranken zunächst andächtig. „Recht gut, danke!", sagte Mühleis nach einem kräftigen Schluck. Er, der fast immer Bier trank, spürte den Alkohol gleich im Kopf und wunderte sich über diese ungewohnte Empfindlichkeit.

Hildegard Senftleben lächelte ihn herzlich an. „Nun möchte ich, dass wir unsere neue Freundschaft traditionsgemäß mit einem Kuss besiegeln."

„Na, gut." Theodor machte sich auf einen, wohl unvermeidlichen, freundschaftlichen Wangenkuss gefasst, aber sie nahm geschwind seinen Kopf in beide Hände und küsste ihn heftig und für den Beginn einer neuen Freundschaft ein wenig zu lange auf den Mund.

„Hoppla, die küsst ja wie eine gesengte Sau!", dachte er plötzlich, doch sogleich schämte er sich für diese unangemessenen Gedanken. Er wollte schließlich ein Kleid von dieser Frau ausleihen, da musste er schon ein wenig mitspielen. Und so entwischte ihm nur ein: „Huch! Dankeschön Hildegard."

„Gern geschehen!", grinste sie. „Nu setze dich wieder brav hin, ich zeige dir einige meiner Kleidungsstücke, die ich für passend halte. Entspanne dich und trinke noch was. Ich brauche einen Moment, um mich umzuziehen, bin gleich zurück. Sie eilte zu einer Tür. „Mein Zimmer!", erklärte sie.

Als Hildegard wieder in das Wohnzimmer zurückkam, war sie so gekleidet, als würde sie an diesem Abend noch ausgehen wollen. Sie trug ein einen gut geschnittenen Mantel. Um ihren Hals schmiegte sich ein weicher Schal mit extravagantem Muster. Auf ihrem Kopf thronte ein flottes Hütchen. Ihre Hände waren in dünnen Handschuhen versteckt und an den Füßen hatte sie tatsächlich topmoderne High Heels in passender Farbe. Fehlte nur noch die Handtasche. Hatte sie sich in aller Eile geschminkt?

Theodor war von ihrer Erscheinung beeindruckt. „Du hast dich zu einem Gesamtkunstwerk gestaltet und das in so kurzer Zeit, also meinen Respekt!"

Hildegard Senftleben errötete noch tiefer vor Freude über dieses Lob.

„Hm, was trägst du denn darunter?", wollte Mühleis wissen.

Ohne ein Wort zu sagen, ließ Hildegard Mantel und Schal mit einer fließenden Bewegung zu Boden gleiten.

Nun wurde ein Kostüm in streng gehaltenem Stil sichtbar. Seine Trägerin wirkte darin wie eine gutsituierte Managerin.

Mühleis kratzte sich hinter dem Ohr. „Ich bin mir nicht sicher, ob mir das steht."

„Also lieber Theo, das war erst der Anfang. Ich möchte dir doch eine größere Auswahl unserer Möglichkeiten zu deiner Umgestaltung vor Augen führen. Wappne dich also bitte mit Geduld. Es kommen noch Überraschungen auf dich zu, mehr verrate ich nicht."

Sie stöckelte in ihr Zimmer zurück.

„Hoffentlich wappnet sich auch Ottokar mit Geduld. Ich vermute, das hier dauert länger. Diese Dame treibt mit ihrer Garderobe offenbar einen gewissen Kult. Wer hätte das von ihr gedacht?", dachte Mühleis bei sich.

Ihren Oberkörper in ein sogenanntes Twinset gekleidet, in den Farben Weiß und Hellblau, mit kurzem Rock, erschien Hildegard wieder auf der Bildfläche.

Eine Perlenkette lag dekorativ auf ihrem züchtig verhüllten Dekolleté.

Der Rock darunter schien Mühleis etwas zu kurz, obwohl die Trägerin ihre schlanken Beine wirklich sehen lassen konnte. Als er aber an seine eigenen Beine dachte, verwarf er den Gedanken, diese Stücke auszuwählen.

Er wiegte nachdenklich den Kopf: „Ja, recht ansprechend, du kannst das gut tragen, du hast wirklich schöne Beine, aber der Rock erscheint mir für meine Person doch etwas zu kurz. In Anbetracht der immer noch kühlen Temperaturen ist er sicherlich auch nicht warm genug."

„Moment, gleich kommt was anderes."

Wieder entschwand Hildegard.

Gleich darauf zeigte sie sich in einen Mantel aus edlem grauem Wollstoff, wieder mit entsprechendem Schal.

„Der ist warm", versicherte sie.

Dann: „Achtung, eine weitere Variation!"

Wieder diese geschmeidige Bewegung.

Der Mantel fiel mit Schal zu Boden und bauschte sich weich zu ihren Füßen.

Nun stand sie in einem dunkelblauen, engen Etuikleid vor ihm und drehte sich langsam um die eigene Achse.

Mühleis bemerkte, wie seine etwas abstehenden Ohren heiß wurden.

„Sehr ansehnliche Figur!", flüsterte ihm ein kleiner Teufel zu.

Er musste sich räuspern: „Also, das sieht an dir sehr schön aus, aber ich habe diesen kleinen Stau am mittleren Ring, verstehst du?"

„Ich verstehe. Du willst noch mehr sehen?"

„Ich bitte darum."

Aufs Neue lief sie ins andere Zimmer. Als sie das Wohnzimmer verlassen hatte, schenkte Mühleis sich ein wenig hektisch das Sektglas voll und trank es schnell in einem Zug aus. Das war ja richtig aufregend!

Kurz darauf kam Hildegard wieder, diesmal in einem sehr kleidsamen Gewand, nicht zu eng, nicht zu weit. Theodor fand es für sich ganz passend. „Hm, das könnten wir probieren, denke ich."

Jetzt war Hildegard gleich ganz eifrig: „Dazu musst du natürlich Jacke, Hemd und Hose ausziehen, dann schauen wir mal, wie es dir steht."

Sie machte Anstalten, gleich Hand an ihn zu legen. Er sagte schnell: „Ich bin etwas genant. Könntest du dich kurz umdrehen?“

„Klar Theo, aber vor mir brauchst du dich nicht zu genieren. Ich weiß zufällig, wie ein Mann aussieht.“

Theodor zog sich schnell aus.

„Du musst mir bitte das Kleid am Rücken aufknöpfen, das kann ich so schlecht alleine.“

„Du willst dich nicht vorher umziehen?“

„Aber Theo, ich bitte dich, das wäre doch jetzt wirklich zu umständlich. Lass uns vor meinem Entkleiden noch einen Schluck Sekt trinken. Hab keine Angst, ich fresse dich schon nicht.“

Während sie ein weiteres Glas Sekt tranken, musterte ihn Hildegard gründlich. Heute hatte er glücklicherweise ein sauberes weißes Unterhemd und nett gemusterte Boxershorts angezogen.

Nachdem ihn Hildegard völlig ruhig von Kopf bis Fuß betrachtet hatte, sagte sie zufrieden: „So, jetzt klappt es dann gleich richtig gut.“

Sie füllte die Gläser neu und die beiden stießen wieder an und tranken. In Theos Kopf drehte sich plötzlich ein kleines Karussell. Eine süße Melodie erklang aus dessen Innerem und er hatte mit einem Mal die sehenswerten blauen Augen von Hildegard vor sich und blickte tief in sie hinein. Wieder schossen ihre Hände nach vorn, packten energisch seinen Kopf. Er spürte weiche Lippen auf den seinen. Eine Zunge drängte in seinen Mund. Das Karussell drehte sich schneller und schneller. Er wollte schon wieder einen bestimmten Satz denken, verjagte ihn aber im gleichen Augenblick.

„Wow!“, sagte er diesmal ergriffen. Es ermangelte ihn anderer Worte.

„Wenn es nur schmeckt!“, entgegnete Hildegard schelmisch grinsend.

„Danke, sehr gut!“

„So, zur Belohnung solltest du mir jetzt aber das Kleid öffnen, damit wir es probieren können.“

Sie drehte sich um. Mühleis fing an, an den Knöpfen des Kleides zu nesteln.

„Nur Mut!“, ermunterte ihn dessen Trägerin.

Gleich ging es flotter.

Als er den letzten Knopf geöffnet hatte, hielt Hildegard das gute Stück mit einer Hand fest, damit es nicht herunterrutschte. Mit der anderen Hand stellte sie das Sektglas auf den Tisch und sagte mit etwas heiserer Stimme: „Theo, setz dich wieder hin, entspanne dich und schau mir zu, damit du lernst, wie man ein solches Kleid richtig auszieht. – Halt! Trink noch einen Schluck, dann ist der Lerneffekt etwas größer.“

Theo setzte sich und trank.

Sehr, sehr langsam trennte sich Hildegard nun von ihrem Kleid. Zuerst wurde die Haut ihrer Schultern sichtbar, dann erlaubte sie dem bunten Stoff, etwas weiter nach unten zu wandern. Die gerüschten Ränder eines BHs wurden sichtbar.

Theodor fühlte, wie er sich anspannte und seine Hand anfing, sich in die Sessellehne zu krallen.

Die Enthüllung schritt weiter voran. Der Büstenhalter erwies sich als durchsichtig. (O Mann!)

In Theos Ohren rauschte ein liebliches Bächlein.

Ein flacher, sehr weiblicher Bauch grüßte seine wässerig gewordenen Augen.

Und jetzt gab es einen Stopp. Die Enthüllung schien gestört. Theos Mund öffnete sich. Er wollte rufen: „Weiter! Bitte weiter!“, aber er konnte nicht mehr sprechen, sein Mund war mit einem Mal wüstenhaft ausgetrocknet.

Dann ging es doch wieder ganz langsam voran. Ein rüschiger Höschenrand zeigte sich, dann ein seidig glänzendes Stückchen Stoff, durchsichtig (!!!) und dann – bei allen guten Geistern! Theo konnte nicht wegsehen. Er hörte, wie das Bächlein in seinen Ohren zum Wildbach mutierte. Er starrte auf das lediglich von durchsichtiger Seide Umhüllte, das sich seinen daran wie festgenagelten Augen darbot. Sein Blut schoss mit Macht in alle möglichen Teile seines Körpers. Das Karussell drehte sich immer schneller, die Musik jagte wie ein Sturmwind aus seinem

Inneren. Er wollte aufjauchzen, hoch in die Luft springen und schaffte es doch nicht, sich nur ein bisschen zu bewegen. Er war auf den Sessel gebannt, wie festgeklebt, mit aller Aufmerksamkeit dem Schauen verfallen. Unglaublich!

Dann fiel das Kleid ganz runter. Das Höschen folgte. Hildegard setzte gekonnt und äußerst lasziv ein Bein vor das andere. Sie kam verheißungsvoll lächelnd auf ihn zu. Er hatte keine Lust, sie in ihren nächsten Handlungen aufzuhalten. Alle Hemmungen fielen von ihm ab wie überflüssig gewordene Blätter von einem Baum im Herbst. So war es.

Mit heißer Begierde streckte seine Arme aus. „Komm!"

***

Am Abend dieses Tages

Am Abend dieses Tages fanden sich die drei Entführer wieder in dem unbewohnten Haus am Stadtrand von Ansbach, in dessen Keller sie ihr Opfer eingesperrt hatten.

Sie trugen schwarze Kleidung. Ihre Sturmhauben mit Schlitzen für die Augen lagen auf einer alten Bank in der Küche. Die drei saßen an einem Campingtisch auf faltbaren Campingstühlen.

An einer Wand waren Getränkekisten aufgestapelt. Ein kleiner, tragbarer Kühlschrank brummte vor sich hin. In seinem Inneren lagerten verschiedene Lebensmittel und Fertiggerichte, die leicht in einer Pfanne auf einem Campingkocher zuzubereiten waren. Auf einem weiteren Campingtisch wartete ein kleiner Kocher auf seinen Einsatz.

Sie mussten sich selbst und ihren „Gast" schließlich versorgen.

In einem der großen Räume in diesem Haus stand ein Feldbett, auf dem derjenige, der gerade Wachdienst hatte, Ruhepausen einlegen konnte.

Ein Problem war die Beleuchtung in diesem Gebäude. Zwar war es ans Stromnetz angeschlossen, aber das Licht aus dem Inneren durfte außen nicht gesehen werden.

Das Haus gehörte einem von ihnen, zumindest ein kleiner Teil davon. Verwandte hatten bis zu ihrem Tod darin gewohnt. Das Ehepaar hinterließ keine Kinder, aber einige Neffen und Nichten. Als sie gestorben waren, hatten ihre Erben untereinander einen erbitterten Streit um ihre Hinterlassenschaft angefangen. Sie trafen sich deshalb immer wieder vor Gericht.

Ihre Anwälte hatten eine rechte Freude an den Streithanseln und schrieben einander Briefe mit giftigem Inhalt. Damit erreichten sie, dass ihre Geldquelle beständig sprudelte.

Wolf, so hieß einer dieser streitbaren Leute, saß an diesem Abend mit seinen beiden Kumpanen am Küchentisch der Vorbesitzer des Hauses. Er hatte kein Interesse daran, dass es in absehbarer Zeit zu einer Einigung unter den Erbgeiern kam. In dem Bestreben, den Streit immer wieder anzufachen, hetzte er seinen Anwalt auf die anderen. Er spann Intrigen und setzte Fake News übelster Art in die Welt. Das Internet war für solche Dinge wie geschaffen. Anonym konnte er auf diese Weise Beleidigungen gegen alle Beteiligten veröffentlichen. Keiner von ihnen wusste, wer von ihnen der Schmierfink war, so waren sie einander ständig spinnefeind.

Für die drei Entführer war dieses leerstehende Haus ein Glücksfall. Die sichere Unterbringung von Sailer war natürlich eine Grundvoraussetzung für das Gelingen ihrer Tat gewesen.

Wenn die laufende Aktion von Wolf und seinen beiden Mitstreitern zu einem Abschluss gekommen war – er hoffte sehr bald –, dann würde er den Friedensengel spielen und versuchen, die hasserfüllte Verwandtschaft an den Verhandlungstisch zu bringen, um sie zu mäßigen. Das alte Haus interessierte ihn nicht, aber wenn alles gut lief, sprang bei den jetzigen Baulandpreisen vielleicht eine größere Geldsumme für ihn heraus.

Die drei (das waren zwei Männer und eine Frau) am Tisch, hatten sich irgendwann einmal zusammengetan. In ihrer Branche waren sie als „Allrounder" bekannt. Eigentlich arbeiten sie meist als Einzelgänger und waren auf den verschiedensten „Geschäftsfeldern" des Verbrechens zu Hause – immer da, wo es etwas zu holen gab.

Einbruch, Diebstahl mit und ohne Gewaltanwendung, Betrug, illegaler Kraftfahrzeughandel, Waffenschmuggel, Erpressungen auch mal Menschenschmuggel, Drogentransporte und Dealereien, und was eben noch so anfiel. Aus der Sparte Digitalisierung hielten sie sich vorläufig noch heraus, obwohl dort schnelle Gewinne an der Tagesordnung standen. Doch das Gebiet barg gleichsam hohe Risiken. Sei es drum, es reichte ihnen auch so.

Auftragsmorde, so behaupteten diese Ganoven zumindest, lehnten sie aus berufsethischen Gründen konsequent ab.

Sie waren Kriminelle, die gewissenhaft darauf achteten, ihre Unternehmungen genau vorauszuplanen. Es war ihrem professionellen Vorgehen geschuldet, dass alle drei überraschenderweise bisher nur wenig Zeit im Knast zugebracht hatten.

Unter ihresgleichen genossen sie Hochachtung und wurden auch gerne eingeladen, an einer Sache als Subunternehmer mitzuwirken. Allgemein waren sie gefürchtet, gerade dann, wenn sie als „Dreigestirn“ auftraten.

Weil die Sache mit der Entführung von Rubert Sailer einen größeren Aufwand erforderte, hatte sich einer von ihnen entschlossen, die Aktion wieder einmal im Team über die Bühne zu bringen.

Sie kannten sich und auch wieder nicht. Wolf hatte schon in der Vergangenheit ständig ein Auge auf die beiden Kollegen. Niemand kannte die wahren Namen des jeweils anderen. Jeder hatte einen Tarnnamen: Sie nannten sich „Wolf“, „Kobra“ und „Bär“. Mit diesen Namen waren sie unter ihresgleichen bekannt. Ihre wahre Identität war eines ihrer strengsten Geheimnisse. Ebenso ihr jeweiliger Aufenthaltsort. Sie nahmen untereinander entweder verdeckt und verschlüsselt im Darknet Kontakt auf, oder auf anderen, immer sorgsam gesicherten Wegen.

Die drei hielten sich für gewiefte Geschäftsleute. Gewisse Schwächen der Gesellschaft und ihrer Bürger nahmen sie zum Anlass, ihren Anteil an der Marktwirtschaft zu kassieren. Vieles war in Deutschland und im Ausland möglich, gerade weil die Bürokraten von der Denkweise von Gesetzlosen wenig Ahnung hatten, außerdem konkurrierten manche Behörden untereinander.

Gute Voraussetzungen für Verbrecher!

Alle drei waren „grauen Eminenzen“ in der Schattenwirtschaft des Landes.

Sie wussten Bescheid, wo gerade etwas lief. Sie hatten ihre Netzwerke und kannten diejenigen Personen, bei denen es sich lohnte, Schmiergelder zu zahlen.

Bei all der Professionalität waren sie ganz einfach Verbrecher mit egomanischer und narzisstischer Grundstruktur. Sie fügten ihren Mitmenschen viel Leid zu. Das gehörte bei den Missetaten der drei einfach zum Geschäft. Sie mordeten ihren eigenen Angaben nicht eigenhändig, aber in ihrem Umfeld starben immer wieder Menschen unter merkwürdigen Umständen. Das Alibi der drei war bisher immer wasserdicht gewesen.

Jeder, der in der Unterwelt beheimatet war, wusste jedoch, dass Wolf, Kobra und Bär einfach alles zuzutrauen war.

Das mit der „Brigade 2007“ und dem Hass auf den deutschen Staat hatten sie sich nur ausgedacht, um eine falsche Spur zu legen. Nach der Beendigung dieses Falles würden sie sich sofort wieder trennen und jeder würde sein Ding machen.

Kaum hatten sie sich an den kleinen Tisch gesetzt, fauchte Kobra die beiden Männer an, übrigens ohne irgendwelche Kehllaute in der Stimme: „Warum soll immer ich mit dem Kerl reden? Die einzige Stimme, an die er sich erinnern kann, ist meine. Wenn es darauf ankommt, erkennt er nur mich wieder und ihr seid fein raus. So geht das nicht!“

Wolf blickte sie mit seinen kalten blauen Augen an und knurrte: „Dass das klar ist und ich nicht nochmal darüber reden muss: Ich habe euch beide in dieses Geschäft mit hineingenommen. Das heißt, ihr beide macht das, was ich sage. Ich habe die Vorarbeit geleistet, den Plan ausgeheckt, den Typen und seine Alte ausgesucht und observiert, das Haus und den Keller zur Verfügung gestellt und alles gut vorbereitet. Wenn ihr gut arbeitet und alles klappt, bekommt jeder den gleichen Anteil vom

Gewinn. Das sind unsere Geschäftsgrundlagen. Also, wenn die für euch nicht komfortabel sind, dann weiß ich es nicht. Dass du ihn angesprochen hast, war so ausgemacht, Kobra. Im Keller hast wieder du mit ihm gesprochen. Warum sollten wir es auch anders machen? Unser Risiko bleibt damit klein. Er wird immer angeben, eine Frau mit ausländischem Akzent hat mit ihm am Parkplatz und während seiner Gefangenschaft geredet. Wenn dir dieses Vorgehen nicht gefällt, kannst du wieder aussteigen."

Wolf hatte sehr ruhig und unaufgeregt gesprochen und Kobra dabei mit starrem Blick und Pokerface fixiert. Er hatte wirklich eisige Wolfsaugen!

Die Frau spürte, wie es ihr kalt den Rücken hinablief. Die Temperatur im Raum war innerhalb von Sekunden scheinbar um einige Grad abgesunken.

Sie ärgerte sich über die Hitze, die ihr ins Gesicht geschossen war, ohne dass sie etwas dagegen unternehmen konnte. Wenn ihr Wolf während einer laufenden Aktion anbot auszusteigen, hieß das in seiner Sprache, dass er sie töten würde, wenn sie nicht mehr mitmachen wollte.

„Hey, man kann über alles reden!" Sie hatte die Hände wie zur Abwehr erhoben. „Okay, ich habe verstanden. Du hast alles sicher gut überlegt. Du bist der Chef im Ring, klaro!"

Bär schaltete sich ein: „Wolf, ich schließe mich deinen Vorgaben voll und ganz an. Nur eines verstehe ich nicht: Warum verlangen wir nicht drei Millionen von der alten Schachtel? Eine Million für jeden von uns, das wäre doch eine wunderbare Sache."

Bär machte mit seiner Erscheinung, durch seine wuchtige, muskulöse Gestalt, seinem Namen alle Ehre. Seine kleinen, fast immer bösartig blickenden Augen und die scheinbar sich kaum merklich veränderbare Miene lösten bei den meisten Menschen, denen er begegnete, eine unmittelbare Furcht aus.

Er hatte oft leichtes Spiel und ließ sich gerne als „Mann für das Grobe" einsetzen, natürlich nur für ein gesalzenes Honorar.

Wolf hatte beide bewusst als Mitarbeiter ausgewählt. Kobra war für ihre Gewandtheit berühmt. Sie war hübsch und konnte die Menschen geschickt um ihre schönen, schlanken Finger wickeln. Wenn sie wollte, war sie in der Lage, blitzschnell zuzuschlagen. Hochtrainiert und intelligent war sie – eine Topverbrecherin. Bär war zutiefst skrupellos. Mit ihm war keinerlei Rumgezicke zu befürchten, wenn es hart auf hart ging.

Die drei Berufskollegen waren reich. Sie hatten in den letzten Jahren äußerst gut verdient. Wenn es mit dem Millionenerlös klappte, war das für sie die Chance, eine Zeit lang das tun, was sie schon lange wollten, zum Beispiel längere Zeit Betriebsurlaub machen oder den Beruf ganz an den Nagel hängen und bürgerlich brav werden. Sie könnten auch einfach eine größere Investition tätigen, die genug abwarf, um den Lebensstil den jeweiligen Träumen anzupassen.

„Du hast recht Bär, es ist eine wunderbare Sache. Wenn alles klappt, bekommt auch jeder von uns seine Million. Wir werden dem Typ die restliche Million aus den Rippen orgeln. Morgen früh fangen wir damit an."

Wolf erläuterte das gut überlegte Vorgehen. Er wollte zwei Fliegen mit einer Klappe schlagen.

Die ausgebufften Profis hatten bei aller Sorgfalt und Planung sowie routinemäßiger Aufmerksamkeit übersehen, dass sie unter ständiger Beobachtung zweier Personen standen, die fast genauso clever und berufserfahren waren wie sie selbst. Vielleicht fehlte den Entführern sogar deren ausgeprägte Gerissenheit.

***

Ottokar Hauptvogel war ziemlich ungehalten, weil Mühleis erst nach langer Zeit wieder bei ihm auftauchte. Er hatte Hunger, außerdem hasste er es, auf jemanden zu warten.

Mühleis sah einigermaßen derangiert aus, als er ins Zimmer kam.

„Monsignore Theodor, was hast du so lange bei Frau Senftleben gemacht?

Es kann doch nicht sein, dass die Anprobe eines Kleides so viel Zeit braucht. Wo hast du das Kleid überhaupt?"

Weil Mühleis feuerrot im Gesicht war und ihm das schlechte Gewissen aus allen Knopflöchern sprießte, fasste Ottokar nach: „Da stimmt doch irgendetwas nicht! Hast du mir was zu beichten?"

„Ottokar, ich will nicht beichten. Außerdem hast du mir eine zweitägig haltbare Absolution erteilt, deren Mindesthaltbarkeitsdatum erst morgen Abend abläuft. Auf deine andere Frage hin: Das Kleid liegt noch bei Frau Senftleben. Bevor wir morgen Vormittag die alte Dame besuchen, gehe ich zu ihr und lasse mich von ihr ankleiden. Dazu brauche ich übrigens eine Perücke von dir."

„Das mit der Absolution war eine Dummheit von mir. Irgendwie erinnert mich das an den Tetzel, du weißt, den Verkäufer von kirchlichen Ablässen von Sündenstrafen zur Zeit Luthers. Die Geschichte soll sich angeblich so zugetragen haben: Zu Tetzel soll einmal einer gekommen sein und sich einen Ablass für einen Diebstahl gekauft haben. Tetzel ließ ihn ganz schön viel Zaster dafür hinlegen. Der Mann beraubte am nächsten Tag ausgerechnet Tetzel selbst und klaute ihm sein ganzes Geld. Der Dieb hatte zweifaches Glück. Die Vergebung für die Tat hatte er bereits in der Tasche und sein bezahltes Geld auch."

„Ja, ganz lustig, deine Geschichte, aber jetzt mache ich uns etwas zu essen."

Theodor ging in die Küche, gleich darauf hörte ihn Hauptvogel dort eifrig hantieren. Ein paar Mal krachte es von dort drinnen auch. Ottokar machte sich Sorgen um seinen Hausrat.

Schließlich duftete es gut in der Wohnung. Theo deckte den Tisch.

„Monsignore, ich muss dir etwas sehr Wichtiges mitteilen. Während du bei der Modenschau warst und so unmäßig lange dageblieben bist, hat die Frau, deren Sohn verschwunden ist, schon wieder hier angerufen.

Sie berichtete mir, dass die Erpresser dem Brief ein Bild des Entführten beigefügt, auf dem er eine Zeitung von heute in der

Hand hält. Sie drohen mit der Verletzung des Sohnes, falls sie nicht zahlt oder die Polizei einschaltet. Wir müssen morgen möglichst früh zu ihr und versuchen, die Spur der Erpresser aufzunehmen."

„Mensch, das ist ja furchtbar! Meinst du nicht, dieser Fall ist ein paar Nummern zu groß für uns beide?"

„Ach was, sei kein Frosch! Wir schaffen das schon. Schließlich bin ich der Papst und habe sämtliche Heerscharen des Himmels zur Seite und du bist altgedienter, erfahrender Kriminalist, mit allen Wassern gewaschen. Ich bin überzeugt, wir erhalten der Dame ihren Reichtum und bringen ihr den Sohn wohlbehalten zurück."

„Dein Wort in Gottes Ohr, Ottokar!"

„Na klar, ist schon drin!"

„Mein Essen ist übrigens fertig. Es gibt Bratwurst mit Sauerkraut. Ich hoffe du hast Appetit auf Bratwurst?"

„Ansbacher Bratwurst geht immer, das weißt du doch! Ein gutes Bier hoffentlich dazu. Brot darfst du nicht vergessen, möglichst ein Bio-Produkt von der Zandtmühle!"

„Ja, alles nach deinen Wünschen."

Als sie aßen, fragte Theodor: „Wie bist du eigentlich zum Telefon gekommen? Beim letzten Anruf der Dame hast du das nicht geschafft."

„Was blieb mir übrig, als mich auf einem Bein hüpfend durch die Wohnung zu bewegen. Ich hab's geschafft, wenn auch unter grässlichen Schmerzen und großer Gefahr, aber du warst ja nicht da. Was hätte mir alles passieren können! Nur gut, dass ich als Papst mehr Schutzengel habe als zum Beispiel du."

„Na, dann kann uns ja wohl nichts passieren. Wir können übrigens morgen nicht so früh zu dem Besuch aufbrechen. Ich muss erst noch den Rollstuhl für dich in dem Geschäft für Sanitätsbedarf abholen. Außerdem muss ich mich von Frau Senftleben für meine Rolle als Frau herrichten lassen. Das dauert bestimmt eine Weile." Er wurde wieder rot.

Ottokar bemerkte die Veränderung der Gesichtsfarbe und brummte: „So, so, das dauert eine Weile!?"

Um ihn abzulenken, fragte Mühleis schnell: „Warum brauchst du hier in der Wohnung Verkleidungsutensilien?"

„Na hör mal, das muss dir doch von selbst einleuchten. Wenn ich als Papst nicht Undercover durch die Straßen dieser Stadt spaziere, gibt es doch gleich einen großen Volksauflauf. Die Polizei wird gerufen, die sperrt sofort alle Straßen ab, durch die ich gehe. Ein Notarzt wird gerufen, damit ich gleich Hilfe bekomme, falls mir etwas passiert. Die Feuerwehr wird in Alarmbereitschaft versetzt, um eingreifen zu können, falls das nötig würde. Die Medien aus dem In- und Ausland fielen in die Stadt ein. Es gibt ein riesen Getümmel, denn alle Menschen wollen mich sehen, mich filmen und fotografieren, mir die Hand schütteln, Blumen werfen oder überreichen. Kinder und Kirchenchöre würden auftreten und mich mit ihren Gesängen nerven. Die Kollegen würden in ihren glänzendsten Gewändern zusammenströmen, um sich vor mich hinzuwerfen, und mich bitten, ihnen allen die Füße zu waschen und so weiter und so fort."

„Verstehe!" Mühleis schluckte schwer, schon um zu verhüten, bei all den Bildern, die bei Ottokars Schilderung in ihm aufstiegen, in lautes Gelächter auszubrechen. Er wischte sich über die Augen, weil ihm vor lauter Mühe, sein Lachen zu unterdrücken, ein Schwall Tränen in die Augen geschossen war.

In Verkennung dieses Ausbruchs nickte Ottokar verständnisvoll: „Siehst du, selbst du, als hart gesottener Polizist brichst in Tränen aus, wenn ich dir vor Augen führe, was geschehen würde, wenn die da draußen plötzlich den amtierenden Papst mitten unter sich erkennen würden. Aber du musst nicht weinen, ich tue mein Möglichstes, um inkognito zu bleiben!"

„Deshalb läufst du also immer wieder in Verkleidung eines markgräflichen Bediensteten aus dem siebzehnten Jahrhundert und in manchen anderen Verkleidungen durch die Straßen?"

„Also, das weißt du doch alles. Du wirst vergesslich, mein lieber Sekretär! Ich hoffe, das gibt sich wieder."

Mühleis hoffte noch viel mehr als er, dass in Ottokars Kopf auch wieder alles in den alten Zustand zurückfand. Er nahm sich vor, bei nächster Gelegenheit im Internet einen Artikel über partielle Amnesie zu lesen.

Die Freunde beschlossen angesichts der heiklen Aufgaben des nächsten Tages nicht wie üblich noch ein wenig zu plaudern und dabei zu bechern, sondern früh ins Bett zu gehen, um für die kommenden Vorhaben gut gerüstet zu sein.

Mühleis war recht froh über diesen Beschluss, weil er das Aufziehen eines schlimmen Muskelkaters verspürte. Er hatte sich sehr anstrengen müssen an diesem Tag. So viel feurige Leidenschaft auf einmal war er eben nicht mehr gewohnt. Er nahm sich vor, in seiner Wohnung, im sogenannten ADAC-Hochhaus in Ansbach, längere Zeit heiß zu duschen, um seine Muskeln wieder etwas zu beruhigen.

Theodor half seinem Freund beim Auskleiden, sorgte dafür, dass alles, was er in der Nacht brauchte, für ihn greifbar war, und verabschiedete sich dann von ihm.

***

Zugleich mit dem Frühstück brach die Gewalt über Doktor Rubert Sailer herein. Sie kam in Gestalt der drei schwarz gekleideten, bis auf schmale Augenschlitze vermummten Gestalten, von denen eine das Tablett mit seinem Frühstück in den Händen trug. Als sie es auf dem Tisch abgestellt hatte, wandte sie sich ihm zu und sagte mit ruhiger und mittlerweile bekannter Stimme: „Wir wollen von dir selbst auch eine Million Euro. Du sollst sie uns in bar besorgen."

Rubert war schon beim Eintritt der furchterregenden Personen zutiefst erschrocken. Er vermutete gleich Schlimmes. Gleich darauf wurde seine böse Vorahnung noch übertroffen. Jetzt war es noch schlimmer gekommen, als er gedacht hatte. Sie wollten nicht nur seine Mutter, sondern auch ihn in den finanziellen Ruin stürzen. Seine Angst wich einem jähen Wutausbruch. Er sprang auf, tat einen lauten Brüller: „Niemals!", und wollte der Sprecherin einen Schlag verpassen, aber wo sie gestanden hatte, stand sie plötzlich nicht mehr. Sein Schlag ging ins Leere. Stattdessen traf ihn selbst ein schwerer Hieb. Er fiel zurück auf den Stuhl. Nun hagelte es harte Schläge gegen sein Gesicht. Er versuchte, sich mit den Armen zu schützen, und hob sie hoch, sie wurden jedoch sofort gepackt und mit Gewalt nach unten gedrückt. Er war den Hieben nun schutzlos ausgesetzt. Sie trafen seine Augenbrauen, seine Nase, seine Lippen.

Dann trat der bulligste der drei Übeltäter vor ihn und zog ihn am Hemdkragen hoch. Als er aufrecht stand, traf ihn ein schwerer Schlag in den Magen. Er klappte laut aufstöhnend zusammen und fiel nach vorne auf den Boden.

Über ihm sprach die Frauenstimme ruhig und sehr bestimmt: „Überlege es dir genau, was du uns sagst, wenn wir wiederkommen!"

Rubert hörte wie von fern, dass die Erpresser den Raum verließen. Die Tür schloss sich hinter ihnen.

Rubert Sailers Kopf schmerzte und dröhnte. Er lag in einer kleinen Blutlache am Boden und konnte sich nicht rühren. In seinem Inneren tobte ein starker Schmerz. Er öffnete den Mund, aus dem nun ein lautes Stöhnen herauskam, das den großen körperlichen Schmerz und die psychischen Qualen des Mannes nur annähernd Ausdruck verleihen konnte.

***

Am Dienstagmorgen

Am nächsten Morgen öffnete Theodor Mühleis gegen neun Uhr die Wohnungstüre von Ottokar Hauptvogel. Der war schon eine Zeit lang wach und lag aufgeregt in seinem Bett. Der Pseudopapst reklamierte bei Theodors Anblick vorwurfsvoll murrend: „Ich habe schon früher mit dir gerechnet, Monsignore Mühleis! Frühstücken, Rollstuhl vom Geschäft abholen, dich als Frau verkleiden lassen und um elf Uhr im Seniorenstift auf der Matte stehen – wie stellst du dir das vor?“

„Du kannst dich voll und ganz auf meine Zeitplanung verlassen, lieber Ottokar. Ich habe alles durchgecheckt. Wir haben genug Zeit. Frau Sailer habe ich bereits von zu Hause angerufen und ihr unser Kommen um elf Uhr angekündigt. Sie ist natürlich froh, dass wir kommen. Jetzt mache ich uns gleich Frühstück. Zuvor helfe ich dir ins Bad. Bis du darin fertig bist, habe ich alles vorbereitet, dann können wir essen.“

Mühleis mühte sich damit ab, seinen gewichtigen Freund aus dem Bett zu hebeln und ins Bad zu bringen.

Dann waren aus der Küche lautes Geklapper und Schranktürenschlagen zu hören. Ottokars Kaffeemaschine kreischte und blubberte.

Theodor sauste mit Geschirr zwischen Küche und Esszimmer hin und her und war ziemlich schnell mit seinen Vorbereitungen fertig. Er beeilte sich, weil er ständig an Hildegard Senftleben denken musste, die in etwa einer guten Stunde ein Stockwerk tiefer auf ihn wartete. Der Gedanke an sie und ihre Reize machte es ihm schwer, sich voll und ganz auf seine Aufgabe zu konzentrieren. Einer der Teller rutschte ihm prompt aus der Hand und zerbarst auf dem Fliesenboden der Küche. Trotz Wasserrauschen hatte Ottokar das Geräusch des zerspringenden Tellers gehört. Er seufzte laut auf: „Oh, mein schönes Rosenthal-Geschirr, zerstört von einem vollkommen ungeschickten Papstassistenten, so ein Pech!“

„Frühstück ist fertig!“ Dieser Ruf klang aus dem Mund des gestressten Mühleis durchaus nicht wunderbar und zärtlich, wie es in der Werbung für irgendeine Kaffeemarke hieß. Es glich eher einem Kommando wie: „Auf in die Schlacht, Gott mit uns!"

Sodann holte er den Freund mit guten Worten aus dem Bad. Der bedankte sich nicht dafür, sondern fragte nur mit Schärfe in der Stimme: „Was hast du zerdeppert, Mühleis?"

„So einen ganz alten Teller. Ich denke dein Geschirr ist völlig aus der Mode. Du brauchst wieder einmal eines, das so richtig up to date ist. Wenn du wieder richtig gehen kannst, begleite ich dich gerne ins Brückencenter zu dem Haushaltswarengeschäft. Du wirst sehen, neues Geschirr bringt den ganzen Haushalt Schwung."

„Mir scheint, du bringst hier bereits alles zum Schwingen. Mit Schwung hast du eben ein sehr wertvolles, ich möchte sagen fast antikes Stück, meiner exklusiven Geschirrsammlung zerschmettert. Vielen Dank auch!"

„Uff! Dass dein Geschirr so wertvoll ist, wusste ich nicht. Ich werde heute Abend gleich im Internet nach einem Ersatz suchen. Ich ersetze dir das gute Stück natürlich. Trotzdem bleiben ich dabei: Ein neues Geschirr ist wie ein neues Leben!"

„Du hättest Werbetexter werden sollen!"

Nachdem sie gefrühstückt hatten, legte Mühleis die aktuelle Tageszeitung vor Ottokar auf den Tisch.

„Verehrter Papst Ottokarius, wo finde ich jetzt deine Verkleidungsutensilien? Ich brauche doch eine Perücke, wie du weißt."

„In meinem Kleiderschrank unten in einem Karton, bei den falschen Bärten. Aber schmeiße nicht alles durcheinander!"

Theodor ging ins Schlafzimmer und suchte im Schrank herum. Die richtige Perücke zu finden, war in dem Chaos dort nicht eben einfach. Schließlich fand er, was er suchte: eine blonde Langhaarperücke. Das Kunsthaar würde ihm bis zu den Schultern herab reichen und seinen männlichen Haaransatz vollständig verdecken.

Er probierte sie auf und stellte sich damit vor den Spiegel. „Gar nicht so schlecht." Er grinste sich an, wechselte dann in den Versuch, „zauberhaft" zu lächeln. Dabei spitzte er damenhaft den

Mund und stellte sich vor, wie er geschminkt und mit Make-up aussehen würde. Einfach hinreißend!

Nun war er gespannt auf Ottokars Reaktion. Einen großen Beifall erwartete er sich nicht, denn der Freund schien an diesem Morgen mit dem falschen Fuß aufgestanden zu sein. „Miesepeter!“, stellte er für sich fest. Praktisch völlig humorlos!

Er wollte sich die Freude und alle rosarote Erwartung dieses Morgens nicht verderben lassen und betrat das Esszimmer mit dem falschen Schopf auf dem Kopf so, als wäre alles an ihm ganz gewöhnlich und wie immer.

Ottokar sah von seiner Zeitungslektüre auf. Erstaunen zeichnete seine Miene, als er Theodor ansah. Dann grinste er so heftig, dass seine Ohren quasi Besuch bekamen. „Warum bist du plötzlich so erheitert?“

„Ach, du erinnerst mich stark an die berühmte Kurtisane Klara Theodora, der einst ganz Rom zu Füßen lag.“

„Hey, woher kanntest du die?“

„Die kennt doch jeder in Rom.“

„Hm, jetzt muss ich aber gehen, damit wir unseren Zeitplan schaffen.“

Theodor lief schnell aus der Tür und rannte die Treppe hinab. Ottokar hatte ihm noch nachgerufen: „Die Perücke!“, aber da war sein Freund schon aus der Haustüre. Theodor warf sich in seinen Wagen, der nahe am Haus geparkt war, und preschte los. „Schade, dass ich kein Blaulicht an meinem Ford Escort habe, damit ginge es richtig flott“, dachte er und beeilte sich, alle Punkte auf der Liste möglichst schnell abzuarbeiten:

Direkt vors Sanitätsgeschäft fahren.

Rein in den Laden. Rollstuhl stand schon bereit.

Erstaunte Blicke des Personals wegen blonder Perücke schon beim Eintritt in das Geschäft wahrnehmen. Zu spät, sich des Haarteils zu entledigen.

Hitze im Gesicht.

Empfangsbescheinigung unterzeichnen.

Mit Stuhl aus dem Geschäft flüchten.

Rollstuhl zusammenklappen und in den Kofferraum.

Eilig zurückfahren.
Vollbremsung.
Vor der Wohnungstüre Übungen, um den Pulsschlag zu senken.
Bei Frau Senftleben läuten.
Erste Liebkosungen entgegennehmen.
Die frohe Botschaft empfangen, dass der Herr Rat bereits zu seinem Stammtisch abgezischt ist (Weißwurstessen).
Reingehen in die Wohnung und so weiter.
Eine Stunde später die Treppe hoch zu Ottokar.
Sein wieherndes Gelächter über den eigenen Anblick ertragen.
Wieder tief ein- und ausatmen.
Pulsschlag ist wieder im grünen Bereich.
Auf Ottokars blöde Witze scharf und doch souverän antworten.
Jetzt war Theodor erst mal fix und fertig!

***

Rubert versuchte aufzustehen. Ihm tat der Kopf dabei sehr weh. Auch sein Körper schmerzte immer noch von dem Haken in den Bauch.

Es gelang ihm, sich am Stuhl hochzuziehen und sich daraufzusetzen. Dort legte er sein Gesicht in die Hände. Rubert stöhnte und jammerte.

Er konnte nicht feststellen, wie lange er so gesessen hatte. Irgendwann ließen die Schmerzen so weit nach, dass er aufstehen und ins Bad gehen konnte.

Im Badspiegel betrachtet er sein lädiertes Gesicht. Es war voller Blut und besonders um die Augen herum dick angeschwollen. Die Haut an seiner Stirn hatte durch die Schläge einen Riss davongetragen, aus dem immer noch etwas Blut heraussickerte.

Sein Anblick weckte in ihm neue Angst. Er fühlte sich so schutzlos und diesen unberechenbaren Menschen vollkommen ausgeliefert.

Plötzlich stieg eine unbezwingliche Übelkeit in ihm auf und er musste sich in die Toilettenschüssel übergeben.

Als der Brechreiz nachgelassen hatte, wusch er sich das Gesicht ab und kühlte es mit Wasser.

Wieder im Zimmer schaute er sein Frühstück an. Ihn ekelte so sehr davor, dass er sich abwandte.

Schließlich setzte er sich wieder auf den Stuhl und versuchte, seine aktuelle Situation zu analysieren. Die Ganoven wollten seine Mutter und ihn fertigmachen. Warum eigentlich? Wieso waren ausgerechnet sie unter der ansehnlichen Zahl der reichen Menschen in der Stadt dazu ausgesucht worden?

Über den Anlass konnte er im Moment wieder nur spekulieren. Rubert sinnierte: Hatte er in seinem Beruf als Chirurg vielleicht irgendeinem Menschen Schaden zugefügt, der sich nun an ihm rächen wollte?

Obwohl er versuchte, sich an möglichst viele Patienten und ihre Schicksale zu erinnern, gelang ihm das nicht recht. Er hatte doch immer sein Möglichstes getan, um Menschenleben zu retten und die Gesundheit seiner Patienten zu verbessern. Natürlich kam es vor, dass ein Mensch während der Operation starb, das war in den allermeisten Fällen dem jeweiligen Zustand des Kranken geschuldet. Ärztliche Fehler waren bei Operationen unter seiner Regie in den allerseltensten Fällen passiert. Er hatte es geschafft, die OP-Techniken so zu standardisieren, dass ein äußerst hoher Grad an Sicherheit gewährleistet werden konnte. Sein Team war gut eingespielt und reagierte auf Komplikationen ruhig, besonnen und fachlich perfekt.

Trotz aller Bemühungen konnte natürlich immer eine Situation eintreten, die sie nicht mehr unter Kontrolle hatten, das war für sie alle jedes Mal der Worst Case. So etwas steckte keiner so einfach weg. Im Nachhinein simulierten die Operateure mehrmals den Ablauf des Geschehens und diskutierten ihr Vorgehen. Sie wollten doch alles Menschenmögliche tun, um ihrer schweren Verantwortung gerecht zu werden.

Nein, er wollte keinen Racheakt akzeptieren, der in einem Kunstfehler von ihm gründete!

Über eine Rache seiner verflossenen Liebschaften hatte er schon gegrübelt.

Keiner der beteiligten Frauen traute er diese Gemeinheiten zu, die ihm und seiner Mutter gerade angetan wurden.

War ganz einfach der Zufall im Spiel? Jemand sollte erpresst werden und es hatte sie getroffen, warum auch immer?

Er beschloss, die Erpresser nach dem Grund seiner Entführung zu fragen.

Ob er eine Antwort bekommen würde – oder wieder Schläge?

Sollte er Garantien dafür verlangen, dass sie ihn laufen lassen würden, wenn seine Mutter und er die geforderten Summen zahlten?

Würden sie ihn nach Erhalt des Geldes freilassen oder einfach umbringen und seine Leiche irgendwo hinwerfen, wo sie vielleicht niemals mehr gefunden wurde?

Nackte, kalte Angst nahm ihn in ihren harten Griff. Rubert stand auf und schüttelte Arme und Beine, als könnte er sich dadurch von seiner Angst befreien.

Er bemühte sich, sich an Übungen aus einem Entspannungskurs zu erinnern, den er im Studium vor den ersten fachlichen Prüfungen besucht hatte. Atmen war dabei ganz wichtig gewesen. Er stellte sich in die Mitte des Raumes, schloss die Augen und gab sich Mühe, ganz ruhig und tief ein- und auszuatmen. Dabei verdrängte er nach und nach alle ängstigenden Gedanken und ersetzte sie durch beruhigende Sätze.

Mit einem Mal hörte er in seinem Inneren die sanften Stimmen seiner Eltern. Er dachte an ihre Reden, wenn er durch Schmerz oder irgendeine Not als Kind die Fassung verloren hatte. Tiefe Dankbarkeit erfüllte ihn dabei. Seine Kindheit und Jugend glänzten vollkommen vergoldet vor ihm auf. Das kam sicher von dem psychischen Stress! Wie gut seine Eltern zu ihm waren und wie verständnisvoll. Immer hatten sie sich darum bemüht, für ihn da zu sein. Nicht um ihm alle Hindernisse aus dem Weg zu räumen, nein, das taten sie nicht. Sie hörten ihm vielmehr aufmerksam zu, wenn er über seine Probleme sprach. Sie stärkten ihn oft scheinbar durch aufmerksames Zuhören. Ratschläge aus ihrer Sicht vermieden sie. Stattdessen stellten sie ihm ab und zu eine Frage, die ihn zum Nachdenken brachte und zu einer Lösung führte.

Auf diese Weise waren seine Fähigkeiten, für sich und seine Entscheidungen die Verantwortung zu übernehmen, und auch sein Selbstbewusstsein stetig gewachsen. Seine Eltern öffneten ihm auf ihre Weise die Augen für die Möglichkeiten, die ihm zur Verfügung standen, eine Lebensaufgabe zu bewältigen.

Nun stellte er sich bewusst gerade hin, die Füße fest auf den Boden, schloss fest die Augen und konzentrierte sich. Vor seinem geistigen Auge sah er seine Eltern wieder so vor sich, wie er sie in seiner Kindheit und Jugend immer gesehen hatte.

Er erzählte ihnen, wie es ihm gerade erging. Sie sahen ihn mit größter Aufmerksamkeit an und hörten mit voller Konzentration auf seine Worte.

Da öffnete sich die Tür des Zimmers wie üblich mit einer fast gespenstischen Lautlosigkeit. Der Muskelmann trat als Erster ein. Seine wuchtige Gestalt schien den ganzen Raum zu füllen. Er atmete förmlich Gewalt aus. Der Mann trug einen Zettel in der Hand, den er mit Wucht auf den kleinen Tisch knallte. Der Schlag und das Klirren des Frühstücksgeschirrs erschreckten Rubert bis ins Mark. Alle positiven Gedanken lösten sich auf wie Nebel.

Er duckte sich, um sich kleiner zu machen. Am liebsten hätte er sich aus Angst in Luft aufgelöst. Das ging freilich nicht und so machte er sich auf erneute Schläge gefasst. Diesmal wollte er seinen Körper besser vor ihnen abschirmen. Er hob seine Arme, um den Kopf zu schützen.

„Lesen und unterschreiben!“ Die Stimme der Frau klang wie ein Peitschenhieb.

***

„Boah! Theodor, du siehst als Frau viel besser aus als in deiner männlichen Gestalt. Ich kann dir nur raten: Bleib so! Ich bin beeindruckt! Deine Visagistin, oder wie man das nennt, hat Großartiges geleistet. Du gehst echt als Frau durch." Ottokar nickte anerkennend, dann grinste er wieder unpäpstlich. „Keine Angst. Ich schütze dich, wenn dir ein Mann an die Wäsche will."

Mühleis fand dieses doofe Gerede und das Gegrinse überhaupt nicht lustig.

Er reagierte sauer: „So, komisch findest du mich also. Ich darf mich für deine Ideen zum Affen, besser zur Äffin machen und du machst dich noch lustig darüber. Für mich ist das kein Spaß, so herumzulaufen. Ich tue das alles dir zuliebe. Ich will, dass du das akzeptierst und mich ernst nimmst, statt mich auszulachen!"

„Aber Theo! Ich lache dich doch nicht aus, also echt nicht! Entschuldige bitte, ich finde es nur ein ganz klein wenig komisch, dich mit einem Mal so kunstvoll verändert vor mir zu sehen. Als Theodor gehst du aus der Tür und als Theodora kommst du wieder herein. Das hat mich gerade etwas erheitert."

„Ist schon gut", knurrte Mühleis. Er war es im Grunde bereits gewohnt, dass seine Kollegen sich über seine Gestalt amüsierten. Alles Deppen!

„So, jetzt kommt der schwierigste Teil dieses Morgens", sagte er schon wieder etwas versöhnter. „Erst müssen wir dich vorzeigbar herrichten und dann die Treppe hinabschaffen. Das Herrichten deiner Person ist sicher der aufwendigere Teil." So, jetzt hatte Theo wenigsten eine kleine Retourkutsche platziert.

Der Transport des gewichtigen Ottokar die Treppe hinab, war wirklich eine schweißtreibende Aufgabe.

„Mach dich doch nicht so schwer!"

„Sag mir bitte, wie ich mich leichter machen kann, dann tue ich es!"

Unter ihnen im Erdgeschoss öffnete sich die Wohnungstüre. Frau Senftleben zwinkerte heftig mit beiden Augen und warf Theodor einen verführerischen Blick zu, dann packte sie mit an.

Mit vereinten Kräften wurde Ottokar in den Rollstuhl gesetzt.

Theodor schob ihn damit durch die Stadt. Der eingebildete Papst hatte eine bunte Pudelmütze auf dem Kopf. Eine große Sonnenbrille verdeckte sein halbes Gesicht. Alles, damit kein Volksauflauf entstand!

Es ging durch die Pfarrgasse, ein Stück über die Reitbahn, dann nach links durch die Unterführung in Richtung Bundesstraße. Dort mussten sie an der Ampel warten. Ein kühles Frühjahrslüftchen fegte die Straße entlang. Hauptvogel schien es nicht zu stören, er war warm angezogen und zog seine Pudelmütze nur ein wenig weiter ins Gesicht.

Mühleis jedoch hatte Mühe, seinen eleganten Hut und die Perücke vor dem Wegfliegen zu schützen. Das hätte noch gefehlt, dass er auf den Schuhen mit erhöhtem Absatz, als Mann leicht erkennbar, hinter seinen Sachen herrennen musste.

„Eigentlich wäre es mir lieber gewesen, du hättest mich andersrum gefahren. Ich hätte mich gerne ein wenig im Brückencenter umgesehen", maulte sein Freund im Rollstuhl.

„Ottokar, darf ich dich daran erinnern, dass das hier keine Sightseeingtour ist! Wir sind dienstlich und undercover unterwegs!"

„Also, das wäre doch wirklich kein Umweg gewesen." Ottokar schmollte ein wenig weiter vor sich hin.

In der Seniorenresidenz angekommen, vermieden die Freunde jedes unnötige Aufsehen. Theodor steuerte den Rollstuhl eilig auf dem kürzesten Weg zum Aufzug. Im zweiten Stockwerk angekommen, läutete er an der Türe von Frau Sailers Apartments.

Eine gut gekleidete, aber höchst nervöse alte Dame, deren Augen vom vielen Weinen ganz zugeschwollenen waren, öffnete ihnen.

„Wie gut, dass Sie da sind", hauchte sie hektisch. „Kommen Sie schnell herein, damit Sie nicht gesehen werden."

Mit einer schnellen Handbewegung wies sie den beiden den Weg in ihr Wohnzimmer.

Theodor bot sie einen Platz im Sessel vor dem niedrigen Couchtisch an. Ottokars Rollstuhl stand gleich neben ihm.

Frau Sailer setzte sich auf die Couch und rang die Hände, dabei versuchte sie die aufsteigenden Tränen zu unterdrücken. Unter Schluchzen rief sie mit Verzweiflung in der Stimme: „Mein Sohn ist in der Hand von Geiselgangstern. Bitte helfen Sie mir!

Sie sind meine große Hoffnung, dass Rubert die ungeheure Gefahr unbeschadet überlebt."

„Warum haben Sie sich nach seinem Verschwinden nicht gleich an die Polizei gewandt?", wollte Mühleis wissen und bemühte sich sehr, mit heller Stimme zu sprechen.

„Sie kennen das doch sicher. Im Fernsehen treten immer diese sogenannten Experten auf, die uns etwas von Vorbeugung, Gewalt und Kriminalität im Allgemeinen erzählen wollen. Ich traue denen nicht. Diese Bürokraten haben doch keine Ahnung. Wenn ich die Polizei einschalte, schaut alles anders aus. Die können Rubert doch im Handumdrehen töten."

„Wie auch immer", Ottokar wollte sich auf keine Diskussion über dieses abseitige Thema einlassen, „sind Sie fest davon überzeugt, dass Ihr Sohn entführt worden ist?"

„Da bin ich mir ganz sicher. Ich habe nichts unversucht gelassen, ihn zu finden. Ich habe alle und jeden angerufen, der mit ihm zu tun hat. Seine derzeitige Freundin habe ich zuerst gefragt, die weiß auch nicht, wo er ist. Natürlich habe ich mich als Erstes im Klinikum Ansbach umgehört. Die warten jedoch selbst mit Schmerzen darauf, dass er wiederkommt und seine so äußerst wichtigen Arbeiten aufnimmt. Bei allen anderen Kliniken in der Umgebung habe ich angefragt, ob mein Rubert eingeliefert wurde und nicht zuletzt auch bei der Polizei – könnte ja sein, dass ihm etwas Dummes unterlaufen ist und die ihn eingesperrt haben … Aber nichts, nirgendwo! Ja, und dann kam gestern das hier."

Sie entnahm einer vor ihr liegenden Kladde ein Schriftstück und hielt es Ottokar hin.

Bevor er es entgegennahm, holte er Einmalhandschuhe aus der Jackentasche, dazu eine größere durchsichtige Plastiktüte, dann nahm er das Papier und verstaute es in die Tüte. Er betrachtete es von allen Seiten, dann las er, was darauf stand.

Bei dem Schreiben handelte sich offensichtlich um einen Erpresserbrief, auf ganz normales Officepapier und erkennbar mit Computer geschrieben. Hauptvogel las den Text aufmerksam durch. Dann holte er eine Lupe aus seiner Jackentasche und untersuchte das Blatt damit. Er fand keine Auffälligkeit. Das alles sah nach Profis aus, die ein solches Ding fachgerecht durchzogen.

„Ich habe an Sie gedacht, Herr Hauptvogel, weil Sie doch ein bekannter Privatdetektiv sind, der bekannterweise mit seiner Tätigkeit schon manchen schwierigen Fall gelöst hat."

Hauptvogel fühlte sich durch dieses Lob von Frau Sailer geehrt und bemühte sich um eine bescheidene Miene. „Na ja, vielen Dank. Das ist ja auch wahr, aber Sie bringen mich damit auch in eine schwierige Lage. Und das ist tatsächlich noch milde ausgedrückt. Mit der Annahme Ihres Auftrages bewege ich mich mit meinem Schweigen gegenüber der Polizei nahe am Tatbestand der Strafvereitelung und der Unterschlagung von wichtigen Beweismitteln." Es wurde ihm ganz heiß bei dem Gedanken, was es für ihn bedeuten würde, wenn die Verbrecher Sailer umbringen würden, weil er nicht fachmännisch genug gearbeitet hatte.

Frau Sailer unterbrach seine Selbstzweifel: „Die drohen in dem Brief doch, meinem Rubert etwas anzutun, wenn ich die Polizei einschalte. Wenn ich die offiziell ermitteln ließe, würde ich Rubert dem sicheren Tod ausliefern! Bitte nehmen Sie meinen Auftrag an!" Die Bitte der Frau klang herzzerreißend in ihrer Verzweiflung. Hauptvogel wusste, dass sie recht hatte. Es gab tatsächlich Statistiken, die besagten, dass mehr Opfer von Entführungen durch das Eingreifen der Polizei zu Schaden kamen als ohne Mitwirkung der Ordnungshüter.

Frau Sailer wandte sich auch an Mühleis. Mit flehentlich erhobenen Händen bat sie: „Frau Hauptvogel, ich bitte Sie von Frau zu Frau, wirken Sie auf Ihren Mann ein, dass er meinen Auftrag annimmt. Vielleicht sind Sie auch eine Mutter und können in etwa nachempfinden, was ich gerade durchmache! Bitte stehen Sie mir bei!"

Theodor wand sich bei dieser Ansprache vor Verlegenheit. Er konnte sich vorstellen, dass sich Ottokar gerade auf die Zunge beißen musste, um nicht laut zu lachen. Als er seinen Ärger über diesen Gedanken verdrängt und sich erneut gefasst hatte, sagte er lächelnd und mit hoher Stimme: „Liebe Frau Sailer, ich bin zwar kinderlos, aber ich kann mich in Ihre Lage gut hineinversetzen. Ich stehe an Ihrer Seite und bin überzeugt, dass mein Mann bereit ist, Ihnen zu helfen."

Hauptvogel hatte bei dieser Rede seinen Kopf nach unten fallen lassen und bedeckte seine Augen mit der Hand, als wäre er in tiefem Nachdenken versunken. Sein Kinn bebte jedoch sichtbar und seine Schultern zuckten verräterisch.

Theodor war die Reaktion seines Freundes nicht entgangen.

Er schlug Ottokar unter dem Couchtisch kräftig gegen sein gesundes Bein. „AU! JA! Das mache ich!" Der Schmerz durch den Fußtritt war ihm anzusehen, als der Detektiv sein Einverständnis hervorstieß. Das bis dahin kaum zu unterdrückende Lachen war ihm blitzartig vergangen. Mit noch schmerzverzerrtem Gesicht sagte er: „Frau Sailer, ich muss Ihnen ein paar Fragen stellen, damit wir – meine Frau und ich –", er deutete auf Theodor, der ihn wütend fixierte, „erste Schritte zur Rettung Ihres Sohnes unternehmen können: „Haben Sie in letzter Zeit jemanden bemerkt, der Sie beobachtet hat?"

„Nein, mir ist niemand aufgefallen. Ich muss gestehen, dass ich nicht darauf geachtet habe, ob ich beobachtet werde oder nicht."

„Ist Ihnen vielleicht eine unbekannte Person aufgefallen, die sich hier im Wohnstift herumgetrieben hat?"

„Nein, mir ist niemand besonders aufgefallen. In diesem Haus laufen allerdings jeden Tag unbekannte Leute herum. Die Bewohner bekommen ja ständig Besuch von außerhalb."

Ottokar könnte wirklich etwas intelligentere Fragen stellen. Mühleis schüttelte ein wenig den Kopf und verdrehte die Augen.

Hauptvogel zeigte auf das Bild des Entführten.

„Ist das wirklich Ihr Sohn hier auf dem Bild?"

„Ja, das ist er."

„Wie werden Sie von Ihrem Sohn in der Regel genannt? Sagt er ‚Mutter' zu Ihnen?"

„Nein, eigentlich nie. Er nennt mich meistens ‚Mum'. Wenn er besonders lieb sein möchte oder mir schmeicheln will, sagt er ‚Mum-Maus' oder ‚Mum-Mausi' zu mir." Wieder schossen ihr Tränen in die Augen und sie schnäuzte sich laut.

„Sagt Ihnen der Name ‚Brigade 2007‘ etwas?“

„Nein, von denen weiß ich nichts, noch nie etwas von denen gehört. Irgendwelche Fanatiker, denke ich. Ich bekomme große Angst um meinen Jungen, wenn ich das lese: ‚... den es zu beseitigen gilt ...‘ O, gütiger Himmel! Das deutet doch darauf hin, dass sie ihn töten wollen, egal ob ich die zwei Millionen bezahle oder nicht.“ Sie schüttelte verzweifelt den Kopf.

Hauptvogel wollte sie wieder auf sachlichen Boden zurückholen und fragte:

„Können Sie denn überhaupt so viel Geld aufbringen?“

„Ja, das kann ich. Wissen Sie, mein Mann bezog nicht nur ein hervorragendes Gehalt, er hatte auch eine sehr glückliche Hand mit Aktien. Es ist eine sehr große Summe bei all dem zusammengekommen. Trotz unseres Reichtums haben wir immer relativ sparsam gelebt. Wir haben unseren Sohn, er ist übrigens unser einziges Kind, natürlich während seines Studiums unterstützt. Er ist aber danach schnell auf eigenen Füßen gestanden und sagte, wir sollten unser Geld lieber für uns selbst verbrauchen, er würde schon für sich sorgen können. Das hat er dann auch getan. So ist unser guter Rubert, ein lieber Bub ist er!“

„Liebe Frau Sailer, zu den hier genannten Modalitäten der Übergabe möchte ich noch etwas sagen: Ich bitte Sie, darauf zu beharren, dass das Geld bar übergeben werden muss. Für uns bietet das eine große Chance, die Ganoven zu schnappen. Außerdem gewinnen wir damit mehr Spielraum für Verhandlungen in Bezug auf Ort und Zeit der Freilassung Ihres Sohnes. Beides muss gleichzeitig stattfinden. Ich hoffe sehr, dass Ihnen und uns das reibungslos gelingt.“

Er wandte sich „Theodora“ zu. Theo saß immer noch im Schmollwinkel und blitzte ihn an. „Liebe Theodora, möchtest du dem noch etwas hinzufügen?“

„Nein, lieber Ottokar, du bist ja der wichtigste Kriminalist in diesem Raum. Ich meine, wir sollten uns auf deinen bewährten Spürsinn verlassen.“

Ottokar hörte aus dem Gesagten natürlich den Sarkasmus heraus, reagierte darauf aber nur mit einem Lächeln und mit einem herzlichen „Danke meine Liebe!"

„Frau Sailer, wir verlassen Sie jetzt, stehen Ihnen aber Tag und Nacht zur Verfügung. Wenn Sie sich ängstigen, kann auch meine Frau oder ich, direkt bei Ihnen Wache halten. Sollten Sie eine neue Nachricht von den Entführern erhalten, geben Sie uns bitte sofort Bescheid. Keine Angst, wir werden jetzt nicht einfach untätig abwarten, was passiert, sondern für Sie auf unsere Weise, sehr diskret und vorsichtig ermitteln, damit die Entführer keinen Wind davon bekommen, dass wir aktiv sind. Ich bitte Sie, mir den Erpresserbrief mitzugeben, damit wir ihn weiter auf Spuren untersuchen können. Wir geben Ihnen dafür eine Kopie von ihm."

„Ja, den können Sie mitnehmen. Danke, dass Sie beide mir helfen wollen. Ich verspreche Ihnen, mit dem Honorar großzügig zu sein. Wenn Sie es schaffen, meinen Sohn lebend zu mir zurückzubringen, bekommen Sie einen Extrabonus, mit dem Sie sehr zufrieden sein werden, das verspreche ich. Aufs Geld soll es mir wirklich nicht ankommen."

Sie verabschiedeten sich voneinander.

„So, auf dem Rückweg fährst du mich jetzt durchs Brückencenter, das ist ein dienstlicher Befehl!"

„Ottokar, du denkst auch immer nur an dein Vergnügen!"

Im Brückeneinkaufscenter diskutierten die Freunde eine Weile, wo sie essen konnten. Theo war mehr auf thailändische Kost eingestellt, Ottokar mehr auf Meer, das heißt, er wollte Fisch essen, weil ihm gerade die römische Meeresküste von Ostia in den Sinn gekommen war und er sich in dem Moment nach der Ewigen Stadt sehnte.

Er wollte auch endlich wieder sein Pontifikat ausüben. Gar nicht wollte er über die herrschenden Zustände während seiner Abwesenheit nachdenken. Bestimmt war im Vatikan inzwischen ein nach außen verborgener Krieg über die allgemeine theologische Ausrichtung der Kirche am Laufen. Die Kardinäle hatten bestimmt schon damit begonnen, sich gegenseitig zu meucheln.

Wahrscheinlich gingen die Giftvorräte in Rom schon langsam zur Neige und man musste die Mafia bitten, Hilfstruppen zu schicken. Beim Einsatz von härteren Waffen wollte man sich sicher die sorgsam gepflegten Hände nicht beschmutzen. Papst Ottokarius I. kannte doch seine „Pappenheimer!“

„Also, dann essen wir halt Fisch!“ Theodor hatte nach Ottokars längerem Sermon bezüglich seiner Sehnsüchte den Widerstand aufgegeben, natürlich auch in dem Wissen, dass man Leuten mit gewissen Krankheitssymptomen nicht widersprechen soll.

***

Rubert Sailer nahm das beschriebene Blatt Papier in die Hand und wollte lesen, was da stand, aber seine Hand zitterte so, dass ihm die Buchstaben vor den Augen tanzten.

Wieder die Stimme der Frau, jetzt mit Kehllauten: „Leg es hin, du Nervenbündel!“

Er nickte und legte das Schreiben auf den kleinen Tisch. So konnte er es lesen.

Ein Brief an seine Hausbank. Darin wurden die Banker aufgefordert, seiner Mutter von seinem Konto eine Million Euro in bar auszuhändigen. Am morgigen Tag, und zwar genau um zwölf Uhr.

Darunter sein Name.

Das sollte er nun unterschreiben.

Rubert nahm seinen Mut zusammen, obwohl die drei schwarzen Gestalten wie eine geschlossene Mauer vor ihm standen. Er blickte hoch zu den Gesichtern und sah nur die Augenpaare, die ihn durch die Schlitze in den Sturmhauben bedrohlich anstarrten.

Mit krächzender, zittriger Stimme sagte er: „Warum erpressen Sie ausgerechnet uns? Es gibt in dieser Stadt Menschen, die viel reicher sind als meine Mutter und ich.“ Er holte tief Luft: „Ich unterschreibe diesen Wisch hier nicht. Zuerst will ich von Ihnen die Garantie, dass Sie mich laufen lassen, wenn Sie das Geld von uns bekommen haben, und zwar völlig unverletzt."

Patsch! Er flog zur Seite und rutschte vom Stuhl hinab auf den Boden. Ein heftiger Schlag hatte seinen Kopf getroffen. Sein linkes Ohr war taub. Im Liegen traf ihn eine Schuhspitze in die Rippen. Er hörte es knacken. Ein scharfer Schmerz fuhr durch seinen Körper. Hände packten ihn und rissen ihn hoch. Von hinten wurde ihm der Arm mit einem Ruck nach oben gerissen. Die Schmerzen waren jetzt unerträglich. Man hatte ihm den Arm ausgekugelt. Er schrie, so laut er konnte.

„Halt's Maul, Bübchen!" Eine raue männliche Stimme hatte ihm ins Gesicht gebrüllt.

Der bullige Typ hatte sein Kinn fest in seinen Griff genommen. Harte schwarze Augen glotzten ihn an. Rubert konnte nicht aufhören zu schreien.

Wieder traf ihn ein schwerer Schlag in den Magen. Gurgelnd und würgend erbrach er sich. Er wurde losgelassen und fiel in sein Erbrochenes auf dem Fußboden.

Nie in seinem Leben hatte Rubert solche Schmerzen erlebt, wie in diesen Minuten. Als er wieder Luft bekam, schrie er um Hilfe, das heißt, er heulte seinen Scherz aus sich heraus. Dabei liefen ihm die Tränen über das verschmierte Gesicht. Er spürte, wie sich ihm ein Knie in den Rücken bohrte. Sein ausgekugelter Arm wurde fest gepackt. Wieder ein Ruck. Ein greller Schmerzblitz, der alle vorhergehenden Schmerzen übertraf, jagte durch seinen Körper. Jemand hatte seinen Arm wieder eingerenkt. Rubert wurde ohnmächtig.

Er kam wieder zu sich, als ihm kaltes Wasser über den Kopf gegossen wurde. Es lief an ihm hinunter und durchnässte seine Kleider. Gleich darauf bekam er eine kräftige Ohrfeige: „Aufwachen, du Pfeife. Wir reden mit dir!" Er blickte noch halb betäubt nach unten. Auf dem Boden unter ihm hatte sich eine große Pfütze ausgebreitet.

Wieder die Frauenstimme. Sein erster Gedanke galt der Tatsache, dass ihre Stimme diesmal klar und in reinem Hochdeutsch, ohne diese krächzenden Laute zu hören war. Sie hatte bisher also ihre Stimme verstellt und den Akzent nur vorgetäuscht!

Dann konnte er nicht mehr richtig weiterdenken, weil ihn die Schmerzen wieder in ihren unbarmherzigen Griff nahmen.

Da waren die Kehllaute wieder in ihrer Stimme, als die Frau in scharfem Ton weitersprach: „Merk dir ein für alle Mal: Du hast uns keine Vorschriften zu machen, in unseren Händen bist du nur ein hilfloser kleiner Wurm! Wir können alles mit dir machen, was wir wollen! Du hast doch einen Doktortitel, also denk nach: Wir könnten dich zum Beispiel ein wenig anbrennen, deine Fingernägel ausreißen, dich kopfüber aufhängen, Waterboarding spielen oder deine Mutter ein wenig quälen. Wir haben dabei ganz viel Fantasie, das kannst du glauben! Ich frage dich: Willst du jetzt unterschreiben oder sollen wir dich erst ganz weichmachen?“

Rubert nickte und keuchte: „Ja, bitte erst Schmerzmittel!“

„Zuerst unterschreiben, dann Mittel gegen Schmerzen, versprochen!“

Ein Stift wurde ihm in die Hand gedrückt. „Da Hand drauflegen, sonst versaust du das Papier.“

Er spürte Stoff unter seiner Hand. Mit der anderen Hand wischte er seine Augen frei. Jede Bewegung verursachte ihm große Schmerzen in der Schulter und am ganzen Körper. Er keuchte und stöhnte.

Ein behandschuhter Finger zeigte auf eine bestimmte Stelle.

Er zögerte keinen Moment und schrieb seinen Namen dorthin. Dann atmete er vorsichtig, weil sein Brustkorb bei jeder Bewegung stach, als würde ein Messer hineingestochen. Gebrochene Rippe sticht in die Lunge, diagnostizierte er.

Nach der Unterzeichnung wurde das Schreiben entfernt.

Wieder spürte er eine Hand, die ihn hart anpackte und gerade hinsetzte.

Eine Zeitung wurde ihm in die Hand gedrückt. „Schön ruhig halten und in die Linse schauen!“

Er blickte hoch und sah eine Kamera. Es blitzte.

Gleich darauf spürte er einen Stich in den Hals. Es wurde schwarz um ihn.

Nachdem sie ihren Gefangenen ein wenig versorgt hatten, legten sie ihn auf das Bett. Dann gingen sie wieder aus dem Zimmer und setzten sich in der Küche an den Tisch, um die Übergabe des Geldes zu planen.

Wolf hatte schon wieder vorausgedacht: „Kobra, du bist am unauffälligsten von uns, deshalb wirfst du gleich anschließend den Brief für Frau Sailer in den Postkasten am Seniorenheim. Der Kasten wird in etwa zwei Stunden geleert. Frau Sailer wird unsere Mitteilung also in etwa drei Stunden in Händen halten. Vorher machst du einen Auszug von dem Bild, das wir gerade von unserem Gast geschossen haben, und steckst es mit rein, das wird die Sache beschleunigen."

Bär erhob Einwände: „Das verstehe ich nicht. Warum soll die Alte nicht gleich die drei Millionen abheben und uns übergeben? Dann wäre der Käse doch gegessen und wir könnten in Ruhe überlegen, was wir mit dem Jüngelchen anstellen."

„Nein Bär, das wäre nicht gut. Es ist schon auffällig genug, dass eine alte Frau, lediglich mit einer Bevollmächtigung ihres Sohnes in der Hand, eine Million in möglichst großen Scheinen von dessen Konto abhebt und in einem Koffer – mir nichts, dir nichts – durch die Straßen nach Hause trägt. Wir müssen ihr sowieso noch einbläuen, wie sie das in der Bank begründen kann. Drei Millionen, an einem Tag abzuheben, ist mir zu viel des Risikos, auch wenn zwei davon auf ein und derselben Bank liegen."

Kobra wiegte bedenklich den Kopf: „Ich finde diese Unternehmung sowieso sehr gewagt. Wenn ich Bankangestellte wäre, würden bei mir alle Glocken läuten, wenn ein altes Mütterchen auf diese Weise eine Million abholen wollte."

„Stimmt! Darum braucht Frau Sailer einen guten Grund – sagte ich doch! Was meint ihr dazu: Wenn sie gefragt wird, warum ihr Sohn bei dieser Summe nicht selbst kommt, soll sie sagen, es handelt sich um eine Art Notfall. Der Sohn braucht das Geld für eine einmalige Gelegenheit, einen großen Einkauf, ein Schnäppchen quasi, der heute noch getätigt werden muss. Morgen sei es zu spät dafür. Momentan ist er leider noch beruflich in Österreich und wird gegen 12.30 Uhr hier sein können. Er muss dann aber sofort weiter und braucht das Geld unmittelbar. Er hat Bedenken, dass die Bank zu lange braucht, die Summe abzuzählen und so weiter. Wie findet ihr das?"

„Wenn Frau Sailer in der Bank bekannt ist, könnte es funktionieren", meinte Bär. „Ich bin dafür."

„Aber wie geht es dann weiter? Die Übergabe ist doch der zweite Knackpunkt."

„Also Kobra, mach dir mal nicht ins Hemd, ich habe mir das auch überlegt."

„Ich denke an den Uralt-Trick mit den zwei genau gleichen Koffern. In dem einen ist das Geld, der andere ist leer. In einem Kaffee trifft sich Frau Sailer mit einem von uns, in diesem Fall mit mir. Stellt euch vor, wir sitzen an einem Tisch. Beide Koffer stehen darunter. Ich nehme ihren, steh auf und geh. So einfach! Die Koffer habe ich schon besorgt. Ein Bote wird einen davon ins Wohnstift bringen. Alles organisiert. Ihr dürft mich jetzt loben!"

Das Lob blieb aus. Kobra sagte hitzig: „Schon klar, du stehst auf und gehst mit dem Geld, und wir schauen ins Ofenrohr."

„Aber nein, ihr wartet unauffällig in einem Auto auf mich. Ich komme zu euch und wir teilen uns die Knete. Und aus die Maus. Käse gegessen! Das Risiko, geschnappt zu werden, trage in erster Linie ich. Ihr könnt derweil ein wenig im Auto ratschen, bis ich euch euer Geld bringe."

„Klingt gut." Bär nickte.

„Also mein Bauch sagt mir, dass das nicht gut ist. Ich weiß nicht, warum Bär das meint, aber mein Bauchgefühl trügt mich selten. Der Ablauf klingt in meinen Ohren sehr einfach – zu einfach – finde ich."

„Es ist dir nicht kompliziert genug, Kobra? In der Einfachheit liegt doch die Raffinesse."

Kobra überlegte. Sie fand jedoch den Haken an der Sache nicht, an dem sie ihr mulmiges Gefühl aufhängen konnte.

„Also gut. Worst Case: Wir verlieren die Million durch irgendeinen blöden Zufall, dann muss er oder sie halt noch eine Million drauflegen, damit wir sie wiederkriegen."

„Na siehst du, jetzt hast du es verstanden. Verlasst euch mal auf meine Taktik. Bisher ging doch alles recht gut mit unserem gemeinsamen Coup."

„Bis jetzt ging alles noch gut – das hat sich der Mann auch gedacht, der vom zehnten Stock eines Hochhauses gefallen ist und am fünften Stock vorbeikam." Kobra machte ein sehr skeptisches Gesicht.

„Ich möchte jetzt keine pessimistischen Prophezeiungen mehr von euch hören!" Wolf war laut geworden. Das waren sie von ihm nicht gewohnt, der sonst immer so cool auf alles reagierte. Es lag ihm offenbar viel an seinem Plan. Kobra verdrängte ihre Bedenken. Er machte seinen Job doch immer sehr gut. Warum also nicht auf ihn vertrauen?

***

Am Dienstagabend

„Monsignore, kannst du mir bitte sagen, warum das mit dem Umkleiden und Abschminken derartig lang gedauert hat? Ich sitze hier eine Stunde und warte auf dich!"

„Na, gut Ding will Weile haben. Ich musste mich erst noch ein wenig mit Frau Senftleben befassen, nachdem sie mich wieder in meinen Normalzustand versetzt hatte. Es gehört doch zum Anstand, dass man nach einer Dienstleistung nicht einfach aufspringt und davonläuft."

„Mensch Theodor, wir dürfen doch jetzt keine Zeit verlieren. Es dauert nicht lange und die Entführer melden sich wieder bei Frau Sailer. Wir brauchen dringend ein Konzept, an das wir uns halten. Ich habe schon nachgedacht. Sailer und seine Entführer zu finden, gleicht der Suche einer Nadel im Heuhaufen. Wir müssen herausfinden, wer sie sind und wo sie sich aufhalten. Bitte überlege, ob dir jemand einfällt, der sich in der kriminellen

Szene gut auskennt. Im Moment sehe ich nämlich nur zwei Chancen für uns: Entweder wir spüren die Verbrecher auf und fassen sie oder wir kriegen sie bei der Übergabe des Geldes. Polizeiliche Mittel stehen uns nur begrenzt zur Verfügung, oder?"

„Ich könnte natürlich meinen Kollegen Franz Schöberl um den Gefallen bitten, nach bestimmten Personen im Polizeicomputer zu suchen, aber dazu müssten wir erst einmal wissen, wen wir suchen."

„Schöberl! Der Himmel bewahre uns! Als Papst habe ich zwar die himmlischen Heerscharen auf meiner Seite, hilfreich wäre jedoch, dazu auch noch über eine Taskforce mit vielleicht zehn tüchtigen Kriminalern zu verfügen, die das Haus von Rubert Sailer gründlich nach irgendwelchen Spuren durchsuchen und sein Umfeld nach allen Regeln der Kunst scannen.

Ich weiß, ich weiß, an dieser Stelle müssten wir eigentlich die Polizei von dem Fall informieren, aber wenn wir das tun, besteht die reelle Gefahr, dass die Erpresser die ganze Sache abblasen und ihr Opfer ermorden. Außerdem bis du, wenn es herauskommt, wie weit wir uns schon vorgewagt haben, dann last but not least deinen Job los und ich meine Lizenz. Wie man's auch dreht und wendet: Es ist eine verdammte Zwickmühle, in der wir stecken. Ich hatte Zeit zum Nachdenken, während du deine Notwendigkeiten bei Frau Senftleben erledigt hast. Ich bin dabei zu dem Ergebnis gekommen, weiterzumachen wie bisher. Das heißt, wir müssen unseren besonderen Weg finden – ohne die Hilfe deiner Kollegen. Wir müssen näher an die Entführer rankommen, dazu brauchen wir mehr Informationen über diese Leute. Deshalb frage ich dich: Weißt du einen zuverlässigen Spitzel, der sich im ‚Schattenreich' auskennt?"

„Hm, da fällt mir gerade der Sigmund Eberlein ein. Das ist ein Typ mit übergroßen Ohren, der manchmal für uns spioniert. Der tut das natürlich nicht umsonst. Er arbeitet selbst recht intensiv in der Schattenwirtschaft. Wenn wir ihn erwischen, verlangt er seinen Lohn für Auskünfte, dann lassen wir ihn wieder laufen. Oft will er für eine Auskunft aber einfach Geld. Der ist ganz schön teuer, aber bei seinem ungeheuren Risiko ist das nur zu verständlich."

„Bitte kontaktiere ihn sofort. Wir müssen Bescheid bekommen, was gerade läuft. Geld spielt dabei keine Rolle, du hast es ja gehört."

„Gut, ich versuche es gleich." Theo lief zum Telefon im Flur und wählte.

Als er wieder ins Zimmer trat, machte er ein freudiges Gesicht „Eberlein hat angebissen! Allerdings ist er ein Mann, der die Dunkelheit liebt. Er will sich mit mir heute Nacht um Punkt dreiundzwanzig Uhr im Hofgarten beim Gedenkstein für Kaspar Hauser treffen. Er sagte der Park könnte um die Zeit abgeschlossen sein. Er kommt auf jeden Fall rein, wie ich reinkomme, ist ihm egal. Wenn ich nicht pünktlich da bin, ist er weg, Punkt, basta, aus! Ich muss allein kommen, sonst kein Treffen."

„Was will er für seine Auskünfte?"

Theodor nannte eine Summe.

„Nicht schlecht, Herr Specht! Dafür kannst du von mir auch mal was wissen wollen."

***

Mit großem Schrecken hatte Marianne Sailer den anonymen Brief vom Hausboten des Wohnstiftes entgegengenommen. Als sie ihn mit Zittern und Zagen geöffnet hatte, musste sie sich erst einmal hinsetzen. Ihre Beine wollten ihr den Dienst versagen, als sie den Inhalt des Schreibens gelesen und verstanden hatte. Zunächst hatte sie natürlich das Bild ihres Sohnes angesehen. Die alte Frau schlug bei seinem Anblick die Hände über den Kopf zusammen. Wie haben sie ihn zugerichtet! Spuren von Blut und Erbrochenem zeichneten sein Gesicht. Deutliche Schwellungen bezeugten brutale Misshandlungen, ebenso sein qualvoll geöffneter Mund und die schon wie gebrochen wirkenden Augen. „Bub, was haben die mit dir nur gemacht! Diese elenden Bestien, das sind doch keine Menschen. Tiere sind das!" Sie schrie ihre Wut und ihr Entsetzen in den Raum hinein.

Dann begann ihr Herz zu rasen und sie bekam keine Luft mehr. Keuchend suchte sie auf dem Tisch vor ihr nach dem Spray, das dort für den Notfall bereitlag.

Nachdem sie das Medikament in den Mund gesprüht hatte, wurde ihr etwas besser. Immer noch hustend und keuchend nahm sie den Brief zur Hand und las die Anweisung der Gangster noch einmal.

Sie war entschlossen, das Geld von der Bank zu holen. Darin sah sie eine Chance, ihren Sohn aus der Todesgefahr zu retten. Man sollte nicht auf das Geld achten, wenn es um Leben und Tod ging. Aufmerksam las sie die Anweisung, was sie tun musste, wenn sie das Geld hatte: Sie sollte in den ersten Stock des Café Krokant am Martin-Luther-Platz gehen, sich an einen leeren Tisch setzen, den Koffer unter den Tisch stellen und warten, bis ein Mann mit einem identischen Koffer kam, der sich zu ihr setzen und seinen Koffer ebenfalls unter den Tisch stellen würde. Der Mann würde den Geldkoffer zu sich nehmen und wieder gehen. Sie sollte den anderen Koffer einfach stehen lassen und ebenfalls das Lokal verlassen.

Im Brief stand, dass ein Bote einen grünen Koffer bei ihr im Wohnheim abgeben würde. Bisher war das noch nicht geschehen. Sie blickte auf die Uhr: fünfzehn Minuten vor elf Uhr. Sie musste sich noch umziehen und ein wenig herrichten. Welcher Bankangestellte in einer Bank würde einer ungepflegt aussehenden alten Frau eine Million Euro anvertrauen?

Wenig später läutete es an der Türe ihres Apartments. Ein junger Mann in einem uniformartigen Anzug stand davor und sagte: „Bringdienste Ansbach und Umgebung. Ich soll diesen Koffer bei Frau Sailer abgeben. Sind Sie Frau Sailer?“

„Ja.“

„Dann unterschreiben Sie bitte hier“. Er reichte ihr einen Stift und hielt ihr ein Gerät hin, auf dessen Glasoberfläche sie mit zittrigen Händen ihren Namen schrieb. Der Bote bedankte sich und ging.

Die Frau stellte den Koffer erst einmal auf den Boden und trat ein paar Schritte zurück, so als ginge von ihm eine akute Gefahr aus. Dann nahm sie sich ein Herz, ging hin und hob ihn hoch. Er war leicht. Im Licht ihres Flures sah sie einen schmalen grünen, schmucklosen Kunstlederkoffer, wie ihn Leute manchmal bei sich trugen, wenn sie irgendwelche Schriftstücke transportierten.

Sehr viel geht da nicht rein, dachte sie sich skeptisch. Ob eine Million überhaupt hineinpassen würde? Das war doch so sehr viel Geld.

***

Am späten Dienstagabend, kurz vor 23 Uhr

Kurz vor dreiundzwanzig Uhr in einer mond- und sternlosen, vollkommen bedeckten Nacht liefen zwei Männer von zwei verschiedenen Seiten auf den Ansbacher Hofgarten zu.

Obwohl er offiziell verschlossen war, wussten beide, wie man auch nachts auf dieses Parkgelände kommen konnte. Jeder kannte sich hervorragend auf den Plätzen und Wegen des historischen Gartens aus. Die Glocken der Kirchtürme schlugen gerade elf Uhr, als sie an dem von Büschen umringten Gedenkstein Kaspar Hausers aufeinandertrafen.

Für Sigmund Eberlein war es im sehr diffusen Licht der fernen Straßenbeleuchtung leichter, sein Gegenüber zu erkennen, als für Theodor Mühleis, dessen lange, dürre Gestalt selbst im Halbdunkel quasi sein Wahrzeichen darstellte.

Der Spitzel hatte die Gewohnheit, möglichst unsichtbar und unhörbar zu bleiben. Er war so unscheinbar und alltäglich, dass ihn die meisten Menschen, denen er begegnete, entweder sofort wieder vergaßen oder gar nicht erst sahen. In dieser Unscheinbarkeit gründete sein Geschäftserfolg als Spitzel und Verbrecher.

Im lauten Rauschen des heftig einsetzenden Windes verständigten sich die Männer mit dem vereinbarten Code durch ein kurzes Aufblitzen ihrer Taschenlampen.

Sigmund Eberlein scheute jede Begrüßungszeremonie, dazu war keine Zeit und jede Minute barg das Risiko einer Entdeckung. Er lebte in stetiger Angst, dass seine Spitzel-Tätigkeiten in Verbrecherkreisen bekannt wurden. Wenn es dazu kam, war sein Leben keinen Pfifferling mehr wert.

„Hast du das Geld dabei?", fragte er mit rauer Stimme.

Mühleis hielt ihm ein Kuvert hin. Im Schein der Taschenlampe wurden die Scheine gezählt.

„Was willst du wissen?"

„Ein Mann wurde entführt. Für seine Freilassung soll sehr viel Geld fließen. Hast du etwas darüber gehört? Wer könnte für die Tat infrage kommen?"

Nach einer kurzen Überlegung antwortete Eberlein: „Allgemein ist es gerade ruhig im Geschäft, allerdings sind die Raubtiere in den letzten Tagen außergewöhnlich aktiv gewesen. Jetzt sind sie total von der Bildfläche verschwunden. Man hört und sieht nichts mehr von ihnen."

„Wen meinst du mit Raubtiere?"

„Wolf, Kobra und Bär, das sind die einzigen Namen, unter denen sie im Milieu bekannt sind, aber jeder kennt sie wegen ihrer Brutalität und ihrer großen Geschäftserfolge. Ich finde, die Namen kennzeichnen ihr Wesen sehr gut. Reiche Leute sind das. Wenn sie bisher zusammengearbeitet haben, erwiesen sie sich immer als unschlagbares Team. Dream-Team quasi.

Alle hier und in der Umgebung, und nicht zuletzt im gesamten Raum Nürnberg, haben großen Respekt vor ihnen und auch Angst, denen in die Quere zu kommen. Das wäre gar nicht gesund."

„Kennst du ihre wahren Namen?"

„Nein, ich möchte sie auch nicht kennen, weil ich dann befürchten müsste, von ihnen ausgeschaltet zu werden."

„Weißt du, ob die drei gebürtige Ansbacher sind?"

„Soviel ich weiß, ja. Sie kennen sich angeblich schon aus der gemeinsamen Schulzeit."

„Wie alt sind sie etwa?"

„So zwischen dreißig und vierzig, schätze ich."

„Hast du sie schon einmal gesehen, kannst du sie beschreiben?"

„Ich habe ihre Gesichter noch nie gesehen. Sie gelten als Meister der Verkleidung und haben die Fähigkeit, ihr Äußeres durch Haarteile, Schminke und so weiter ihrer jeweiligen Rolle großartig anzupassen. Wahre Künstler eben! Bestimmt haben wir, du und ich, sie schon oft auf der Straße gesehen, aber nie als die erkannt, die sie in Wahrheit sind."

„Kannst du ihre Körper, ihre Gestalten beschreiben?"

„Wolf ist schlank, wirkt außerordentlich sportlich und durchtrainiert, ist etwa eins fünfundachtzig groß. Bei Bär ist der Name Programm. Er ist etwa eins achtzig groß, sehr muskulös. Ein Berg von einem Mann. Er soll wahre Bärenkräfte haben. Kobra ist etwa eins siebzig groß, schlank, biegsam wie eine Artistin. Als Kämpferin ist sie unfassbar schnell, eine Kobra eben, und genauso tödlich, wenn sie richtig zuschlägt."

„Weißt du, wo sie sich gewöhnlich aufhalten?"

„Jeder hat seine eigene Wohnung und bestimmt noch verschiedene geheime Unterkünfte. Ich kenne die alle nicht, aber ich weiß, dass sie ab und zu in bestimmten Gaststätten und Kneipen der Ansbacher Innenstadt auftauchen.

Sie wurden immer wieder im Bürgerbräu beobachtet. Sie trinken angeblich gerne Kaffee bei Green und Bean, aber auch in den anderen Kaffeehäusern."

„Gibt es ein bestimmtes Geschäftsfeld, auf dem sie besonders gerne arbeiten?"

„Nein, sie sind echte Allrounder und kennen sich mit jeder Art Kriminalität aus. Sie haben jeweils ihre Netzwerke. Alles läuft bei denen derzeit wie am Schnürchen."

„Sigmund, deine sehr allgemeinen Beschreibungen machen mir meine Arbeit nicht gerade leichter! Hast du es nicht genauer?"

„Nein, aber ich höre mich aufmerksam um. Wenn ich etwas Neues höre, melde ich mich."

„Hier nimm meine Karte. Ruf mich an, wenn du was Neues weißt."

„Ist gut. Ich werde aber meinen Namen nicht sagen. Jede Info kostet natürlich was."

„Wenn sie etwas taugt, kein Problem."

Mit den Worten „Ich liefere nur Qualität. Das war's!" verschwand Sigmund Eberlein plötzlich und lautlos, als hätte ihn die Nacht verschlungen.

***

Am Mittwochmorgen

In dieser Nacht war Marianne Sailer kaum zur Ruhe gekommen.

Die Sorgen und die Ängste ließen ihre Nerven flattern. Dauernd schob sich das grauenvolle Bild ihres Sohnes vor ihr inneres Auge. Sie weinte immer wieder verzweifelt und betete zu Gott, dass er ihrem Kind doch seine guten Geister schicken möchte, um es zu beschützen. Alle sonst so hilfreichen Mittelchen, die sie normalerweise zu sich nahm, wenn sie von innerer Unruhe getrieben war nicht gut schlafen konnte, zeigten diesmal keinerlei Wirkung. Alte Schmerzen schienen nur auf diese Stunden gewartet zu haben, um sich nun aufs Neue bei ihr zu melden.

Immer wieder war sie aus dem Bett gekrochen und hatte im Bad nach Medikamenten gesucht, die eine Linderung ihrer Beschwerden bringen sollten.

Eine fürchterliche Nacht! Sie war froh und dankbar, als der Morgen graute. Gegen sechs Uhr stand sie auf und stellte sich unter die Dusche. Das warme Wasser tat gut und entspannte sie etwas. Dann legte sie Schminke auf und färbte ihre Lippen. Nachdem sie die Augenbrauen mit einem Stift nachgezogen hatte, war sie leidlich mit ihrem Aussehen zufrieden. Zu dieser für das Haus frühen Morgenstunde waren die meisten Tische im Speiseraum des Stiftes noch leer. Einige der extremen Frühaufsteher begrüßten sie. Sie spürte die bewundernden Blicke ob ihrer gepflegten Erscheinung. Sie konnte den mehr oder weniger wissbegierigen Fragen nach ihrem Vorhaben an diesem Tag mithilfe von rasch hingeworfenen Floskeln ausweichen und war sehr froh, dass sich ihre übliche Tischgenossenschaft noch nicht eingestellt hatte.

Nach dem Frühstück überlegte sie in ihrem Apartment, ob es klug wäre, Ottokar Hauptvogel anzurufen und ihn um Begleitung zu bitten. Die Entscheidung fiel ihr nicht leicht, aber schließlich brachte der Gedanke an die Sicherheit ihres Sohnes den Ausschlag. Sie würde das allein durchziehen. Die Erpresser hatten nur allzu deutlich damit gedroht, ihrem Gefangenen Schlimmes anzutun, falls sie nicht alleine kam. Das dem Erpresserbrief beigefügte Bild zeigte ihr, dass diese Leute zu allem fähig waren.

Wie sollte sie die jetzt noch vor ihr liegenden Stunden verbringen, ohne durchzudrehen? Zunächst musste sie bei der Bank anrufen, damit dort die geforderte Million zur Abholung vorbereitet wurde. Dieses Telefonat gestaltete sich mühsam. Nicht nur, dass sie mehrmals weiterverbunden wurde, bis sie schließlich beim Direktor der Bank, Herrn Habermann, ankam. An dieser Stelle hatte sie aber Glück. Ihr Name war dem Geschäftsstellenleiter ein Begriff. Habermann hatte in jüngeren Jahren unter ihrem Mann gearbeitet und kannte sie aus dieser Zeit ebenfalls persönlich. Sie erzählte ihm die ausgedachte Geschichte der Investition ihres Sohnes unter widrigen Umständen.

Herr Habermann hatte noch nie von einem solchen Fall gehört, in dem es darum ging, auf die Schnelle eine Million Euro in bar beim Einkauf mitzubringen. Außerdem handelte es sich hierbei um eine alte Dame, der das Geld ausgehändigt werden sollte. Gut, sie würde die Vollmacht ihres Sohnes zur Abholung mitbringen, aber die Gefahr einer Beraubung auf der Straße war nicht zu unterschätzen. Andererseits war der Kunde natürlich König und die Bank war neben ihrer wichtigsten Aufgabe, möglichst viel durch ebenjenen zu verdienen, auch dafür da, ihre Anleger zufriedenzustellen. Denn das war schließlich die Grundlage für weitere gute Geschäfte.

Nach einigen kritischen Rückfragen willigte er in den Wunsch von Herrn und Frau Sailer ein und sagte ihr zu, das Geld für sie bereitlegen zu lassen. Die alte Dame verweigerte strikt die

Begleitung eines Sicherheitsmannes zur Übergabe. An diesem Punkt war sie sogar ein wenig kratzbürstig geworden. „Frauen können so etwas auch. In welcher Zeit leben Sie denn? Mitnichten gehöre ich dem schwachen Geschlecht an. Wir Frauen sind stark und zäh, wenn es darauf ankommt! Ich habe in meinem Leben schon ganz andere Dinge erledigt, davon können Sie sich als jüngerer Mensch wohl keine Vorstellungen machen."

Habermann wollte Frau Sailer beschwichtigen und sagte: „Ich bitte Sie vielmals um Entschuldigung, gnädige Frau! Ich wollte Ihnen in keinster Weise zu nahe treten. Wir werden alles nach Ihren Wünschen und im Sinne Ihres verstorbenen Gatten arrangieren. Sie werden mit uns zufrieden sein. Bitte richten Sie Ihrem Herrn Sohn meine besten Grüße aus."

Nach dem Telefonat fühlte sich Marianne Sailer ganz schwach. Ihre Bluse war verschwitzt. Für solche Fälle hatte sie zwei Vorgehensweisen: Erstens nochmals duschen, zweitens ein Glas guten Sekt trinken und dann ein wenig ruhen. Diese Maßnahmen funktionierten auch dieses Mal.

Während sie versuchte, nach Dusche und Sekt Entspannung zu finden, hörte sie Musik von Wolfgang Amadeus Mozart. Die Schönheit und Zeitlosigkeit der Melodien nahmen ihr trotz allem etwas von der Anspannung. Sie wurde schläfrig und stellte vorsichtshalber ihren Wecker neben sich, damit sie den Termin ja nicht verschlief.

Die schlaflose Nacht forderte prompt ihren Tribut und sie schlief ein.

***

Ottokar Hauptvogel hatte während des Berichts von Mühleis eifrig mitgeschrieben.

Er las die Antworten des Spitzels noch einmal durch.

„Du hast deine Fragen an diesen Eberlein sehr geschickt gestellt, Monsignore, meinen Respekt! Die Auskünfte des Spitzels bringen uns aber nicht viel weiter. Alles, was er sagte, ist recht nebulös. Ich habe noch keine Idee, wie wir an die Entführer herankommen könnten."

„Ich versuche es gleich über meinen Kollegen und Freund Franz Schöberl, der muss nach den Herrschaften im Polizeicomputerprogramm fahnden. Wäre doch gelacht, wenn der nicht irgendeine Information ausspuckte."

Franz Schöberl war bekennender Oberbayer, der in die meisten seiner Gespräche einfließen ließ, dass er in Franken im Exil ist. Ansbach war seiner Meinung nach tiefe Provinz. Aus welchem Grund er von München in diese Stadt versetzt wurde, blieb sein großes Geheimnis. Er versuchte seine Sehnsüchte nach der verlorenen, geliebten Heimat durch das Tragen oberbayrischer Trachten oder wenigstens einiger Versatzstücke und durch süddeutsche Sitten und Gebräuche etwas zu stillen. Daher war er im Sommer meist im Biergarten anzutreffen, wo er viel Bier trank und dazu Weißwurst und Radieschen aß, hin und wieder einen Jodler losließ und ausschließlich bayerischen Dialekt sprach.

Mühleis wählte die Dienstnummer von Franz Schöberl. Es läutete ein paarmal an, dann meldete sich der Kollege mit seinem unverkennbaren oberbayerischen Dialekt: „Schöberl hier, wer spricht?"

„Hör mal Franz, ich bin's, der Theo. Ich brauche ein paar Infos von dir."

„Was willst' wiss'n? Vielleicht wo es die besten Weißwürste und das süffigste Bier gibt, oder die zünftigste Musik?"

„Nein, du Spaßvogel! Ich möchte dich drum bitten, dass du im Computer nachschaust, ob du was unter den Pseudonymen Wolf, Bär und Kobra findest. Ich brauche Klarnamen und wenn möglich Adressen, Alter, Geburts- und Wohnort und so weiter. Auch Namen der Eltern, wenn möglich. Vielleicht findest du in den Akten auch irgendwelche Bemerkungen bezüglich der Kontakte der drei."

„Also, ich hör wohl nicht recht. Du hast doch Urlaub. Ermittelst du vielleicht privat? Ich mein doch, wir sind im Dienst schon sehr ausgelastet. Ich bin jedenfalls gerade voll im Stress. Stell dir vor, unser Praktikant hat in dem halben Jahr, das er bei uns hier ist, schon zehn Einbrüche aufgeklärt. Wir schaffen das zusammen bisher das ganze Jahr nicht. Das ist ein ganz grässlicher Streber! Der macht mich noch fertig! Wird Zeit, dass du zurückkommst. Wir müssen schauen, dass wir den wieder losbringen, der macht uns noch unser Image kaputt. Ich will meinen ruhigen Dienstalltag wieder haben!"

„Das wird schon wieder, keine Sorge. Aber jetzt brauche ich die Daten, und zwar möglichst schnell!"

„So eine Hektik bin ich von dir nicht gewohnt. Sag bloß, du steckst wieder einmal mit dem Hauptvogel zusammen. Der hat einen schlechten Einfluss auf dich!"

„Da musst du dir jetzt keine Gedanken drum machen, Franz. Schau nur, dass du mir das Zeug herbringst, ich brauch's dringend."

„Und du sagst mir natürlich nicht, für was du es brauchst. Versteh schon: großes Detektivgeheimnis! Na ja, ich bin dein Kumpel, mit mir kannst du es ja machen. Ich ruf dich auf dem Handy an, wenn ich was hab. Pfiat di!"

***

Von lautem Klingeln geweckt, fuhr Marianne Sailer aus dem Tiefschlaf hoch. Sie brauchte eine Weile, bis sie sich zurechtfand. Als sie sich an die Geldübergabe erinnerte, durchfuhr sie ein weiterer Schreck. Ihr wurde ganz schlecht und ihr Herz fing an zu toben. Sie raffte sich auf und sprühte sich ihr bereitliegendes Medikament unter die Zunge. Als sie sich im Bad das Gesicht etwas mit Wasser gekühlt hatte, erwachten neue Lebensgeister. Sie würde tun, was sie konnte, um ihren Sohn aus der Hand der Verbrecher zu reißen. Ein Blick auf die Uhr zeigte ihr, dass es höchste Zeit war, auf die Bank zu gehen.

Dort angekommen, stellte sie sich einer Angestellten vor. Die griff sofort nach dem Telefonhörer und verständigte ihren Chef.

Nicht lange danach kam Herr Habermann schnellen Schrittes in den Schalterraum.

„Guten Tag, gnädige Frau, wir haben alles nach Ihren Wünschen vorbereitet."

Marianne Sailer gab ihm die Hand, wobei sie angestrengt versuchte zu lächeln.

Ihre Nerven waren zum Zerreißen gespannt.

„Bitte kommen Sie mit mir, ich übergebe Ihnen das Geld in einem unserer Räume." Habermann wirkte auch nicht gerade entspannt auf sie, das Bemühen um eine verständnisvolle Freundlichkeit war ihm deutlich anzumerken.

Auf dem Weg durch einen langen Flur versuchte der Bankdirektor die alte, aber höchst elegante Dame noch einmal zu überreden, von einem Alleingang mit dem vielen Geld abzusehen.

Frau Sailer lehnte eine Begleitung durch jemanden vom Sicherheitsdienst der Bank jedoch vehement an. Äußerlich um Gelassenheit bemüht, reagierte der Banker mit Unwillen über die Starrköpfigkeit der alten Frau, aber die Kundin war natürlich „Königin". Auch wunderliche Hoheiten galt es, um des Geschäfts willen zufriedenzustellen.

Schließlich bat er sie in einen kleinen Raum. Ein Bankangestellter saß dort an einem Tisch und bewachte einen größeren Stoß gebündelter Geldscheine. Nachdem Marianne Sailer sich auf einen kleinen Sessel an den Tisch gesetzt hatte, begann der Angestellte, das Geld vor ihr zu zählen.

Nur mit Mühe gelang es ihr, dem Mann beim routinemäßigen Abzählen zu folgen. Sie war unkonzentriert und innerlich völlig aufgewühlt und wollte diese Prozedur nur möglichst schnell hinter sich bringen.

Nachdem die Zählung beendet war und das Geld in den Koffer gepackt wurde, fasste sie sich erschöpft an die Stirn. „Ist Ihnen nicht gut, Frau Sailer? Sollen wir einen Arzt rufen?" Der Bankdirektor war aufgeregt. „Nein, danke. Wenn ich nur etwas Wasser haben könnte, das wäre sehr freundlich von Ihnen." Auf einen Wink seines Chefs sprang der Angestellte von seinem Stuhl auf und eilte in den Flur hinaus. Gleich darauf brachte er ihr ein Glas Wasser, von dem sie einige Schlucke trank.

Wenig später verließ sie das Bankgebäude. Den Koffer hielt sie unter ihrem Arm, fest an ihren Körper gepresst.

Im Café Krokant angekommen, bestellte sie sich an der Theke des Selbstbedienungslokals eine Tasse Cappuccino und bezahlte gleich. Mit dem Kaffee in der einen, dem Koffer in der anderen Hand stieg sie die Treppe in den Gastraum im ersten Stock hinauf und setzte sich an einen der freien Tische.

Um diese Zeit war das Lokal noch wenig frequentiert. Lediglich ein Tisch am anderen Ende des Raumes war von einer kleinen Gruppe von Frauen besetzt, die sich sehr laut miteinander unterhielten. Manchmal wurden die lebhaften Gespräche durch krachende Lachsalven unterbrochen. Normalerweise wäre Marianne Sailer, die solch unverschämten Lärm in einem Lokal von Herzen hasste, sofort aufgestanden und hätte um ein etwas leiseres Gespräch gebeten oder sie hätte den Raum gleich wieder verlassen. Beides wollte sie jetzt natürlich nicht, obwohl der Aufruhr an ihren ohnehin bis aufs Äußerste gespannten Nerven zerrte.

Nur nicht auffallen, dachte sie sich.

Nachdem sie den Koffer seufzend unter dem Tisch deponiert hatte, ließ sie, der Not gehorchend, die Rücksichtslosigkeit der Lärmenden in scheinbar stoischer Haltung über sich ergehen und trank ihren Kaffee.

Ein Blick auf ihre Armbanduhr ließ sie erschaudern. Jeden Moment konnte ein Verbrecher die Treppe heraufkommen. Sie trank einen letzten großen Schluck aus der Tasse und versuchte, sich zu fassen. Die Minuten zogen sich dahin. Dann sah sie einen alten Mann die Stufen hinaufsteigen. Es sah aus, als hätte er große Mühe, die Treppe zu bezwingen. Sie hörte sein schweres Atmen, als er die letzten Stufen erreicht hatte. Der Kopf des Mannes war bis auf einen kümmerlichen grauen Haarkranz völlig kahl. Er trug eine Brille mit dunklen Gläsern. Der sichtbare Teil seines Gesichtes war jedoch auffällig faltenfrei. Diese Ungereimtheit fiel ihr gleich auf, obwohl der Ankömmling versuchte, seinen Kopf gesenkt zu halten.

In der einen Hand trug er einen Koffer, der ihrem eigenen aufs Haar glich. Mit der anderen Hand stützte er sich auf einen Spazierstock. Als er oben war, warf er einen schnellen Blick in die Runde. Sein Blick blieb an ihr haften. Er ging auf sie zu. „Sind Sie Frau Sailer?“ Ein Kloß im Hals hinderte sie daran, zu sprechen. Sie konnte nur nicken. Der alte Mann setzte sich, demonstrativ nach Luft ringend, neben sie. Seinen Koffer stellte er unter den Tisch.

Mit einem Mal stieg in Frau Sailer eine unbändige Wut hoch. Hasserfüllt fuhr sie den Typ an: „Elender Verbrecher! Nimm das Geld und verschwinde. Wehe, ihr tut meinem Sohn etwas an! Ihr werdet nicht weit kommen! Miststücke, die ihr seid! Ihr gehört hinter Schloss und Riegel, und zwar für immer! Ich verfluche dieses Geld und ich verfluche euch, ihr dreckigen Ganoven. Das Geld soll euch Unglück bringen! Ja, das wünsche ich von Herzen!“

Der „Alte“ schüttelte den Kopf, als wäre er schwerhörig und hätte das Gesagte nicht recht verstanden. Dann sprach er ganz ruhig auf sie ein: „Sie sollten sich nicht so aufregen. Die Frauen dort könnten auf uns aufmerksam werden, das kann wohl nicht in Ihrem Interesse sein. Die denken womöglich, ich wäre Ihr Ehemann, wenn Sie mich so anfauchen.“ Der Mund des Mannes verzog sich zu einem schiefen Grinsen. Jugendlich wirkende graue Augen blickten sie jedoch kalt an und seine Stimme klang hart und scharf, als er weitersprach.

„Denken Sie daran, die zwei Millionen, die wir von Ihnen außerdem verlangen, bereit zu machen. Wir sagen Ihnen Bescheid, wie und auf welche Weise die Übergabe erfolgen wird.“

„Geh zum Teufel, verdammter Gangster!“ Marianne konnte sich kaum halten vor ohnmächtiger Wut. Am liebsten hätte sie dem Halunken etwas mit Wucht an den Kopf geschlagen.

Tadelnd wiegte der „Alte“ den Kopf: „Sie sollten sich nicht so aufregen, das ist ganz schlecht für Ihr Herz und jetzt her mit dem Koffer, aber unauffällig.“

Der Mann langte unter den Tisch und zog den vollen Koffer zu sich herüber. Mit einem hämischen Grinsen und einem ebenso zynischen „Küss die Hand, Gnädigste. Ich empfehle mich bis zum nächsten Mal“ stand er seiner Rolle gemäß etwas wackelig auf, nahm den Geldkoffer und ging, weiter den tatterigen Alten markierend, die Treppe hinab. Marianne Sailer musste der Versuchung widerstehen, ihm nachzugehen, denn ihr Herz meldete sich plötzlich mit Macht. Ihr wurde übel. Sie fand das Nitrospray in ihrer Tasche und sprühte sich das helfende Medikament schnell in den Mund.

Es blieb ihr nichts anderes übrig, als eine Zeit lang abzuwarten, bis sich ihr Zustand ein wenig gebessert hatte, dann stand sie auf und spürte, wie ihr ganzer Körper noch vibrierte. Die Hand bei jeder Treppenstufe fest um das Geländer geklammert, stieg sie mit weichen Knien ins Erdgeschoss hinab.

Den leeren grünen Plastikkoffer hatte sie einfach unter dem Tisch stehen lassen.

Vor dem Café hielt sie einem Moment inne und überlegte, was sie jetzt tun könnte. Sie kam zu dem Schluss, dass es am besten wäre, so schnell wie möglich nach Hause zu fahren. Ihr Auto hatte sie auf dem Rezatparkplatz abgestellt. Wie im Traum lief sie über den Montgelasplatz, dann am Standesamtsgebäude und der netten kleinen Grünanlage vorbei.

Als sie den Parkplatz erreicht hatte, fiel ihr Blick auf einen Pkw in der Nähe, dessen Frontscheibe völlig zersplittert war. Gleichzeitig fuhr auf der von Sträuchern abgetrennten gegenüberliegenden Straßenseite ein Auto mit aufheulendem Motor und quietschenden Reifen davon. Wegen der Büsche konnte sie nicht erkennen, wer darin saß, auch das Fahrzeug selbst war für sie nicht gut zu sehen. Als es weiter vorne unter der Brücke des Einkaufszentrums wieder zum Vorschein kam, konnte sie nur erkennen, dass es eine dunkle Farbe hatte. Die Automarke konnte sie nicht erkennen. Sie kannte sich mit den unterschiedlichen Fabrikaten sowieso nicht aus und fand schon immer, dass die modernen Autos alle ziemlich gleich aussahen.

Marianne blickte wieder zu dem beschädigten Auto und wurde aufs Neue geschockt; denn unmittelbar neben dem Fahrzeug entdeckte sie einen Menschen, der auf dem Asphalt lag. Er rührte sich nicht. Sie blickte erschrocken um sich. Auf dem sonst so belebten Parkstreifen und den engen Straßen dazwischen war kein Mensch zu erblicken.

Marianne holte hastig ihr Handy aus der Tasche und eilte zu dem Liegenden.

Sie war noch nicht weit gekommen, als sie die Person erkannte. Kein anderer als der „Alte“, der den Geldkoffer abgeholt hatte, lag da in einer Pfütze Blut.

Als sie sich zu ihm hinab bückte, war überdeutlich zu erkennen, dass er sich verkleidet hatte. Seine verblüffend echt aussehende „Glatze“ war verrutscht, darunter zeigte sich nun das dichte, dunkle Haar eines jüngeren Mannes. Sein aufgeklebter Bart war ein Stück abgerissen, gut rasierte Haut war an der Stelle zum Vorschein gekommen. Sie holte tief Luft, fasste sich ein Herz und beugte sich weiter zu ihm hinab, um nach seiner Halsschlagader zu tasten. Ein schwacher Puls kündete davon, dass der Mann noch lebte, er schien nur verwundet zu sein. Marianne richtete sich schwer atmend auf, dabei schaute sie unwillkürlich durch ein Seitenfenster ins Innere des Wagens. Auf dem Fahrersitz saß eine männliche Gestalt, deren Kopf auf dem Lenkrad lag. Beim näheren Hinsehen sah sie dunkle Flecken auf den Sitzen und dem Armaturenbrett. Ob das Blutspritzer waren?

Hektisch sah sie sich um. Der Koffer mit dem Geld war nicht zu sehen. Vielleicht lag er auf der anderen Seite des Autos?

Sie umrundete rasch das Fahrzeug, doch auch dort war kein Koffer zu finden.

Sie bückte sich keuchend und schaute unter das Fahrzeug. Nirgendwo konnte sie den Koffer sehen. War er in das Gebüsch gefallen? Sie machte ein paar Schritte und suchte die Umgebung ab. Nein, kein Koffer, wohin sie auch blickte.

Sie musste Hilfe holen. Mit fliegenden Fingern tippte sie die Notrufnummer der Polizei auf die Tasten ihres Mobiltelefons. Es dauerte gefühlt eine Ewigkeit, bis sich ein Polizeibeamter meldete. Sie schilderte ihm die Situation.

Der Polizist am anderen Ende redete ruhig und besonnen. Er versprach, sofort alles Nötige in Gang zu setzen.

Um Marianne drehte sich plötzlich der ganze Platz, dann fiel sie ohnmächtig zu Boden. Den Aufschlag spürte sie schon nicht mehr.

Was war in der Zwischenzeit geschehen?

Wolf war als alter Mann verkleidet in standesgemäß etwas unsicheren Schritten aus dem Café gegangen, den Griff des Geldkoffers hielt er ganz fest in der Hand. Er lief in Richtung Rezatparkplatz. Kobra und Bär sollten dort in einem Auto auf ihn warten.

Die zersplitterte Windschutzscheibe von Bärs Wagen sah auch er sofort.

Er ließ seinen Stock fallen, beschleunigte seine Schritte und rannte die letzten Meter zum Auto, wie ein sehr sportlicher junger Mann. Beim Fahrzeug angekommen, spähte er durch die Seitenscheibe. Er sah Bär mit dem Kopf auf dem Lenkrad liegen. Kobra schien nicht im Auto zu sein. Er reagierte rasch und wollte eben seine Hand an den Türgriff legen, um die Türe des Wagens zu öffnen, als ein stechender Schmerz seinen Oberkörper durchfuhr. Wolf sank von einer Kugel getroffen, ohne Bewusstsein, neben das Fahrzeug.

***

Zur Mittagszeit am Mittwoch

Kobra war aus dem Auto gestiegen, weil sie ein dringendes Bedürfnis spürte.

Sie war mit schnellen Schritten Richtung Residenz gelaufen, um möglichst wenig Zeit zu verlieren. Sie wusste, dass sich dort in einer Ausfahrt des großen Gebäudes eine Toilette befand. Die seitlichen Büsche nutzte sie zur Deckung ihrer Person. Diese Vorsichtsmaßnahme gehörte zu ihrer Gewohnheit, um sich möglichst ungesehen in der Öffentlichkeit zu bewegen, wenn sie nicht verkleidet war.

Nachdem sie sich erleichtert hatte, lief sie auf dem gleichen Weg zurück.

In der Zeit ihrer Abwesenheit hatten sich dort schreckliche Dinge ereignet. Kobra musste, in Sichtweite des Fahrzeugs angekommen, mit großem Entsetzen feststellen, dass Bär und Wolf in ihrer Abwesenheit niedergeschossen worden waren. Die Tat konnte erst vor wenigen Minuten geschehen sein. Mit professionellem Blick hatte sie sofort analysiert, was passiert war. Kobra hielt sich nicht lange mit der Betrachtung der Szenerie auf. Der oder die Täter waren bestimmt noch in der Nähe, hielten sich wahrscheinlich noch irgendwo auf dem Platz versteckt und warteten darauf, sie ebenfalls auszuschalten. Den beiden Kollegen konnte sie nicht mehr helfen, außerdem lag ihre Waffe im Handschuhfach ihres Wagens, denn auf die Toilette hatte sie das schwere Ding nicht mitnehmen wollen.

Sie ließ sich blitzschnell auf den Boden hinter einem dichten Busch fallen. Im Liegen sah sie sich um. Ihr Herz schlug ihr bis zum Hals und ihr Atem ging stoßweise. Der Parkplatz, soweit sie ihn von ihrer Position aus überblicken konnte, war merkwürdigerweise menschenleer. Von der Bundesstraße dröhnte der Verkehrslärm herüber. In ihrer näheren Umgebung war kein Laut zu vernehmen. Sollte sie versuchen, wieder zur Residenz zurückzulaufen? Oder war es besser, über die Mauer in den Garten eines hinter dem Parkplatz gelegenen Restaurants zu flüchten? Sie wog die Risiken ab und entschied sich für den Garten. Ein Stück von ihrem Versteck entfernt erkannte sie eine Türe, die auf das Gaststättengelände führen musste. Nun wollte sie nicht länger warten und robbte, so schnell sie konnte, auf diese Türe zu.

In ihrer Hosentasche trug sie immer Sperrhaken mit sich, auch das war eine Gewohnheit. Bei der Türe angekommen fixierte sie das Türschloss und kam zu dem Schluss, es schnell überwinden zu können. Sie holte die Haken aus der Tasche und richtete sich vorsichtig auf. Zu ihrem Glück verdeckte ein dicker schwarzer SUV gerade an dieser Stelle das Tor. Die Aufschrift an dem Wagen vermeldete, dass dieses Fahrzeug zur Gaststätte gehörte.

Kobra öffnete das Schloss in wenigen Sekunden. Sie drückte die Türe ein kleines Stück auf und schlüpfte in das dahinterliegende Grundstück. Dort sah sie sich um. Von Garten im herkömmlichen Sinn konnte keine Rede sein. Sie befand sich in einem Hof. Zunächst ging sie hinter der Mauer, die den Hof umgab, in Deckung. Natürlich war es für sie wichtig, vielleicht lebenswichtig, zu wissen, welche Personen dieses Attentat verübt hatten. Sie musste nicht lange warten. Zwei Menschen kamen eben dort, wo sie sich gerade noch befunden hatte, im Laufschritt in ihre Richtung gerannt. Sie versuchte das Keuchen ihres Atmens zu unterdrücken. Ihr Herz schlug ihr bis zum Hals. Ganz vorsichtig schlich sie ein paar Schritte zu einer Stelle, die ihr einen Blick auf den Weg gewährte. Auch hier boten ihr die bereits belaubten Zweige einen gewissen Schutz. Zwei Männer konnte sie erkennen. Bei deren Näherkommen erkannte sie auch die Gesichter: Rolf Maier und Sascha Orlow. Sie konnte sehen, dass Maier den grünen Koffer trug. In der anderen Hand hielt er eine großkalibrige Pistole mit einem Schalldämpfer.

Auch Orlow hatte eine Pistole in der Hand, die mit einem Schalldämpfer ausgestattet war. Beide waren damit beschäftigt, hastig die Büsche abzusuchen. Kobra war sich bewusst, dass ihr Leben gerade am seidenen Faden hing. Sie duckte sich, als beide sich rasch ihrem Versteck näherten.

Dann lief sie gebückt zur Eingangstüre des Gasthauses, öffnete die Tür und ging dann schnell einen Flur entlang, um schließlich durch den Vordereingang auf die Pfarrstraße zu gelangen. Über den Montgelasplatz, an Amtsgericht und Gumbertuskirche vorbei, ging sie, so rasch es möglich war, ohne groß aufzufallen, über die Uzstraße durch das Herriedener Tor zu einem Taxistand. Sie stieg in eines der Taxis und ließ sich bis in die Nähe des Hauses fahren, in dem ihr Gefangener wartete.

Unterwegs überlegte sie: Wie waren die beiden nur auf ihre Spur gekommen? Sie waren doch so vorsichtig gewesen wie immer. In ihrem Dreierbund musste es eine undichte Stelle gegeben haben. Bär oder Wolf, wer hatte sie verraten? Nun war wohl auch der Verräter tot. Das Geld war in den Händen von Orlow und Maier. Sie würden sich jetzt ganz bestimmt nach ihr auf die Suche machen. Wahrscheinlich wussten sie bereits, in welchem Haus Rubert Sailer gefangen gehalten wurde. Sie ließ sich ein Stück vor dem Haus absetzen.

Die letzten hundert Meter joggte sie. Der Hausschlüssel lag an der üblichen Stelle. Beim Betreten des Hauses hatte Kobra einen seltsamen Gedanken. Bin ich jetzt selbst eine Gefangene in diesem Haus? Und dann folgten gleich weitere beunruhigende Gedanken: Werden Maier und Orlow in dieses Haus eindringen und den Gefangenen holen, um ihrerseits die Erpressung weiterzuführen? Sie würden bei dieser Gelegenheit mit Sicherheit alles daran setzen, sie zu töten. Kobra erkannte sich seit Langem wieder als Gejagte.

Kälte erfasste sie. Die taffe Verbrecherin erschauderte.

Kobra wäre aber nicht Kobra gewesen, wenn sie nicht gleich wieder zu ihrem Selbstbewusstsein zurückgefunden hätte.

„Jetzt drehe ich den Spieß um!“, beschloss sie. „Ich hole mir das Geld von den beiden zurück.“

Diese Gedanken lösten Unternehmungslust und Fantasie in ihr aus.

***

Mühleis‘ Handy meldete sich mit der blechernen Version von „Ich hab‘ mein Herz in Heidelberg verloren“. Ottokar verzog sein Gesicht „Monsignore, ich möchte, dass du dir einen anderen Klingelton zulegst, bis wir wieder in Rom sind. Stell dir nur vor, wenn dieses Lied mitten in einer meiner Privataudienzen ertönen würde!“

„Ja klar, bis Rom lade ich mir einen gängigen Choral drauf. Da ruft gerade der Schöberl an. Ich bin gespannt, ob er Neuigkeiten für uns hat. – Hier Mühleis.“

„Hier Schöberl. Hast du was zum Schreiben, alter Spezi?“

„Moment gleich.“

Mühleis suchte hektisch nach seinem Kalender mit den leeren Seiten nach dem Kalendarium.

„Kann losgehen!“

„Also ich hab allerhand über die drei Gauner gefunden. Ich fang mal mit dem Wolf an: Klarname: Marco Helmer, 31 Jahre, ledig und kinderlos, soweit bekannt. Ohne Konfession, geboren in Ansbach, uneheliches Kind. Wohnung: Lehrberg, Bergstraße 14. Mutter: Margit Helmer, geschieden.

Er hat eine Latte an Vorstrafen. Immer nur kleinere Delikte. Aber großer Verdacht auf schwere Gesetzesbrüche. Verdacht auf bandenmäßig ausgeführte Verbrechen. Jedoch kein Nachweis möglich, die einer Gerichtsverhandlung standhalten würden. Einige Geldstrafen, einige kurze Gefängnisaufenthalte.

Die Zweite im Bunde ist Kobra: Klarname: Salvia Rosso. 27 Jahre. Geburtsort Nürnberg. Aufgewachsen in Catania und Nürnberg. Ledig, kinderlos. Römisch-katholisch. Eltern: Etore und Helga Rosso, geborene Federlein. Latte an leichteren Straftaten. Größere Delikte nicht nachzuweisen. Nur kurze Gefängnisaufenthalte. Wohnung: Nürnberg/Erlenstegen, Diehlstraße 120 a. Verdacht auf Verbindungen zur süditalienischen Mafia. Verdacht auf bandenmäßig ausgeführte Verbrechen. Beide Verdachtsmomente bisher nicht gerichtsbeständig beweisbar.

Und außerdem ist da noch Bär: Klarname: Hans-Jürgen Trautmann. 38 Jahre. Geboren in Ansbach. Evangelisch-lutherisch. Geschieden, keine Kinder. Eltern Hans und Michaela Trautmann, geb. Hofmockel. Wohnort: Ansbach, Ludwigshöhe 21. Straftaten: schwere Körperverletzung, Raub in Tateinheit mit Körperverletzung, Verdacht auf bandenmäßige Verbrechen, jedoch nicht nachweisbar. Mehrere Haftstrafen, bis zu zwei Jahren.

Das war‘s erstmal.

Bist du oder seid ihr den dreien auf der Fährte? Dann pass bloß auf! Die Aktenlage schaut recht harmlos aus, aber alle drei sind ausgepichte Verbrecher. Sie sind so raffiniert, dass die Polizei ihnen bisher meistens nichts Größeres nachweisen konnte. Schon verdächtig, dass zwei von ihnen prächtige Villen in Lehrberg und Nürnberg besitzen. Dieser Bär bewohnt einen aufgelassenen Bauernhof. Die sind ganz groß im Geschäft, sag ich dir.

Gut abgesichert und auf alle Fälle auch gut bewaffnet. Wenn du die siehst, dann hau besser gleich ab! Supergefährlich!

Ich habe gehört, wenn sie als Team zusammenarbeiten, dann läuft ein großes Ding. Also Ohren und Augen auf Theo! Besser SEK einschalten als Staatsbegräbnis mit dir als Hauptperson.

Jetzt komm bald wieder zurück. Wenn du wieder da bist, dann hauen wir wieder auf die Pauke! Abgemacht?"

„Klaro, aber das dauert noch eine Weile. Ottokar braucht gerade meine Hilfe. Er hat sich bei einem Treppensturz verletzt und kann noch nicht richtig laufen."

„Hoffentlich hat er sich nicht den Kopf verletzt und es bleibt ihm was."

„Doch hat er, und geblieben ist auch was. Kann jetzt nur nicht darüber sprechen."

„Grüße ihn von mir!"

„Mache ich und danke für die Auskünfte!"

„Gern! Jädi-ü-hö-holleradi ri-hö!" Mit einem oberbayerischen Festtagsjodler legte Schöberl auf.

Ottokar Hauptvogel beendete gerade eine seiner täglichen Übungsrunden. Das Gehen mit den Krücken klappte bereits sehr gut. Ein Rollstuhl würde nur noch über längere Strecken benötigt.

Mühleis las ihm die Daten der Erpresser vor.

„Monsignore, wir schauen uns jetzt gleich die Wohnungen der Ganoven an. Lass dich von Frau Senftleben wieder zu einer Frau verkleiden, dann geht's los! Aber dass du dich nicht wieder so sehr verzettelst! In einer Stunde fahren wir."

Theo ließ sich das nicht zweimal sagen. Er rannte förmlich die Treppe hinab und läutete unten an der Wohnungstüre. Frau Senftlebens Gesicht leuchtete auf, als sie ihn erblickte: „Komm herein, der Herr Rat ist bei seiner Schafkopfrunde, der kommt nicht so schnell wieder."

„Ich habe leider nicht so viel Zeit. Der Ottokar will in einer Stunde weg. Vorher musst du mich bitte wieder zu einer Frau umgestalten."

„Das mach ich schon. Zuvor werde ich dich aber noch als Mann brauchen.“

***

Rubert Sailer war stundenlang allein gewesen. Das Tablett mit dem Frühstücksgeschirr stand noch auf dem kleinen Tisch. Von den Erpressern hatte er seit der Übergabe des Frühstücks durch die Luke in der Tür nichts mehr gehört oder gesehen.

Rubert war in dem kleinen Zimmer wie gehetzt immer wieder hin und her gelaufen. Gefühle der Sorge, der Unsicherheit bis hin zu Anfällen panischer Angst hatten ihn gejagt. Ab und zu hatte er sich erschöpft auf das Bett fallen lassen. Er versuchte seine Gedanken zu ordnen, um einen Ausweg aus seiner Situation zu finden. Das fiel ihm schwer, denn er hatte auch in dieser Nacht, wie schon in den vorhergehenden, kaum geschlafen. Alpträume hatten ihn heimgesucht, in denen er sein Haus in hellen Flammen brennen sah. In anderen sah er seine Mutter tot in einem Sarg liegen. Manche Szenen wiederholten sich, andere, nicht weniger schreckliche, lösten sie ab.

Rubert hatte versucht, sich mithilfe von Meditation zu beruhigen. Er hatte noch einige Übungen von einer Wellness-Reise nach Indien in Erinnerung. Die Übungen halfen jeweils eine gewisse Zeit, um abzuschalten, dann kamen die Ängste aber wieder und trieben ihn vor sich her. Es ging gerade auf den Abend zu. Die spärlichen Sonnenstrahlen beleuchteten sein Gefängnis durch das Kellerfenster immer weniger, bald würde er das Licht einschalten müssen.

Er beschloss, etwas zu lesen, und bückte sich zu dem niedrigen Bücherregal hinab. Nachdem er die Bände gemustert hatte, entschied er sich für einen Liebesroman, den er vor einigen Jahren bereits einmal gelesen hatte. „Das Lächeln der Frauen“ von Nicolas Barreau.

Er verband mit diesem wunderbar geschriebenen Buch schöne Erinnerungen an einen traumhaften Urlaub mit einer Traumfrau an der Côte d‘Azur. Die Zeit mit ihr war einmalig gewesen, doch wenig später hatte diese besondere Frau einen anderen Mann gefunden und sich von ihm abgewandt. Sie war eine der wenigen Frauen, die ihm in seinem Leben Herzschmerzen bereitet hatte. Trotzdem, die Zeit mit ihr war ihm immer noch kostbar wie ein Juwel, wie ein großes, seltenes Geschenk in seinem Leben. Er zog das Taschenbuch aus dem Regal und begann zu lesen: „Letztes Jahr im November hat ein Buch mein Leben gerettet. Ich weiß, das klingt jetzt sehr unwahrscheinlich. Manche mögen es gar für überspannt halten, wenn ich so etwas sage, oder melodramatisch. Und doch war es genau so …"

Was für ein schöner Anfang, dachte sich Rubert. Wenn mir dieses Buch doch auch das Leben retten könnte! Immerhin bestand die Möglichkeit, dass es ihn auf andere Gedanken brächte.

Weiter nachgrübeln konnte er nicht, denn die Tür seines Zimmers öffnete sich, wie immer fast völlig geräuschlos. Die Frau, die bisher als Einzige der drei Entführer zu ihm gesprochen hatte, trat ein. Sie trug ein Tablett in einer Hand. In der anderen hielt sie eine kleine Pistole, die auf ihn gerichtet war. „Etwas verspätetes Mittagessen", sagte sie. „Nehmen Sie das andere Tablett vom Tisch. Stellen Sie es langsam auf das Bett. Keine hastige Bewegung, sonst schieße ich!"

Wieder diese falschen Kehllaute.

„Sie können normal mit mir sprechen. Ich weiß, dass Sie ihre Sprache verstellen. Neulich hörte ich zufällig, wie Sie mit Ihren Kollegen ganz normales Deutsch sprachen."

Ein großer Schrecken durchfuhr ihn. Die Worte waren ihm so herausgerutscht. Wie würde sie jetzt reagieren? Er nahm vorsichtig das Tablett mit dem Frühstücksgeschirr und stellte es mit ganz langsamen Bewegungen auf das Bett. Dann richtete er sich auf, immer darauf bedacht, sie nicht durch eine zu fahrige Bewegung zu einer fatalen Reaktion zu veranlassen.

Sie stand einfach da, immer die Augen auf ihn gerichtet. Er sah aus den Schlitzen der heruntergezogenen Sturmhaube lediglich zwei Augen, deren Farbe er im Zwielicht des Zimmers nicht erkennen konnte. Sie schienen ihn einfach nur schwarz und sie beobachteten ihn wachsam. Rubert fühlte sich wie ein gelähmtes

Kaninchen vor der Schlange und wartete auf eine Strafe für seine Äußerung.

Zunächst geschah nichts. Sie standen sich eine Weile schweigend gegenüber. Obwohl er innerlich zitterte, versuchte er nach außen einen selbstbewussten Eindruck zu machen. Lange würde er diese Fassade wohl nicht aufrechterhalten können.

„Stimmt, ich spreche normalerweise deutsch, aber es ist nicht gut für Sie, wenn Sie zu viel von mir wissen. Ich verrate Ihnen etwas: Meine beiden ‚Kollegen', wie Sie sie nennen, haben etwas Urlaub genommen. Sie halten sich jetzt an einem hoffentlich paradiesischen Ort auf. Ich werde die nächsten Tage alleine zu Ihnen kommen, aber machen Sie sich keinerlei Hoffnung, mir entkommen zu können. Versuchen Sie nicht, mich zu überlisten, Sie würden mich dadurch zwingen, Ihnen große Schmerzen zu bereiten. Haben Sie mich verstanden?"

Rubert nickte, dann wagte er noch einmal zu sprechen: „Hat meine Mutter Ihnen die Million übergeben?"

„Das müssen Sie nicht wissen. Außerdem fehlen noch zwei Millionen zu Ihrer Entlassung. Ich kann nur für Sie hoffen, dass Ihre Mutter dieses Geld bald zusammengekratzt hat."

„Werden Sie mich dann wirklich freilassen?"

„Normalerweise halten wir unsere Zusagen. Ich kann Ihnen zu diesem Zeitpunkt aber keine Garantie geben und nur Glück wünschen. Es kann noch sehr viel geschehen."

Übergangslos fragte sie: „Was lesen Sie da für ein Buch?"

„Das Lächeln der Frauen von Nicolas Barreau."

„Ich kenne das Buch, es ist sehr schön."

„Ich weiß, ich habe es vor einigen Jahren schon einmal gelesen. Es erinnert mich an besondere Tage." Rubert sah ihr das erste Mal seit seiner Entführung direkt und plötzlich angstfrei in die Augen. Kobra nahm ihn ihrerseits mit einem Mal völlig anders wahr als bisher. Ein warmes Gefühl breitete sich in ihrem Bauch aus und stiftete in ihrem Kopf eine gewisse Verwirrung.

„Ich mag dieses Buch auch", bekannte Kobra. „Wenn Sie es gelesen haben, könnten wir uns darüber unterhalten, das würde uns beiden die Zeit vertreiben.“ Kobra hielt inne. Hatte sie das jetzt wirklich gesagt? Was geschah mit ihr?

Sie musste den Raum unbedingt so schnell wie möglich verlassen und hatte doch gleichzeitig den Wunsch, zu bleiben, um sich mit diesem interessanten Mann zu unterhalten.

Ohne ein weiteres Wort drehte sie sich um und ging hinaus. Lautlos schloss sich die Türe. Dann war es wieder völlig still im Raum. Kobra ging die Treppe ins Erdgeschoss hoch und setzte sich an den Küchentisch. Verwundert sann sie darüber nach, warum das vorhergehende Gespräch etwas in der Tiefe ihres Herzens gerührt hatte. Da war ein Gefühl, das sie schon lange nicht mehr gespürt hatte. Zugleich fühlte sie sich sehr einsam.

Rubert setzte sich ein Stockwerk unter ihr wieder auf das Bett und legte sein Gesicht in die Hände.

Seine Beine zitterten und sein Körper bebte. Mit seiner Nervenkraft war es nicht mehr weit her.

***

Am Mittwochnachmittag

„Monsignore! Was fällt dir ein, mich so lange warten zu lassen? Und wie siehst du denn aus?“

Theodor sah an sich herab. Sein Kleid war irgendwie verdreht, er zupfte ein wenig daran herum, bis es schließlich richtig passte. Die Perücke saß ihm schief auf dem Kopf und der Hut wirkte, als segelte er jeden Moment herunter. Sein geschminktes Gesicht drückte große Verlegenheit aus, er wirkte wie einer dieser traurigen Clowns im Zirkus.

„Ottokar, ich muss dir etwas beichten.“

„Also Monsignore Theodor, das ist jetzt ein ganz schlechter Zeitpunkt für eine so wichtige Handlung wie eine Beichte. Ich bin gar nicht darauf eingestellt. Außerdem wollten wir doch bereits vor einer Viertelstunde losfahren, um uns die Wohnungen der Erpresser anzusehen.“

„Hör mir nur kurz zu! Also, du bist doch mein Freund?“
„Ja klar.“
„Dann wirst du dich bestimmt auch bemühen, mich zu verstehen.“
„Kommt darauf an. Jetzt rede endlich, Mensch!“
„Also klipp und klar: Zwischen mir und der Frau Senftleben hat es gefunkt und funkt es noch. Es hat vorhin wieder ziemlich gefunkt, eigentlich schon Funken gesprüht, darum habe ich mich verspätet.“
„Also Theodor, hast du als Monsignore nicht das heilige Gelübde abgelegt, arm und keusch zu leben? Als Ottokarius I. kann ich diese Sünde nur vergeben, wenn du dich sofort in das nächste Kloster begibst und dir dort die strengsten Bußübungen auferlegen lässt, die sie zu bieten haben.
Als Ottokar Hauptvogel sage ich mit mahnender Stimme und mit zum Himmel erhobenem Zeigefinger: Mensch, Theodor, jetzt fängst du schon wieder so eine hasenwilde Beziehung an! Denke bitte zurück, wie deine bisherigen Liebschaften geendet haben!“
„Aber ich habe doch überhaupt keine frommen Gelübde abgelegt, Ottokar! Und diesmal ist es wirklich ganz anders. Ich habe mit Hildegard Senfleben einen Menschen gefunden, zu dem ich passe wie das letzte Teil in einem Puzzle. Sie ist ein so liebevoller Mensch, der mir so viel Zärtlichkeit und Verständnis schenkt, wie ich es noch nie in meinem Leben erlebt habe.
Außerdem ist sie sexy, aber hallo! Da geht die Post ab. Mein lieber Schwan!“
Ottokar wedelte mit den Händen. „Davon will ich jetzt überhaupt nichts hören, vielleicht ein andermal ...“
Er schüttelte missbilligend den Kopf und blickte zu Boden. Nach kurzer Überlegung sagte er: „Also, es geht überhaupt nicht, dass du dich jetzt einfach in ein Kloster absetzt. Gerade wenn wir in die heiße Phase eines Falles einsteigen, brauche ich dich. Darum bin ich jetzt im Moment nicht Papst, sondern Hauptvogel. Du siehst meinen Finger, und wie ich ihn mahnend erhebe. Ich sage dir, treibt es nicht so toll, dass der Rat was mit-

kriegt und deine Geliebte rausschmeißt. Womöglich verlangt sie dann von dir, dass du sie heiratest. Gedenke der Folgen! Unsere Kneipenabende könnten dabei den Bach runtergehen."

Mühleis konnte nicht an sich halten. Eifrig und bestimmt antwortete er:

„Also, zunächst einmal sind wir ganz vorsichtig! Außerdem heiratet man heutzutage nicht gleich. Das müsste sich jetzt langsam mal sogar bis nach Rom herumgesprochen haben."

„Also, jetzt zumindest bis zu mir, hier in Ansbach. Schluss mit dieser lästigen Diskussion! Wir müssen los, sonst schaffen wir unsere Besichtigungstour nicht."

Kaum hatte Ottokar diese Worte ausgesprochen, läutete Theodors Handy.

Er nahm ab und hörte Franz Schöberls Stimme im Geheimnismodus.

„Theodor, das sage ich jetzt nur dir: Der Teufel ist in dieser Stadt los!"

„Das, lieber Franz, denke ich mir auch manchmal."

„Mach keine Witze, vor allem nicht mit dem Gehörnten! Stell dir vor, es gab heute eine Schießerei auf dem Rezatparkplatz. Ausgerechnet zwei von den dreien, nach denen du mich gefragt hast, waren darin verwickelt. Der Bär steppt nicht mehr, den haben sie nämlich in einem Auto erschossen, und der Wolf wird die sieben Geißlein in nächster Zeit auch in Ruhe lassen, denn er wurde durch eine Kugel in den Oberkörper schwer verletzt und liegt auf der Intensivstation im Klinikum. Es ist noch nicht sicher, ob er mit dem Leben davonkommt. Was sagst du jetzt?"

„Ich bin baff. Mir fehlen die passenden Worte. War die Kobra auch mit beteiligt?"

„Nein, von der fehlt jede Spur. Wir haben sie im Verdacht, dass sie das Blutbad angerichtet hat. Vermutlich sind sie sich bei einem gemeinsamen Ding in die Haare gekommen, wer weiß. Vielleicht hatten sie Kompetenzprobleme oder Verteilungsschwierigkeiten, da kann man nur rumfantasieren. Eine alte Frau war auch irgendwie beteiligt. Sie hat vermutlich die Szene auf dem Parkplatz entdeckt und einen Anfall bekommen vor lauter

Schreck. Marianne Sailer heißt sie, wohnt in der Luxus-Seniorenresidenz. Die haben die Sanitäter auch ins Krankenhaus gebracht. Es geht ihr gar nicht gut, habe ich gehört."

Theodor atmete entsetzt ein. Schöberl nahm seine Reaktion nicht wahr und redete weiter.

„Jedenfalls ist auf dem Parkplatz jetzt ein großer Rummel, das kannst du dir gar nicht vorstellen. Alle sind sie da: Spurensicherung natürlich, Staatsanwaltschaft, Kommissare, Sperber, Grunwald, Grollmisch, Gerichtsmedizin und eine Menge ‚Blaue', kannst dir denken. Das blitzt hier wie in einer verrückt gewordenen Diskothek. Der Zeitungs-Goofy, der Mostrich, tobt schon wieder, weil er nah genug ran darf. Ein erstklassiger Affenzirkus, das Ganze! Ich habe mich heimlich davongemacht, um dir Bericht zu erstatten. Pst! Jetzt muss ich schnell zurück, sonst merken die, dass ich meinen Posten verlassen habe." Mit einem knappen Sparjodler – „Hollodrio!" – beendete Schöberl das Telefonat.

Theodor drehte sich zu Ottokar hin: „Jetzt bin ich aber geschockt!"

„Was ist denn bloß schon wieder los?"

Theo schilderte das Geschehen in kurzen Worten.

„Oh je!", seufzte Ottokar. „Jetzt ist die Polizei mit im Boot und unsere Auftraggeberin überlebt ihren Anfall vielleicht nicht. Schlimmer kann es kaum kommen."

Er irrte sich, denn es kam noch schlimmer.

Einige Polizisten waren dabei, in einigem Abstand zum Tatort eine Sichtschutzwand vorzubereiten, hinter der das Auto des Opfers vor den Blicken der Gaffer verborgen werden konnte. Andere Beamte hatten bereits mit rot-weißen Bändern alle Zufahrten zum Parkplatz gesperrt und sorgten dafür, dass niemand auf Sichtweite an den Schauplatz des Geschehens herankam.

Das war ein schwieriges Unterfangen, denn innerhalb der Absperrung standen ziemlich viele abgestellte Kraftfahrzeuge, deren Besitzer natürlich irgendwann einmal wieder wegfahren wollten. Es kam zu heftigen Diskussionen und lautem Protestgeschrei. Die Polizisten hatten es wirklich nicht leicht, die Leute einigermaßen zu besänftigen. Einige Kriminalbeamte (darunter Kommissar Franz Schöberl) unterstützten sie.

Notarzt und Sanitäter waren schon bei den beiden Verletzten. Selbst auf die Gefahr hin, wichtige Spuren zu zerstören, hatten sie die Pflicht, alles Menschenmögliche zu tun, um deren Gesundheit und Leben zu retten.

Sie hoben Frau Sailer und Wolf auf Tragen und fuhren sie in Sanitätstransportern auf dem schnellsten Weg ins Klinikum.

Für Bär konnten sie freilich nichts mehr tun. Eine gut gezielte Kugel durch die Windschutzscheibe seines Fahrzeugs hatte seinem Leben ein jähes Ende bereitet. Um ihn kümmerte sich inzwischen bereits Brigitte Renz, die elegante Gerichtsmedizinerin.

Als Hauptkommissar Wolfgang Sperber und sein Team beim Tatort auf dem Rezatparkplatz ankamen, mussten sie zunächst auf das Eintreffen der Leute vom Spurensicherungsteam warten, denn deren Arbeit ging vor. Niemand sollte die noch vorhandenen Spuren vernichten. Durch die Notfallmaßnahmen der Lebensretter waren manche vermutlich bereits endgültig zerstört.

Es dauerte nicht lange, dann waren auch die Mitarbeiter der Spurensicherung bei der Arbeit. Eine größere Anzahl von Männern und Frauen in weißen Schutzanzügen suchte den Umkreis des Tatorts äußerst penibel ab. Nachdem sie einen Pfad hin zu Bärs Auto freigegeben hatten, konnten auch die drei Kriminalbeamten zum Ort des Geschehens.

Dr. Brigitte Renz, die Gerichtsmedizinerin, informierte sie mit knappen Worten: „Exitus eindeutig durch eine Kugel, die von vorne in seinen Schädel eingedrungen ist. Der Mann war sofort tot. Todeszeitpunkt vor etwa anderthalb Stunden. Genaueres in meinem Bericht. Die Obduktion findet morgen um elf Uhr statt. Den hier könnt ihr jetzt zu mir bringen lassen." Mit einer lässigen Geste hatte sie mit der Hand auf die leblose Gestalt hinter dem Lenkrad gezeigt.

Inzwischen war auch Kriminaldirektor Rudolf Dotzauer am Tatort eingetroffen. Wolfgang Sperber informierte ihn über den Sachstand. Dotzauer sah sich Bärs Leiche an. „Ich werde jetzt ein erstes Statement vor den Medienleuten abgeben.“ Mit diesen militärisch klingenden Worten wandte sich Dotzauer ab. Er liebte es, sich vor den Kameras zu präsentieren. Der Kriminaldirektor ging aufrecht auf den wartenden Pulk der Journalisten zu und baute sich vor ihnen auf. Sein ausdrucksvolles Gesicht kam dabei außerordentlich gut zur Geltung. Dotzauer war neben seiner stattlichen Gestalt auch mit einer Art Cäsarenkopf gesegnet. Von Kamerascheinwerfern beleuchtet, verkündete er mit lauter Stimme: „In Ansbach ist ein schreckliches Verbrechen geschehen, dabei kam ein Mensch zu Tode, ein weiterer wurde lebensgefährlich verletzt. Eine Person wurde im bewusstlosen Zustand ins Klinikum gebracht. Die Ursache für die Bewusstlosigkeit ist uns derzeit noch unbekannt, ebenso der Anlass der Schießerei und die Identität von Tätern und Opfern. Wir haben sofort alle notwendigen Maßnahmen eingeleitet. Die Ermittlungen gehen in alle Richtungen. Das war‘s vorläufig, meine Damen und Herren. Ein Termin zu einer Pressekonferenz zu diesem Fall wird Ihnen zu gegebener Zeit mitgeteilt. Etwaige Fragen werden dort beantwortet.“

Dotzauers Gesichtsausdruck machte deutlich, dass er nicht gewillt war, sich auf irgendwelche Gespräche einzulassen. Er ging geradewegs zu seinem Dienstwagen, stieg ein und fuhr weg.

Hauptkommissar Wolfgang Sperber und seine beiden Mitarbeiter hatten inzwischen mit ihren Ermittlungen begonnen.

***

Kobra konnte sich natürlich denken, dass die Polizei nach der Schießerei auf dem Parkplatz sofort anfing, umfangreiche Ermittlungen einzuleiten. Trotz ihrer Raffinesse, mit der sie bisher in dunklen Kanälen erfolgreich und verhältnismäßig straffrei unterwegs gewesen war, vermied sie den Fehler, die Ansbacher Polizei zu unterschätzen. Gerade Wolfgang Sperber und sein

Team hatten in der Vergangenheit verzwickte Fälle mit Bravour gelöst, deshalb entschloss sie sich, schnell zu handeln und sich das verlorene Geld zurückzuholen.

Salvia Rosso alias „Kobra“ war als Kind eines italienischen Gastarbeiters und seiner deutschen Frau in Ansbach geboren. Sie war zu gleichen Teilen hier und in Scilla in der Nähe von Reggio di Calabria, also in Kalabrien, Süditalien, aufgewachsen. Dies war davon abhängig, ob ihr Vater in Deutschland Arbeit gefunden hatte, oder nicht. Als Jugendliche verbrachte sie mehr Zeit in Deutschland, weil ihre Eltern in Nürnberg eine Pizzeria eröffnen konnten. In Süditalien hatte ihr Vater seit Langem Kontakte zur Mafia. Diese Verbindungen wurden auch zwischen Nürnberg und Scilla aufrechterhalten. Für Salvia war die Mitgliedschaft ihrer Eltern in diesen Strukturen ganz normal. Immer wieder musste sie selbst kleine und größere Aufträge für die ehrenwerte Gesellschaft erledigen. Sie überzeugte dabei durch ihre Fähigkeiten und bekam eine sorgfältige Spezialausbildung in verschiedenen Disziplinen des Verbrechens. Es gelang ihr später, sich ein wenig aus dem Netz zu befreien und ab und zu selbstständig zu arbeiten. Ganz kam sie jedoch nie heraus und wurde immer wieder in gewisse Spezialaufträge der Mafia einbezogen. Eine Weigerung wäre tödlich gewesen. Salvia war nie eine festere Bindung zu einem anderen Menschen eingegangen. Sicher, sie hatte schon aufgrund ihres guten Aussehens viele Möglichkeiten zu Liebesbeziehungen, aber immer wenn es in einer Beziehung ernster wurde, stieg sie aus. Sie wollte frei sein.

Familiäre Bindungen gehörten zu dem Leben der Halbitalienerin natürlicherweise dazu, aber mehr nicht. Seit dem Tod ihrer beiden Eltern waren die Familientreffen weniger geworden, doch jede Begegnung mit ihren Verwandten war für sie nach wie vor eine Freude. Jede Besprechung mit dem Boss dagegen barg Risiken.

Das große Villenanwesen in Nürnberg Erlenstegen, in dem sie jetzt lebte, hatte natürlich „La Famiglia“ besorgt. Sie hatte es den „Ehrenwerten“ aber nach einigen erfolgreichen Geschäftsereignissen abkaufen können. Dass ihr Haus ausgerechnet in der Diehlstraße stand, fand sie passend. Eine bekannte Firma trug diesen Namen. Dort wie in ihrem Geschäft ging es unter anderem um Waffen und deren Gebrauch. Auch die betuchten Menschen in den umliegenden Villen passten zu ihr. Nicht nur das Auftreten allein war es, was sie wie eine geheime Verwandtschaft verband, sondern auch das Interesse an Geld und dessen Erwerb.

Das imposante Gebäude war für sie allein viel zu groß. Kobra beschäftigte einige Bedienstete, die sich eifrig um ihr Wohlergehen und einen makellosen Zustand des Hauses kümmerten. Auf beides legte sie größten Wert. Dieser Luxus kostete viel Geld. Um es zu erwerben, scheute sie vor keinem noch so risikoreichen Einsatz zurück. Der „Rubel“ musste rollen. The Show must go on – täglich! Sie verfügte momentan wirklich über viel Geld, aber es konnte nie genug sein.

Die professionelle Straftäterin rüstete sich routinemäßig mit ihren nötigen Einsatzwerkzeugen aus und fuhr mit ihrem Auto, einem unauffälligen mausgrauen VW Golf GTI, von Ansbach nach Heilsbronn. Sie wusste, dass die beiden Attentäter Rolf Maier und Sascha Orlow in einem aufgelassenen Bauernhof am Ortsrand hausten.

Während ihrer Vorbereitungen fiel ihr siedend heiß ein, dass ihr Gefangener verhungern und verdursten müsste, falls ihr bei der Aktion etwas passieren sollte und sie nicht mehr zu ihm zurückkommen könnte.

Sie setzte sich an den Küchentisch und schrieb einen Brief, in dem sie die Adresse des Hauses angab und darauf hinwies, dass ein Mann im Keller dieses Hauses befreit werden musste.

Diesen Brief wollte sie zu ihrem Rechtsanwalt bringen, mit der Anweisung, dass er ihn der Polizei übergeben sollte, falls sie sich an diesem Tag nicht bis zwanzig Uhr bei ihm meldete.

Sie stieg in den Keller hinunter und übergab Rubert Sailer das Abendessen. Dabei vergewisserte sie sich, dass es ihm den Umständen entsprechend gut ging.

Ihr nächstes Ziel war das Büro ihres Rechtsanwaltes. Glücklicherweise war er noch persönlich anwesend. Sie übergab ihm den Brief mit der entsprechenden Anweisung. Anschließend fuhr sie nach Heilsbronn.

Beim langsamen Durchqueren des Ortes fiel ihr vor einem Haus ein Auto der Bundespost ins Auge, dem eine Postbotin entstieg. Die junge Frau eilte zu einem Briefkasten und warf die Post ein. Da kam Kobra eine zündende Idee.

Sie stellte ihr Auto an einer geeigneten Stelle am Straßenrand ab, dann ging sie auf die Postbotin zu, die bereits zwei Häuser weiter war.

„Hallo, ich wohne in dieser Straße ein ganzes Stück weiter vorne und habe schon darauf gewartet, Sie zu sehen. Ich erwarte einen Brief, den ich schnellstens lesen und beantworten soll. Deshalb möchte ich Sie bitten, mir den Brief direkt auszuhändigen. Es ist wirklich sehr dringend!"

Die Austrägerin sah sie freundlich an und sagte: „Das ist völlig unüblich und bringt mir meine ganze sortierte Post durcheinander, aber wenn es um Leben und Tod geht, will ich mal nicht so sein. Schauen wir mal in meinem Lieferwagen nach, ob Ihr Brief zu finden ist. Aber das sage ich Ihnen gleich: Wenn ich erst lange suchen muss, dann geht es nicht. Ich hab es nämlich eilig. Ein Stress, kann ich Ihnen sagen!"

Sie gingen zu dem gelben VW-Bus, auf dessen Boden sich Kästen mit Briefen stapelten. Kobra nannte der Frau einen Fantasienamen und eine x-beliebige Adresse, daraufhin stieg die Postangestellte in den Bus hinein und begann, eine der Kisten zu durchsuchen. Dabei schüttelte sie immer wieder den Kopf und murmelte vor sich hin.

Kobra sah sich kurz um, dann schwang sie sich blitzschnell in das Fahrzeug.

Die völlig verdutzte Postbotin starrte mit einem ungläubigen Gesichtsausdruck in die Mündung einer Pistole.

Kobra schloss schnell die Seitentüre des Busses hinter sich. „Ziehen Sie Ihre Uniform aus und legen Sie sie auf den Boden." Die geschockte Frau rührte sich nicht und starrte sie nur weiterhin an. „Los, hopp, hopp! Zwingen Sie mich nicht, Ihnen wehzutun."

Jetzt kam Bewegung in die Postangestellte. Sie zog ihre Jacke aus, dann die Hose. Erst jetzt öffnete sie ihren Mund und sagte mit Empörung in der Stimme: „Was fällt Ihnen eigentlich ein. Was wollen Sie von mir? Die paar Euro, die ich dabei habe, können Sie haben. Das lohnt sich doch nicht. Die Polizei wird Sie schnell geschnappt haben, dann sitzen Sie im Kittchen und alles wegen nichts."

„Schluss mit dem Gequatsche! Das ist kein Scherz. Ich will kein Wort mehr hören, sonst muss ich Sie niederschlagen oder erschießen." Kobras Gesichtsausdruck tat seine Wirkung. Die Frau bekam Angst. Sie fing an zu zittern und flüsterte nur noch: „Bitte, tun Sie mir nichts, ich habe zwei kleine Kinder. Ich mache, was Sie wollen."

„Ist auch besser so!" Kobra nahm zwei herumliegende Paketschnüre. „Hände auf den Rücken und umdrehen!" Gehorsam tat die Frau, wie ihr geheißen. Nachdem Kobra die Arme fachgerecht zusammengebunden hatte, kommandierte sie: „Auf den Bauch legen!" Jetzt ließ sich die Postbotin wimmernd auf die Knie fallen und legte sich folgsam auf den Bauch. Kobra schnürte ihr die Beine zusammen, dann sah sich um und entdeckte ein breites Paketband. Sie holte ihr Messer heraus und schnitt ein Stück von der Rolle ab. Mit seitlich gedrehtem Kopf hatte die Frau beobachtet, was Kobra vorhatte. Sie wusste wohl gleich, was nun folgen würde, und fing an zu quieken. Kobra klebte ihr unbeeindruckt von diversen Entsetzenslauten mit einer gekonnten Bewegung das Band über den Mund. „Bekommen Sie genügend Luft durch die Nase?", wollte sie wissen. Die Antwort war ein hektisches Nicken und ein paar undefinierbare Laute.

Ein Haken an der Bordwand des Fahrzeugs kam Kobra gerade recht. Auf der anderen Seite des Wagens sah sie einen weiteren. Unglaublich praktisch so ein Postauto, dachte sie sich anerkennend. Mit einer weiteren Paketschnur verband sie die Schnüre mit den Haken. So konnte die etwa in der Mitte des Fahrzeugbodens liegende Postangestellte sich nicht hin und her rollen.

Womöglich hätte sie mit den Füßen an die Bordwand schlagen und damit auf sich aufmerksam machen können. Kobra seufzte: „Ein Schlag auf Ihren Kopf hätte mir manches erleichtert."

Sie sah sich ihr Werk noch einmal an und fand noch eine „undichte" Stelle. Wieder erwies sich das Umfeld als äußerst gut geeignet. Ein flacher Haufen Bläschenfolien lud dazu ein, die Füße der Liegenden damit zu umwickeln und festzuschnüren. Jetzt konnte sie auch nicht mehr gegen den Boden schlagen.

Kobra zog sich ihre Kleidung aus und die Dienstuniform über. Gekonnt verwandelte sich damit selbst in eine Bedienstete der ehemals Deutschen Bundespost. Vorsichtshalber tastete sie nach dem Pulsschlag ihres Opfers. Der war zwar recht heftig, aber nicht besorgniserregend.

In dem Moment klopfte es energisch an die Tür des Fahrzeugs. Eine Frauenstimme rief laut: „Machen Sie sofort auf, ich weiß, dass Sie da drinnen sind!" Kobra blieb vor Schreck fast das Herz stehen. Ob das die Polizei war? Mit einer derartigen Überraschung hatte sie nicht gerechnet. „Moment bitte!", rief sie laut und verbarg ihr volles Haar unter der Uniformmütze, dazu setzte sie rasch eine Brille mit dickem Gestell auf, die sie als provisorische Tarnung immer bei sich trug.

Danach öffnete sie die Seitentüre des Busses einen Spalt. Eine Frau stand vor ihr und hielt ihr mit roten Wangen und empörter Miene einen Brief hin. „Jetzt ist schon wieder ein Brief bei mir eingeworfen worden, der gar nicht für mich bestimmt ist. Die Adresse, die drauf steht, ist jedenfalls nicht meine. Ich frage mich, ob Sie mich ärgern wollen oder schlicht und einfach nicht lesen können!" Die Stimme der Frau hatte einen hohen, kreischenden Klang. Ohne Zweifel war sie voller Wut.

„Das tut mir leid, aber Sie müssen mich nicht schimpfen. Ich bin nur die Vertretung der Kollegin, die hier sonst austrägt. Geben Sie mir bitte den Brief, ich werde Ihre Beschwerde weitergeben. So etwas sollte wirklich nicht passieren, schon gleich nicht mehrmals hintereinander."

„Mir ist es völlig egal, ob Sie oder irgendeine Ihrer Kolleginnen schuld an der Misere ist. Diese ganze Post ist doch ein elender Saftladen geworden. Mit euch hat man nur noch Ärger! Das können Sie auch gerne weitergeben an alle Ihre Kolleginnen und Kollegen! So, und jetzt geben Sie mir sofort meine Post. Meinhard heiße ich, Irene Meinhard!“

Kobra tat so, als würde sie in einem der Kästen nachsehen, dann wandte sie sich der aufgebrachten Frau wieder zu: „Tut mir leid, für Sie ist leider heute nichts dabei, Frau Meinhard.“

„Das kann gar nicht sein. Ich warte seit Tagen auf einen Brief meiner Schwester, den habt ihr sicher verschlampt, das sieht euch ganz ähnlich. Ich werde mich über Sie beschweren, jawohl, und zwar ganz oben.“

Kobra war nun selbst angesäuert. Sie wollte nicht, dass die Frau sich an sie erinnerte, deshalb zog sie die Türe zu und kletterte behände über die Lehne des Fahrzeugs auf die Vordersitze. Ein Glück, dass dieser Lieferwagentyp keine Zwischenwand hatte. Sie startete das Fahrzeug und fuhr los. Im Rückspiegel sah sie die Frau mit den Armen in der Luft herumfuhrwerken und meinte, durch das Geräusch des Motors ihre kreischende Stimme zu hören.

Bevor sie das Bauernhaus erreichte, dessen Bewohnern sie einen besonderen Besuch abstatten wollte, hielt sie noch einmal kurz an und vergewisserte sich, dass ihre Pistole schussbereit war. An ihrem Bein hatte sie eine Scheide befestigt, in dem ein Messer steckte. Ein Wurfmesser hatte sie in einem Futteral unter ihrem linken Arm.

Sie prüfte den Sitz ihrer Waffen und war zufrieden.

Kobra griff sich in die hochgesteckten langen Haare und vergewisserte sich, dass ein bestimmtes Schlaginstrument an der richtigen Stelle war. Es trug die Bezeichnung „Kongo“ und war leicht zu handhaben. Für besondere Fälle hatte sie in einer Tasche am rechten Hosenbein eine Tränengasbombe.

Nach diesem Check fuhr sie los. Sie war exzellent gerüstet.

***

Ottokar Hauptvogel und Theodor Mühleis hatten sich mit dem Auto auf den Weg gemacht. Sie wollten die Häuser der Geiselgangster unter die Lupe nehmen. Sie hatten vor, sich den Vorteil zunutze zu machen, dass sie dabei von Wolf und Bär nicht gestört werden konnten. Ihre Hoffnung bestand darin, bei ihrer Inspektion Rubert Sailer zu finden und zu befreien.

Das erste Zielobjekt war Wolfs Haus. Es stand in Lehrberg und bot von seiner Terrasse aus einen schönen Blick über das Tal hinüber nach Hürbel am Rangen und auf die oberhalb des Ortes majestätisch thronende uralte Kreuzeiche. Der etwa zweihundert Quadratmeter große Garten zog sich unterhalb eines kleinen, aber sehr feinen Bungalows entlang. Er wurde von einer über zwei Meter hohen Mauer umfangen, die den Einblick auf das Gelände, zumindest von der Straße aus, verwehrte.

Das Grundstück hatte keinen Nachbarn gegenüber. Auf der anderen Seite der schmalen Straße fiel der Hang steil ab.

Mühleis parkte das Auto am Straßenrand, ein ganzes Stück vor dem Grundstück. Hauptvogel hangelte sich mühsam aus dem Wagen und wurde von Mühleis in den faltbaren Rollstuhl gesetzt. Wie das fürsorgliche alte Damen zu tun pflegen, fuhr ihn Theodor gemächlich auf dem Gehsteig zu dem Grundstück. Ein älteres Ehepaar, das ein wenig Luft schnappte – so hätte die beiden ein unbedarfter Passant wohl gesehen und gleich darauf wieder vergessen.

Das Tor war so gestaltet, dass ein Einblick auf Haus und Garten unmöglich war. An einer Stelle, von der man die Straße gut überblicken konnte, blieb Mühleis stehen. Ottokar würde hier sitzen bleiben und Wache halten.

Nun galt es aufzupassen, denn eine ältere Dame, die eine meterhohe Mauer überstieg, war nun einmal kein alltäglicher Anblick. Mühleis hatte genau durchdacht, wie er das überhaupt bewerkstelligen konnte. Er fuhr den Rollstuhl mit Ottokar auf dem Sitz ganz nahe an die Mauer, dann stieg er auf die Armlehne und schwang sich auf die Mauerkrone. Ottokar musste darauf achten, dass der Stuhl nicht kippte. Bei dieser Gelegenheit bewährte sich sein beträchtliches Gewicht. Von oben konnte

Theodor abspringen. Beim Aufprall auf dem Boden hatte er den Eindruck, gestaucht worden zu sein. Seine Gelenke protestierten schmerzlich. Trotz der Beschwerden und leichtem Hinken stieg er relativ zügig den Hang empor und fing an, den Bungalow zu umrunden. Bei jedem Fenster blieb er stehen, beschattete die Scheiben mit den Händen und schaute aufmerksam in den dahinterliegenden Raum. Dann klopfte er an die jeweilige Scheibe und rief verhalten: „Hallo, Herr Sailer, sind Sie da?“ Er sah und hörte nichts. Auch die Kellerfenster hatte er auf diese Weise inspiziert. Schon war er an der Terrassentüre angekommen. Er konnte den großen Raum gut von außen überblicken. Er war geschmackvoll und gemütlich eingerichtet. An den Wänden entdeckte er farbenfrohe abstrakte Gemälde. Eine Seite des Raumes zeigte einen schönen Kamin, davor zwei Ohrenbackensessel, die sich trotz ihres etwas altmodischen Stils harmonisch in das Gesamtbild einfügten. Auf einem niedrigen Tisch warteten mit verschiedenfarbigen Inhalten gefüllte Flaschen auf ihren Besitzer, der sich zurzeit wohl mit Flüssigkeit aus Infusionsbehältern begnügen musste.

Natürlich klopfte Theodor auch hier an die Scheibe der Türe. Die Antwort darauf kam prompt. Über ihm fing eine Alarmsirene laut und schrill zu heulen an. „Mist!“ Mühleis zögerte keinen Moment, er rannte mit zusammengerafftem Kleid zur Mauer zurück. Der Gegenwind erfasste seinen breitrandigen Hut und stieß ihn dem rennenden Mann mitsamt der Perücke vom Kopf. Theo hastete ein paar Meter zurück und stülpte sich beides wieder über, dann rannte er weiter.

Zu seinem Entsetzen hörte er ein Fahrzeug, dass sich mit Martinshorn unten auf der Bundesstraße freie Durchfahrt verschaffen wollte. Er erreichte die Mauer und schaffte es trotz seiner Größe kaum, ihre Kante zu erreichen. Er krallte die Finger fest in eine Fuge und zog sich stöhnend und ächzend hoch. Oben musste er erst einmal Luft schöpfen.

„Schnell Theo! Beeil dich, sie kommen!“ Das ließ sich Mühleis nicht zweimal sagen. Kurzerhand sprang er die Mauer hinunter und landete unsanft neben dem Rollstuhl auf dem Gehsteig.

Ein scharfer Schmerz jagte durch sein Bein. „Aua!“, jammerte er. „Theo steh‘ auf, gleich ist die Polizei da!“ Schon preschte ein blau-gelb-silbernes Fahrzeug heran und bremste unmittelbar neben der gefallenen „Dame“. Reaktionsschnell rückte Theo die Perücke zurecht und drückte den Hut weit in sein Gesicht. Auch Ottokar zog seine Pudelmütze tiefer herunter.

Neben ihm wurde der Wagenschlag geöffnet. Ein Polizist stieg geschwind heraus und sagte: „Sie sind wohl vor lauter Schreck über den Lärm gestolpert, gute Frau?“ Er griff Theo unter die Arme und stellte ihn auf die Füße. Theo jaulte auf, nicht so laut wie die Alarmanlage zwar, aber dennoch unüberhörbar. „Haben Sie sich Ihren Fuß verletzt oder Ihr Bein?“, erkundigte sich der Polizist fürsorglich und wollte sich schon bücken, um den Schaden zu besichtigen. Theo wehrte sein Ansinnen ab: „Nein, nein, bemühen Sie sich nicht, es geht schon.“ Ottokar sagte brummig: „Wissen Sie, meine Frau ist recht wehleidig, die schreit immer gleich laut. Bei jeder Kleinigkeit tut sie das. Ganz schön nervig!“ Mit dieser unverschämten Bemerkung hatte er sich eigentlich einen kräftigen Stoß verdient. Ihn auszuteilen war Theo aber gerade nicht möglich. „Du hast es gerade nötig, mir das vorzuwerfen, du bist doch selbst eine furchtbare Mimose“, piepste Theodor mit weiblicher Empörung.

Der Beamte, der wohl fürchtete, in einen ehelichen Zwist hineingezogen zu werden, trat den Rückzug an. „Na, wenn es nicht so schlimm ist, dann seien Sie bitte vorsichtig, damit Sie nicht wieder umknicken.“

„Danke, Herr Wachtmeister!“ Theo piepste und winkte so weiblich wie nur möglich.

Der Beamte stieg wieder in den Streifenwagen ein, in dem sein Kollege bereits ungeduldig wie auf heißen Kohlen saß. Schließlich heulte hinter der Mauer eine Alarmsirene und der Kollege machte in Ruhe Small Talk mit einer alten Frau.

Im Wagen entspann sich gleich ein Disput: „Warum steigst du ein? Du hättest an der Stelle gleich über die Mauer steigen und nachschauen können, was mit dem Haus los ist. Vielleicht könntest du mir von innen das Tor öffnen, dann würde ich mit dem Wagen nachkommen."

„He, das hast du dir schlau ausgedacht! Ich klettere über diese hohe Mauer und der Herr wartet, bis sich das Tor wie von Zauberhand öffnet und er elegant bei der Villa vorfahren kann. Denkste!"

Im Rückspiegel sah der so gescholtene eine weitere Streife heranfahren. Ausgerechnet ihr Chef entstieg dem Auto.

„HIMMELDONNERWETTER! Was ist los mit euch zwei Schnarchzapfen?", schrie er so laut, dass sie es deutlich durch die geschlossenen Scheiben des Fahrzeugs hören konnten. Eilig stiegen beide aus.

„Wir mussten der Frau dort helfen, sie war hingefallen", rechtfertigte sich einer von ihnen.

„Na gut", der Vorgesetzte wedelte ungeduldig mit einem Arm: „Jetzt aber nichts wie ran an den Feind! Du", er zeigte auf den Helfer der Frau, „steigst jetzt mit Allegro über diese Mauer und öffnest von innen das Tor, damit wir reinfahren können."

„Ach, den Spruch kenn ich schon. Aber was heißt hier ‚mit Allegro'?", brummte der Hinüberbefohlene und hüpfte hoch, um die Mauerkante zu erreichen. Sein Wohlstandsbauch war dem Vorhaben ebenso wenig dienlich wie die Tatsache, dass ihm durch das Herumsitzen im Auto und am Schreibtisch die Muskelkraft und die Fähigkeit für diese sportliche Aufgabe im Laufe der Dienstjahre abhandengekommen waren. Er schaffte es nicht, hinaufzukommen. „Stell dich nicht so an!", tönte die Stimme des Chefs hinter ihm. „Und du! Steh nicht herum und schau so belämmert! Sei dem Kollegen behilflich, der schafft das nicht allein." Er warf die Hände in die Luft und schüttelte seinen Kopf. „Mach eine Räuberleiter, so schafft der das bis morgen früh nicht. KRUZITÜRKEN, muss ich euch denn alles sagen? Jetzt macht schon! VERFLIXT! Das Haus gehört schließlich einem mutmaßlichen Bandenmitglied, der in diese Schießerei in Ansbach verwickelt war."

Mittlerweile waren zwei weitere Streifenwagen eingetroffen, deren Besatzungen schnell ausgestiegen waren. Jetzt waren schon einige Polizisten dabei, die Mauer zu überwinden.

„Haus umzingeln, so schnell ihr könnt!“, bellte der Gruppenleiter.

Hinter der Mauer jaulte die Sirene der Alarmanlage noch immer hilflos vor sich hin, nur übertönt vom Gebrüll des Gruppenchefs der Polizei. Nach und nach sammelten sich die Anwohner des Viertels neugierig, um zu sehen, was ein derartiges Aufgebot an uniformierten Menschen und Streifenwagen ausgelöst hatte. Sie steckten die Köpfe zusammen, tuschelten miteinander und tauschten Vermutungen aus. Manche unter ihnen streuten Gerüchte, die sich wie ein loderndes Feuer ausbreiten würden.

Die Verursacher des Lärms waren jedoch bereits über alle Berge.

Theodor Mühleis, schob den Rollstuhl mit Ottokar so schnell, wie es ihm sein lädiertes Bein erlaubte, weg von Wolfs Grundstück.

Ottokar rief über die Schulter: „Monsignore, das war aber verdammt knapp! Ich glaube, nur meine innigen Gebete haben bewirkt, dass wir unerkannt entkommen sind. Wir fahren jetzt sofort in meine Interimswohnung zurück. Ich bin überzeugt, dass in diesem Moment in allen Häusern der drei Verbrecher Razzien stattfinden. Ich möchte mich zu Haase stattdessen nochmals in unsere bisherigen Erkenntnisse vertiefen. Außerdem ist es mittlerweile schon spät geworden und ich habe Hunger. Morgen sollten wir unbedingt unsere Auftraggeberin im Klinikum besuchen. Ich hoffe, sie ist ansprechbar und kann uns etwas über die Ereignisse auf dem Parkplatz berichten. Ich bin schon sehr gespannt darauf, zu hören, wie es dazu kam, dass sie zum Zeitpunkt des Geschehens dort war. Bestimmt hat die einen Alleingang versucht, der irgendwie schiefgegangen ist.“

Theodor nickte, was Ottokar im Rollstuhl freilich nicht sehen konnte. „Theo, was ist los? Hat dir der Sprung von der Mauer die Stimme genommen, oder was?“

„Nein, ich habe doch genickt.“

„Ja, das kann ich doch von hier aus nicht sehen! Also, was denkst du?“

„Meinem kriminalistischen Gespür zufolge hat es sich so zugetragen: Es hat sich um ein Treffen von Frau Sailer mit den Entführern gehandelt. Vielleicht hat sie sich leichtsinnigerweise auf eine Geldübergabe auf dem Parkplatz eingelassen. Es kommt zum Streit unter den Verbrechern – warum auch immer – vielleicht wegen der Verteilung des Geldes, oder was weiß ich. Nach einem kurzen Geplänkel unter den Geiselnehmern werden plötzlich die Waffen gezogen und einer schießt auf den anderen. Wenn es richtig ist, dass es sich um drei Ganoven handelt, müsste Kobra also gesund oder verletzt der Schießerei entkommen sein. Ich vermute stark, sie hat die beiden Mittäter beschossen. Frau Sailer ist vielleicht schon beim ersten Schuss vor Schreck in Ohnmacht gefallen und kam deshalb mit dem Leben davon.“

„Das war brav gesprochen, lieber Theodor, so ähnlich denke ich mir das auch. Jetzt müssten wir nur wissen, wo sich diese Kobra aufhält. Bestimmt nicht in ihrem Haus. Dort, wo sie ist, wird vermutlich auch Rubert Sailer zu finden sein.“

Beim Auto angekommen, verfügte Ottokar: „Wenn wir zu Hause sind, gehst du gleich zu Frau Senftleben und lässt dich wieder zum Mann zurückgestalten.“

Theodor grinste und sagte: „Hoffentlich ist der Herr Rat nicht daheim.“

„Wenn der nicht da ist, dann solltest du dich trotzdem nicht so lange mit der Dame befassen. Ich warte sehr ungern, wie du weißt.“

„Ein wenig Zeit werde ich schon brauchen, ich muss Hildegard schließlich bei der Stange halten.“

„Du immer mit deiner Erotik!“

„Ich bin schließlich nicht Papst wie du, außerdem bin ich Protestant und habe damit nicht so viele Probleme wie du und einige von deinen geistlichen Geschwistern.“

***

Kobra hielt den Postbus direkt vor der Eingangstüre des heruntergekommenen Bauernhauses an. Sie stieg aus und prüfte, ob die Türe unverschlossen war. Manchmal gab es auf dem Land diese Tradition tatsächlich noch.

Diese Türe war allerdings verschlossen. Sie drückte auf den Klingelknopf. Aus dem Inneren waren jetzt Schritte zu hören – schwere Männerschritte.

Kobra senkte den Kopf. Mit der einen Hand schlug sie gegen die Tür und schrie laut: „Post! Einschreiben!"

Die Tür wurde aufgerissen. „Einschreiben? Wieso, wir haben nichts bestellt und erwarten auch nichts."

„Einschreiben für Herrn Sascha Orlow und Herrn Rolf Maier. Sind Sie einer von den beiden?"

„Ja, ich bin Rolf Maier."

„Dann heb mal schön deine Hände und sei mucksmäuschenstill, sonst hast du ein Loch im Hemd."

Kobra hielt dem verdutzten Mann ihre Pistole vor die Brust.

„Damit kommst du nicht durch Kobra", zischte Maier.

Pffschtttt.

Kobra hatte abgedrückt. Der Schallschutz ihrer Pistole verhinderte ein lauteres Geräusch. Die Wucht der Kugel riss Maier um. Er stürzte mit einem gurgelnden Geräusch zu Boden. Kobra zog mit einem Griff ihr Kongo aus dem Haar und verpasste dem Liegenden damit einen Schlag auf den Kopf. Maier rührte sich nicht mehr.

Schnelle Schritte waren zu hören. Eine Türe flog auf. Orlows Kopf blitzte nur den Bruchteil einer Sekunde hinter dem Türstock auf. Er musste die Szene mit einem Blick analysiert haben. Dann hörte Kobra ein vertrautes Knacken. Sie ließ sich neben Maier auf den Boden fallen und feuerte in Richtung Tür. Ein Querschläger fuhr pfeifend und klatschend durch den Flur und blieb in der Wand stecken.

Eine Hand, die eine Schusswaffe hielt, war einige Sekunden neben dem Türstock zu sehen. Es krachte schnell hintereinander. Die Waffe hatte Feuer gespien. Kugeln zischten an Kobra vorbei und flogen zur offenen Tür hinaus. Einige trafen die blecherne

Karosserie des VW-Busses und stanzten Löcher hinein. Kobra antwortete mit anhaltendem Dauerfeuer ihrer Pistole. Während sie schoss, robbte sie rückwärts und rutschte die beiden Stufen vor der Haustüre hinab. Der Schütze im Haus hatte schnell erkannt, dass die Schüsse vom Boden aus abgegeben wurden, und zielte nach unten. Wäre Kobra liegen geblieben, hätten sie die Kugeln durchsiebt. Maier, der am Boden liegende Kumpan Orlows, wurde jedoch getroffen und verabschiedete sich für immer ... wohin wohl?

Kobra holte die Tränengasbombe aus der Hosentasche, zog den Zünder und warf sie in den Flur. Sofort verbreiteten sich darin dichte Rauchschwaden.

Der lauernde Schütze hatte die Gefahr augenblicklich erkannt und warf die Tür zum Flur heftig zu.

Kobra sprang auf und rannte um das Haus. Seitlich vor ihr wurde ein Fenster aufgestoßen. In der spiegelnden Scheibe musste ihre Gestalt zu sehen gewesen sein, denn sie wurde sofort wieder beschossen. Sie hechtete hinter eine niedrige Steinmauer. Kugeln pfiffen um sie und schlugen scheppernd in eine hinter ihr stehende blecherne Gerätehütte ein. Orlow hatte offenbar eine Maschinenpistole zur Verfügung oder vielleicht sogar ein Maschinengewehr.

Einer der Querschläger traf ihr Bein. Kobra spürte einen harten Schlag gegen ihren Oberschenkel. Der flammende Schmerz folgte erst ein klein wenig später.

Ein Blutschwall floss kurz darauf das Bein hinab. Kobra rollte sich nun, Blut und Schmerzen ignorierend, zu einem dicken Baum hin, zog ihren Gürtel aus der Hose und versuchte den Blutfluss zu stoppen, indem sie ihn um das Bein schlang und so gut es ging festzurrte. Eine provisorische Aderklemme, die den Blutfluss jedoch kaum eindämmte. Aus dem offenen Fenster krachten immer noch einzelne Schüsse. Kobra kauerte sich hinter den Baumstamm, in den einige Kugeln einschlugen. Trotzdem konnte sie sich wieder auf das offene Fenster konzentrieren, aus dem immer noch geschossen wurde. Aus dem Inneren wallten nun aber auch Tränengaswolken, die ihren

Weg zwischenzeitlich wohl mithilfe des Luftzuges im Hausflur durch die Türritzen gefunden hatten. Kobra hörte lautes Husten aus dem Inneren, dann erschien der Oberkörper eines Mannes. Sie erkannte sofort, dass Orlow einen Arm als Zeichen seines Ergebens erhoben hatte.

Doch Kobra ließ sich nicht täuschen. Sie war sich sicher, dass seine andere Hand immer noch die Waffe hielt. Er wartete offenbar nur darauf, dass sie sich zeigte.

Kobra sprang auf und schoss gezielt. Orlow, der wohl damit gerechnet hatte, dass sie sich durch seine Geste hatte täuschen lassen, hob noch im Fallen seine Pistole und gab noch einen letzten Schuss ab.

Während sein schwerer Körper auf die Bodendielen krachte, pfiff die zuletzt abgeschossene Kugel unmittelbar an Kobras Kopf vorbei. Sie war als Querschläger an einem Betonpfosten abgeprallt und hätte sie um ein Haar getroffen.

Der hohe Blutverlust bewirkte ein zunehmendes Schwindelgefühl. Sie spürte, wie ihre Kräfte nachließen.

Nun kam ihr natürlich auch der Koffer mit dem Geld in den Sinn. Wenn er sich noch in dem Haus befand, hatten ihn die beiden Räuber sicher irgendwo versteckt. Kobra sah sich um. In ihrer Nähe lag ein starker Ast, den wohl der Wind der letzten Tage vom Baum gerissen hatte. Er eignete sich als provisorische Stütze. Sie zog ihn zu sich hin, dann überprüfte sie das Magazin ihres Revolvers und lud Munition nach. Schwer auf den Stock gestützt, humpelte sie zur Eingangstüre des Hauses. Um sich im Flur vor den Schwaden der immer noch darin hängenden Tränengaswolke zu schützen, zog sie sich die Jacke aus und schützte Mund und Nase damit. Maier lag immer noch an der gleichen Stelle. Mit einem schnellen Griff an seine Halsschlagader prüfte sie, ob noch Leben in ihm war. Sie konnte keinen Puls ertasten. Zur Vorsicht zog sie ein Augenlid hoch und testete die Pupillenreflexe mit der Taschenlampe ihres Handys. Kein Zweifel, der Mann war tot. Mit schussbereiter Pistole näherte sie sich der Zimmertüre, aus der Orlow gefeuert hatte. Sie drückte die Klinke herunter und stieß die Tür mit einer Hand auf. Orlow lag am

Boden des Zimmers in einer Blutlache und rührte sich nicht. Sie ging, das eine Bein etwas nachschleifend, vorsichtig auf ihn zu, auf alles gefasst.

Einen Moment lang blickte sie konzentriert auf den Oberkörper des Mannes. Keine Bewegung. Sie ließ sich ein Stück an dem Ast nach unten gleiten, den Finger am Abzug ihrer Pistole. Auch bei ihm konnte sie keinen Pulsschlag mehr tasten. Der Test eines Auges machte sie sicher: Auch er war tot.

Als sie sich wieder aufrichten wollte, drehte sich der ganze Raum um sie herum. Sie hielt sich an der Kante eines Tisches fest und zwang sich einen Moment, tief ein- und auszuatmen. Der Schwindel ließ ein wenig nach.

Sie sah sich um. Jetzt erst erblickte sie den grüner Plastikkoffer, der direkt vor ihr auf dem Tisch lag. Sie öffnete die Verschlüsse und blickte auf sehr viel Geld. Kobra nahm den Koffer und schleppte sich aus dem Zimmer. Vor dem Haus holte sie ihr Handy aus der Tasche und wählte eine Nummer in Italien.

„Pronto?"

In reinstem süditalienischem Dialekt sagte sie: „Salvia Rosso, ich schicke Ihnen gleich eine Adresse. Holen Sie bitte noch heute Abend zwei Kisten dort ab. Wärmen sie anschließend das Haus.

„Si bene!"

Etwa drei Stunden später heulten in Heilsbronn und in den Orten der Umgebung alle Feuersirenen. Ein alter Bauernhof am Ortsrand brannte lichterloh. Sämtliche Feuerwehren des Umkreises der kleinen Stadt mühten sich vergeblich, das Feuer zu löschen. Das Haus brannte bis auf die Grundmauern nieder. Die Spezialisten der Kriminalpolizei stellten später Brandstiftung fest.

Von den Bewohnern war niemand zu finden. Das war auch nicht möglich, denn die sterblichen Überreste von Maier und Orlow waren schon auf dem Weg, um im langsam immer fester werdenden Betonfundament eines späteren Supermarktes im schönen Südtirol ihre letzte Ruhe zu finden.

Kobra humpelte stöhnend mit dem Koffer in der Hand zum Postauto.

Ich kann unmöglich Autofahren, dachte sie. Die Postbotin fiel ihr ein. Es kostete sie sehr viel Kraft, die Seitentüre des Lieferwagens zu öffnen. Sie hielt sich an einem seitlich angebrachten Griff fest und zog sich mühsam auf die Ladefläche hoch. Die gefesselte Frau war hellwach. Sie blickte mit vor Angst aufgerissenen Augen zu ihr auf. Das Klebeband hinderte sie daran, zu schreien, als ihr Blick auf Kobras Hose fiel, die bereits blutdurchtränkt war. Kobra zog ihr Messer aus der Scheide. Die Postangestellte wand sich vor Angst. Kobras flüsternde Stimme wurde von heftigem Husten unterbrochen.

„Ich tu nichts. Schneide Fesseln auf. Sie fahren!“, stieß Kobra hastig hervor.

Die Frau nickte hektisch. Ihr ganzer Körper zitterte und bebte vor Angst. Kobra hielt sich an der Wand des Wagens fest. Mit halbgeschlossenen Augen schnitt sie die Fesseln durch. Das blanke Messer vor ihren Augen genügte offenbar, um die Frau weiter in Angst und Schrecken zu halten.

„Auf den Fahrersitz und losfahren. Aus dem Hof und dann links. Schnell!“

Die Frau rappelte sich hoch, drückte sich an Kobra vorbei. Die riss ihr das Klebeband vom Mund. Die Postangestellte schrie laut auf und wollte gleich aus der Wagentüre springen. „Halt! Über die Sitze!“ Die Postbotin erwies sich zwar als nicht sehr sportlich, aber es gelang ihr schließlich doch, die Barriere schnaufend und ächzend zu überklettern. Kaum saß sie an Lenkrad, da drehte sie auch schon den Schlüssel des Anlassers um. Der Fahrzeugmotor heulte laut auf und der Bus schoss auf die Straße hinaus.

Kobra hatte sich auf einen Stapel Postkästen gesetzt und hielt sich mit einer Hand am Beifahrersitz fest. In der anderen Hand hielt sie das Messer, um der Postbediensteten zu zeigen, dass sie sehr wohl noch in der Lage war, es zu gebrauchen. Gleichwohl kämpfte sie gegen große Müdigkeit an. Das Blut rann trotz ihres festgezurrten Gürtels immer noch aus der tiefen Wunde beständig an ihrem Bein hinunter. Sie spürte, wie ihre Kräfte mehr und mehr schwanden. Obwohl ihr Blick immer unschärfer wurde, gab sie der Fahrerin Anweisungen, wie sie zu fahren hatte. Ihr Ziel war das Haus, in dem Rubert Sailer an diesem Abend auf sie wartete. Zum Glück war das nicht so sehr weit weg.

***

Mittwochabend und in der darauffolgenden Nacht

Als Theodor wieder zu Ottokar in die Wohnung zurückkam, war er außer Atem und japste wie nach einem schnellen Lauf.

Ottokar grinste „Anstrengend?"

„Das auch, aber der Rat ist plötzlich heimgekommen, früher als erwartet.

Ich musste doch tatsächlich in einen Schrank sausen und mich verstecken. Aber er hat sich gleich in sein Wohnzimmer verzogen und ich konnte auf den Flur flüchten. Offenbar hat er doch etwas Ungewöhnliches gehört und geschrien: ‚Ist da wer?' Geistesgegenwärtig hat Hildegard geantwortet: ‚Nein, das bin nur ich!' Ich bin zur Wohnungstür raus und hier raufgeflitzt."

„Da machst was mit, nicht wahr! Das war eben der Preis."

Mühleis nickte und grinste breit.

„Und jetzt bringst du deine Kleidung bitte wieder in Ordnung", nörgelte Ottokar. „In meinem päpstlichen Stand muss ich darauf bestehen, dass die Menschen in meiner Umgebung wenigstens ordentlich angezogen sind. Ich verlange doch von dir schließlich nicht einmal, dass du die standesgemäße Kleidung eines Monsignore trägst."

„Da bin ich aber froh!" Theo stopfte sich seinen heraushängenden Hemdzipfel in die Hose und zog sie hoch.

Ottokar war erwartungsvoll und aufgekratzt. „Also, damit ich auch froh sein kann, machst du uns jetzt ein anständiges Abendessen und bringst dazu einen sehr guten Rotwein auf den Tisch. Und dann lass uns trinken und fröhlich sein. Heute hatten wir wirklich schon mehr Glück als Verstand, außerdem kann ich bereits schon recht gut mit den Krücken laufen. Ich habe mich nämlich auch körperlich betätigt, nicht nur du.

Morgen früh, wenn Gott will, und wir ausgeschlafen haben, fahren wir unverzüglich ins Klinikum und besuchen unsere Arbeitgeberin."

***

Während sich die beiden ihren kulinarischen Genüssen hingaben, herrschte auf der Polizeiinspektion immer noch reges Treiben. Die Nachricht vom Brand in Heilsbronn hatte natürlich auch die Ansbacher Kriminalpolizei auf den Plan gerufen. Ermittlungen im Polizeicomputer ergaben, dass es sich bei den beiden bisherigen Bewohnern des abgebrannten Bauernhauses um wegen schwerer Delikte und durch langjährige Haftstrafen bekannte Verbrecher gehandelt hatte.

Noch war die Brandstätte wegen anhaltender Hitze nicht zu betreten. So bald es möglich war, würde man die Ruine nach Überresten der beiden durchsuchen. Natürlich wurde bereits zu diesem Zeitpunkt lebhaft über mögliche Hintergründe des Brandes spekuliert. Bei den Überlegungen drängte sich der Verdacht auf, dass sich in dem Fall um einen Racheakt wegen des Überfalls am Rezatparkplatz handeln konnte.

War gerade in der Stadt und in ihrer unmittelbaren Umgebung ein Bandenkrieg im Gange?

Auch Wolfgang Sperber und seine Mitarbeiter saßen an einem Tisch und sichteten die von verschiedenen Abteilungen eingegangenen Berichte.

Mithilfe von Computerermittlungen war eine Liste von Personen zusammengestellt worden, die jemals als Mitglieder einer kriminellen Bande in Mittelfranken in Erscheinung getreten waren. Alle Polizeiinspektionen in diesem Bereich machten sich sofort daran, diese Leute aufzusuchen und ihre Alibis abzufragen – ein riesiger Berg an Arbeit!

Salvia Rosso, Alias Kobra, war eine der Hauptverdächtigen und bereits zur Fahndung ausgeschrieben.

Die Hausdurchsuchungen bei den drei in die Schießerei verwickelten Personen hatten viel ergiebiges Material zum Vorschein gebracht. In den Häusern von Bär und Wolf wurden jeweils größere Waffenlager gefunden. Auch Drogen verschiedenster Art waren bei beiden entdeckt worden. Die Polizisten hatten Computer sichergestellt, deren Daten noch der Auswertung harrten. Einige Handys waren ebenfalls in ihre Fänge geraten. Auch sie würden morgen ausgelesen werden. Lediglich im Haus von Salvia Rosso konnten keine belastenden Materialien gefunden werden.

Das Personal der Villa in Erlenstegen zeigte sich außerordentlich behilflich bei der Durchsuchung des imposanten Gebäudes. Leider klappte es mit der Verständigung zwischen Kobras Angestellten und den Polizisten am Anfang nicht gut. Obwohl einige der Polizeibeamten bereits seit mehreren Jahren pflichtbewusst den Italienischunterricht in der Volkshochschule besuchten und jetzt schon einige einfache Sätze sprechen und verstehen konnten, war ihnen das kauderwelsche Süditalienisch etwa genauso unverständlich wie ein besonderer chinesischer Provinzdialekt.

Erst ein eilig herbeigebrachter Kellner einer Nürnberger Pizzeria konnte eine Brücke zwischen den Sprachen herstellen, behauptete er zumindest. In Wirklichkeit bestand seine Übersetzung aus merkwürdigen, ja abstrusen, oft unzusammenhängenden Sätzen, besonders nebulös drückte er sich aus, wenn es um die Hausherrin Salvia Rosso ging.

Die Leute der Spurensicherung taten ihr Mögliches, um DANN-Spuren der Rosso aufzunehmen. An dieser Stelle zeigte sich das Personal ganz besonders aufmerksam. Ungefragt brachten sie Bürsten und Kämme, Waschlappen und Zahnputzzeug angeschleppt, die angeblich ihrer Chefin gehörten.

In den Räumen selbst herrschte klinische Sauberkeit. Alles schien frisch gewischt und desinfiziert.

Selbst die Bettüberzüge waren nicht nur sauber, sondern klinisch rein – überzeugender, als es eine Waschmittelwerbung je hätte versprechen können.

Die Untersuchung der ausgehändigten Gegenstände brachte später nur das eine Ergebnis: Sie gehörten nicht zu einer, sondern zu vielen Personen und keine einzige davon war im Polizeicomputer zu finden.

Sperber und seine beiden Mitarbeiter saßen zusammen und begutachteten die eingegangenen Informationen.

Die Obduktionsergebnisse von Bärs Leiche lagen ebenfalls vor. Neben detaillierten medizinischen Befunden hatte die ausführliche Untersuchung der Todesursache lediglich den Nachweis erbracht, dass er durch Schüsse mit einer 9 mm Luger Parabellumpistole erschossen wurde.

„Die Kugeln werden gerade vergleichsmäßig von den Experten begutachtet. Wir müssen auch hier auf das Ergebnis warten", erklärte Sperber.

Konstanze, seine junge Kollegin, nutzte die Gunst der Stunde, um sich einen Scherz zu erlauben und die beiden Männer etwas aufs Korn zu nehmen.

Sie blickte die beiden wie eine strenge Professorin etwas von oben herab an und referierte: „Zum Mitschreiben: ‚Si vis pacem para bellum' ist ein lateinisches Sprichwort. In der wörtlichen Übersetzung bedeutet es: ‚Wenn du den Frieden willst, bereite den Krieg vor.' Es gibt noch andere sinnentsprechende Übersetzungen. Die Grundidee findet sich schon bei Platon.

Einige römische Senatoren bedienten sich in der Kaiserzeit des Imperiums dieses Sprichwortes, zum Beispiel Marcus Tullius, Cicero und Cornelius Nepos, ein Zeitgenosse des Cicero, ebenso der römische Militärschriftsteller Vlavius Vegetius Renatus.

Und – hört, hört – selbst der Heilige Augustinus hat es verwendet.

In der Moderne entstand aus dem Spruch das waffentechnische Wahrzeichen Parabellum. Die Parabellumpistole ist eine deutsche Fertigung von Georg Luger. Sie hat einen Kniegelenkverschluss. Die Munition ist in 7,65 mm und 9 mm erhältlich, passend zum jeweiligen Fabrikat."

Nach ihrer Rede amüsierte sich Konstanze köstlich beim Anblick der fassungslosen Gesichter ihrer Kollegen, die sie mit offenen Mündern und aufgerissenen Augen anstarrten. „Mensch, bist du gebildet!", seufzte Carlo und verdrehte die Augen.

Wolfgang sagte gar nichts und schüttelte nur ungläubig den Kopf.

Konstanze schwieg zunächst und behielt ihre zuvor eingeübte Miene bei, dann konnte sie sich aber nicht mehr halten. Ein Glucksen stieg in ihr empor und sie begann haltlos zu lachen. Als sie sich beruhigt und die Tränen aus den Augen gewischt hatte, sagte sie grinsend. „Da staunt ihr, was?"

„Sag bloß, du weißt auch noch, was ein Kniegelenksverschluss an einer solchen Pistole ist."

„Na, klar, das weiß man doch aus der Waffenkunde: Der Kniegelenkverschluss ist eine Bauart des Verschlusses von Schusswaffen. Er wurde bei Repetierpistolen, Repetiergewehren sowie Maschinenpistolen und Maschinengewehren angewendet. Die genaue Mechanik kann ich euch jetzt aber aus Zeitgründen nicht ausführlich erklären, vielleicht gelegentlich mal."

Wieder kostete sie das mit Entsetzen gepaarte Staunen der beiden Männer aus, die sie ansahen, als hätte sie plötzlich Hörner auf dem Kopf.

Sie holte tief Luft und sagte grinsend: „Hier die Lösung des Rätsels von Konstanze Grunwalds Bildungsoffensive: Eure listenreiche Kollegin hat den Bericht der Waffenspezialisten bereits vor dieser Sitzung gelesen. Um Euch ein wenig zu erschrecken, erdachte sich dieses gemeine Frauenzimmer einen einfachen Trick. Sie schaute einfach bei Wikipedia nach, was ‚Parabellum' bedeutet. Schlau und hinterlistig, wie sie nun mal ist, hat sie sich einen Spickzettel angefertigt, auf den sie die Weisheiten notierte. Ihr habt offensichtlich nicht gemerkt, dass ich bei meiner Rede immer wieder daraufschauen musste. Die Arbeit des Nachschauens im Internet hat sich für mich gelohnt. Wer weiß, ob ich heute noch so viel Anlass zum Lachen gefunden hätte, ohne diesen kleinen Bluff. Ich danke euch, ihr wart ausgezeichnete Zuhörer! Oder um es mit Kaiser Franz Josef von Österreichs permanentem Abschiedsspruch nach Besuchen zu sagen: Es war sehr schön! Es hat mich sehr gefreut!"

„Konstanze, was bist du doch für ein ausgebufftes Luder!" Carlo musste nun seinerseits lachen. Wolfgang Sperber lächelte: „Ich muss sagen, dieser Spaß passt zu dir. Ich hätte es dir wirklich zugetraut, dass du das alles in Petto hast.

Danke, dass du mein Selbstvertrauen nicht völlig zerstört hast. Mit deinem Geständnis hast du mich wieder aufgebaut. Jetzt kann ich heute Nacht vielleicht ruhig schlafen. Das ist mein heutiges Schlusswort. Ich denke, es ist Zeit heimzugehen. Bis Morgen um acht Uhr dreißig zur Morgenlagebesprechung. Ich wünsche euch einen schönen Abend! Und ich wünsche uns eine erholsame Nacht, damit wir morgen mit frischer Energie weiterarbeiten können."

***

Die Postbeamtin, sie hieß übrigens Sandra Kohler, hatte trotz des Schocks und der großen Ängste, die sie ausgestanden hatte, wieder zu einer gewissen Besonnenheit zurückgefunden. Besonders als Kugeln in den Bus einschlugen, hatte sie sich gefürchtet wie noch nie zuvor. Sie war sich bewusst, dass sie mitten in einen Kampf zwischen Verbrechern geraten war, und litt Todesängste.

Kobra wies ihr mit leisen, aber nichtsdestoweniger scharfen Worten den Weg, den sie einschlagen sollte.

Dass ihr Zielort kein Krankenhaus war und niemand wegen der Art der Wunden Polizisten alarmieren würde, vermutete Sandra Kohler stark.

Sandra war eine Frau, die es gewohnt war, zuzupacken. Sie hatte ein großes Herz gepaart mit einem flinken Verstand. Jetzt hatte sie sich dazu entschlossen, alles zu tun, um von dieser Frau wegzukommen und zwar gesund. In ihrer fatalen Lage versuchte sie, sich neben der Konzentration auf den Verkehr mit der

Frage zu beschäftigen, wie sie unbeschadet aus dieser gefährlichen Situation herauskommen könne.

Die Verbrecherin schien, vermutlich ihren Verletzungen geschuldet, sehr geschwächt.

Eindeutig war aber, dass mit der Frau trotzdem nicht zu spaßen war. Im Gegenteil, jetzt war sie in den Augen von Sandra Kohler noch unberechenbarer.

Sandra Kohler war während der Fahrt hin- und hergerissen zwischen Zuversicht, ungeschoren davonzukommen, und heftigen Panikattacken. Am liebsten wäre sie aus dem Wagen gesprungen, aber schon allein der Gedanke an den wuchtigen Aufprall auf dem Asphalt hielt sie davon ab. Das zu befolgen, was die Frau von ihr verlangte, schien ihr im Moment das einzige Mittel der Wahl, deshalb bretterte sie die Straße mit ihrem Bus in völlig überhöhter Geschwindigkeit entlang. Sie waren inzwischen bereits im äußeren Stadtbereich angekommen, in dem Tempo 50 vorgeschrieben war – und nicht Tempo 95. Es blitzte am Straßenrand kurz und rot auf. Sandra Kohlers Porträt war dadurch in polizeilicher und später staatsanwaltlicher Hand. Ein beamteter „Blitzer" freute sich wie ein Schnitzel über den Fang des Tages und rechnete bereits mit stiller Befriedigung zusammen, was es der närrischen Postlerin kosten würde, so eilig unterwegs gewesen zu sein.

Unter anderem bestimmt auch ihren Job!

Kobra krallte sich an einem der Vordersitze fest. Zwischendurch wurde es schwarz um sie, aber sie gab nicht auf.

Ihr war klar, dass es jetzt es um nichts Geringeres ging als um ihr Überleben. Sie meinte, dass es ihr nie im Leben so schlecht gegangen war wie auf dieser, sich scheinbar unendlich lang hinziehenden Fahrt. Sie spürte, wie die Kraft und mit ihr das Leben selbst nach und nach aus ihrem Körper wichen.

Sie dachte an Rubert Sailer und an seinen Bereitschaftskoffer, den sie im Auto des Arztes gefunden hatten. Den Wagen selbst hatten sie und ihre Kumpane in einer Garage versteckt, aber den silbernen Alu-Koffer hatten sie mit ins Haus genommen.

Auf diesen Koffer setzte sie nun ihre Hoffnung und auf den Arzt, der helfen konnte, sie zu retten. Hoffentlich war er dazu bereit!

Es war bereits dunkel, als sie der Postbotin befahl, in unmittelbarer Nähe des Hauses anzuhalten.

Zur Überraschung der Fahrerin hielt Kobra ihr ein Bündel Geldscheine hin. „Das Geld ist für Ihre Mitwirkung. Wenn Sie mich an die Polizei verraten, werden meine Leute Sie und Ihre Familie finden und Sie alle töten, darauf können Sie sich verlassen. Jetzt verschwinden Sie, und zwar schnell!"

Kobra öffnete die Seitentür des Transporters, nahm den Koffer, stieg aus dem Bus und wankte in Richtung des Hauses. Hinter sich hörte sie, wie der Postbus mit aufheulendem Motor wegfuhr.

Sandra Kohler fuhr wie vom Teufel gejagt davon. Sie hatte begriffen, dass sie unglaubliches Glück gehabt hatte, aus dieser eigentlich aussichtslosen Lage mit dem Leben davongekommen zu sein.

Nach einigen Kilometern hielt sie an und zählte das Geld, das ihr diese Frau gegeben hatte. Sie zählte 3000 Euro. Das ist mehr, als ich in zwei Monaten von meinem Gehalt herausbekomme! Sie freute sich nur kurze Zeit, dann musste sie über ihre aktuellen Probleme nachdenken. Von dem Überfall wollte sie auf ihrer Dienststelle lieber nichts erzählen. Sie konnte sich gut vorstellen, dass die Verbrecherin ihr und ihrer Familie etwas Schlimmes antun würde, wenn sie die Polizei auf ihre Spur ansetzen würde. „Ich fahre erst in meine Wohnung und ziehe mir meinen Ersatzdienstanzug über. Dann fahre ich zum Postgebäude und sage dem Dienststellenleiter, mich hat ein herumstreunender großer Hund angegriffen und meine Uniform so zerfetzt, dass sie nicht mehr zu reparieren ist. Deshalb habe ich sie gleich weggeworfen. Ich meine, das klingt glaubwürdig. Manche Hunde sind eben nun mal erklärte Feinde von uns Postboten. Die Einschüsse am Fahrzeug lasse ich besser unerwähnt. Die könnten bei anderer Gelegenheit passiert sein."

Sandra war mit ihren Ideen zufrieden und fuhr erst einmal heim, um sich anzuziehen.

***

Beim Haus angekommen, sperrte Kobra die Haustüre auf, dann versteckte sie den Geldkoffer in der Besenkammer neben dem Flur. Sie humpelte zu dem Arztkoffer, der in der Küche stand, und wollte ihn hochheben. Doch sie war zu schwach, um ihn zu tragen. Stattdessen stieg sie dann, auf den Stock gestützt, Stufe um Stufe hinab in den Keller. Mit einer Hand musste sie sich am Handlauf festhalten, um nicht zu stürzen, denn der Schwindel wurde immer stärker. Zwischendurch wurde ihr schwarz vor Augen und sie musste kurz stehen bleiben.

Vor der Kellertüre angekommen, drückte Kobra mit Mühe die Klinke herunter.

Rubert sah ihr entgegen. Er erkannte mit einem Blick, wie schlecht es um die schöne schwarzhaarige Frau in der Uniform einer Postbotin stand. Sie war totenbleich im Gesicht. Eines ihrer Hosenbeine war durch und durch mit Blut getränkt. Ein Schuh war ebenfalls voller Blut.

Sie sah ihn flehentlich an. „Bitte helfen Sie mir!“, flüsterte sie schwach. „Ihr Arztkoffer steht oben in der Küche.“

Noch in der Türe sackte sie plötzlich ohne ein weiteres Wort ohnmächtig in sich zusammen und fiel auf den Boden.

Der Arzt fühlte den Puls der Verletzten. Er war erschreckend schwach. Wenn er nicht sofort etwas unternahm, würde dieser Mensch an einem Schock sterben. Er rannte, so schnell er konnte, durch die Tür seines jetzt offenen Kerkers, eilte die Treppenstufen hinauf und fand seinen Koffer tatsächlich in der Küche.

Wieder im Keller öffnete er ihn und holte mit fliegenden Fingern einen Plastikbeutel mit einer durchsichtigen Flüssigkeit heraus. Geschwind legte er am Arm der Bewusstlosen mittels einer Kanüle einen Zugang und schloss eine Verbindung zur Flüssigkeit an. Er sah sich um und entdeckte einen Nagel in der

Wand. An ihn hängte er die Flasche und stellte den Regler am Verbindungsschlauch auf höchsten Durchlauf ein.

***

Am Donnerstagmorgen

Als Theodor Mühleis an diesem Morgen bei Ottokar eintraf, erwartete ihn eine Überraschung. Ottokar hatte bereits das Frühstück vorbereitet.

„Monsignore Mühleis, ich warte schon einige Zeit mit hungrigem Magen auf dich. Heute werden wir unsere Arbeitgeberin im Klinikum besuchen.

Ich habe schon mit ihr telefoniert und unser Kommen so um neun Uhr dreißig angekündigt. Nach dem Frühstück lässt du dich von deinem Gspusi wieder in eine Frau verwandeln und dann geht es los. Ich fühle mich heute richtig fit. Ich möchte, dass wir in dieser Sache endlich weiterkommen."

Gleich nach dem Frühstück ging Theodor zu Frau Senftleben und ließ sich von ihr wieder verkleiden. Zum Glück war der Herr Rat schon zu einem Morgenspaziergang aufgebrochen, der zu einem Frühschoppen in seiner Stammwirtschaft führen sollte. Ein Sangesbruder seines Männergesangsvereins hatte Geburtstag und alle Liedbegeisterten dazu eingeladen.

Hildegard und Theodor nutzten derweil die Gelegenheit, um ein wenig Morgengymnastik der besonderen Art zu treiben.

Als er wieder im ersten Stock bei Ottokar angelangt war, wartete der schon fix und fertig zur Ausfahrt und grummelte grantig vor sich hin, als sein Freund endlich wieder die Wohnung betrat.

„Ich habe den Eindruck, dass sich die Umkleidezeremonie jedes Mal länger hinzieht."

„Gut Ding will Weile haben!"

„Na ja, wenigstens hat sie dich einigermaßen gut geschminkt, obwohl ich finde, dieses grelle Rot auf den Lippen gibt dir etwas Vulgäres."

„Hildegard sagt, das sei gerade sehr in."

„So, davon verstehe ich als Papst natürlich wenig, aber sage ihr, sie soll wenigstens in Zukunft nicht so viel blaues Zeug auf deine Augenlider schmieren."

„Also Ottokar, Liebling, gefällt dir deine Theodora denn heute gar nicht?"

„Theo, ich finde du wirst immer blöder!"

***

Im Klinikum angekommen, begrüßte sie Marianne Sailer vollkommen angekleidet mit den Worten: „Heute werde ich endlich wieder entlassen. Ich warte nur auf den Arzt, dann schwirre ich hier raus."

„Schön für Sie, Frau Sailer, leider können wir Ihnen an dieser Stelle keine Erfolgsmeldungen bringen. Wir haben trotz intensiver Bemühungen leider den Aufenthaltsort ihres Sohnes noch nicht herausfinden können."

Frau Sailers Miene erstarrte. „Wie es meinem armen Sohn wohl gerade geht? Ich habe mein Möglichstes für seine Befreiung getan, aber leider hatte ich aufs Neue ein großes Unglück. Das Geld ist weg. Es gibt einen toten Mann und einen Schwerverletzten, hat man mir gesagt. Ich bin noch einmal mit dem Leben davongekommen, aber was ist das für ein Leben!"

Sie begann zu weinen. Hauptvogel und Mühleis sahen sich verdutzt an. Von welchem Geld sprach die alte Dame? War es bereits zur Übergabe des Lösungsgelds gekommen?

Ottokar fragte: „Von welchem Geld sprechen Sie, Frau Sailer. Uns sind zwar die schrecklichen Vorfälle auf dem Rezatparkplatz bekannt, über sie wurde inzwischen ja ausführlich in den Medien berichtet, aber von einer Geldübergabe war nirgendwo die Rede."

Frau Sailer wischte sich die Augen aus „Ach, es ist mir ja so arg und es tut mir auch sehr leid, dass ich Sie nicht in das Geschehen einbezogen habe."

Dann erzählte sie den beiden verblüfften Ermittlern die unglückselige Geschichte, die mit dem Verlust der Million geendet hatte.

Ottokar Hauptvogel griff sich an den Kopf „Allmächt, ist das ein Pech! Das ganze Geld weg! Jetzt haben wir eine Person, die wohl die Hauptverdächtige ist, Kobra oder Salvia Rosso, wie sie richtig heißt. Ich vermute, die hat ihre beiden Mittäter ausgeschaltet, um das Geld für sich allein zu kassieren. Ich möchte wetten, die hat das Geld. Die ging dazu buchstäblich über Leichen. Ich fürchte, nun will sie auch noch an die übrigen ihre zwei Millionen herankommen. Wir setzen alles daran, um dieses schreckliche Weib zu finden, dann bringen wir Ihnen auch das Geld zurück."

Frau Sailer wehrte mit den Händen fuchtelnd ab.

„Sie müssen meinen Sohn finden, das ist mir wichtiger als das Geld. Ich werde wohl aus dem teuren Stift ausziehen müssen, weil ich komplett pleite bin, wenn ich der Verbrecherin mein letztes Erspartes hinwerfen muss, aber das tue ich trotz der schlimmen Folgen für meinen geliebten Rubert."

„Wir werden unsere Bemühungen jetzt noch mehr intensivieren", betonte Mühleis mit Fistelstimme.

Hauptvogel schaute ihn an und sein Blick sagte mehr als tausend Worte. Man konnte ihn am besten mit „Du redest dich leicht!" übersetzen.

Ottokar wandte sich wieder Frau Sailer zu und sagte: „Ich kaue immer noch an der Frage, warum ausgerechnet Sie und Ihr Sohn zum Ziel dieser Erpressung geworden sind. Könnte das Motiv dafür in Ihrem persönlichen Bereich liegen?"

„Was meinen Sie mit dieser Frage? Weder Rubert noch ich haben uns irgendwas zuschulden kommen lassen." Jetzt war Frau Sailer empört.

„Entschuldigung, wenn ich Ihnen mit meiner Frage zu nahegetreten bin. Wir möchten keine Möglichkeit übersehen. Der Fall gestaltet sich derartig undurchsichtig, dass wir nichts unbedacht lassen wollen." Mühleis nickte bestätigend so heftig mit dem Kopf, dass der breitrandige Hut und die Perücke dadurch verrutschten. Er versuchte, seine Perücke wieder in Ordnung zu bringen, aber es war schon zu spät. Frau Sailer hatte das Missgeschick bemerkt und starrte ihn fassungslos an. Dann warf sie einen Blick auf Theos große Hände. Plötzlich sprang sie für ihr Alter unerwartet schnell auf und riss ihm Hut und Perücke vom Kopf.

„Warum habe ich das nur nicht gleich bemerkt? Sie sind gar keine Frau. Sie sind ein Mann, geben Sie es zu! Warum wollen Sie etwas vortäuschen, das Sie nicht sind. Ich finde das pervers. Mein Vertrauen in Sie beide ist dahin. Wem habe ich da nur das Leben meines Sohnes in die Hände gelegt? Verlassen Sie sofort diesen Raum!"

Die letzten Sätze hatte sie laut geschrien.

Mühleis saß nun mit entblößtem Haupt und feuerrotem Gesicht da. Er schaute betreten vor sich hin und glich mit seinem geschminkten Gesicht einem traurigen Clown. Dann setzte er sich wieder die Perücke auf den Kopf und stülpte den Hut darüber. Schöner war er damit nun auch nicht anzusehen, denn er machte ein derart verlegenes Gesicht, dass sein ganzer Charme den Bach hinunter ging.

Ottokar Hauptvogel war entsetzt. Doofer Mühleis! Hatte nicht einmal seinen Kopf unter Kontrolle! Er versuchte, zu retten, was zu retten war, und erklärte: „Bitte, bitte verehrte gnädige Frau, es gehört zum Wesen unseres Berufes als Detektive, dass wir uns der Situation gemäß immer wieder einmal unkenntlich machen müssen. Mein Kollege und ich mussten uns tarnen, damit man uns nicht gleich erkennt und den Schluss zieht, Sie hätten doch die Polizei eingeschaltet, das könnte unabsehbare Folgen für Ihren Sohn nach sich ziehen. Wir haben deshalb die Rolle eines älteren Ehepaares angenommen, das sollte uns unverdächtig erscheinen lassen. Bitte haben sie dafür Verständnis!"

„Dann ist ihr Bein sicher auch nicht verletzt?", entgegnete die Frau schnippisch.

„Doch, doch, ich bin wirklich die Treppe hinabgestürzt und habe mir das Bein gebrochen", beteuerte Hauptvogel.

Frau Sailer seufzte: „Na, dann will ich Ihnen nochmal glauben. Aber wie gedenken Sie nun weiter vorzugehen? Ich will für mein gutes Geld schließlich eine Leistung sehen."

„Äh, gut, dass Sie das Honorar für unsere erbrachten Nachforschungen ansprechen. Wir wären Ihnen sehr verbunden, wenn Sie uns, sagen wir, ein Drittel der abgemachten Summe schon einmal zukommen ließen." Theodor war dieser Punkt schon die ganze Zeit auf dem Herzen gelegen, jetzt fand er die Gelegenheit sehr günstig, ihn zu erwähnen.

„Oh, oh, jetzt schmeißt sie uns hoffentlich nicht doch noch raus! Danke Theo, dein diplomatisches Geschick müsste man als größtes Beispiel in das Erfolgsbuch der Negativrekorde eintragen", dachte Ottokar im Stillen. Er machte sich in seinem Rollstuhl ein wenig kleiner und wünschte sich, unsichtbar zu werden.

Frau Sailer fuhr heftig auf: „So, und woraus bestehen Ihre erbrachten Nachforschungen? Lauter Luft und leeres Gerede. Ich will wissen, was Sie jetzt tun werden. Ihr Geld bekommen Sie schon, dafür verbürge ich mich, aber jetzt noch nicht! Ich will meinen Sohn zurück, verstanden!"

Beide Ermittler nickten unisono wie Schulbuben, die beim Unfugtreiben ertappt wurden.

„Da ziehen wir wirklich mit Ihnen an einem Strang", versicherte Hauptvogel eifrig. „Ich komme deshalb noch einmal zurück zu meiner Frage: Fällt Ihnen irgendeine Überschneidung ihrer Familiengeschichte mit dem Entführungsfall ein?"

„Nein und nochmals nein! Weshalb reiten Sie bloß so auf diesem unsinnigen Gedanken herum? Mein Sohn und ich sind bisher ganz und gar unbescholten durch unser Leben gegangen. Mein Sohn arbeitet im Dienst der Menschheit bis zum Umfallen und auch ich habe mir nichts vorzuwerfen!"

Hauptvogel wurde es heiß. Verdammt, dieses Thema war heikel. Auf die Gefahr hin, dieses Mandat zu verlieren, insistierte er weiter: „Wie ist das mit Ihrem Mann? Könnte es sein, dass er, sagen wir einmal, in seinem Leben einer menschlichen Schwäche nachgegeben hat?" Am liebsten hätte Ottokar an dieser Stelle seine Arme hochgenommen, um Schläge vonseiten der Frau abzuwehren. Er blieb aber tapfer, aufrecht und scheinbar gelassen in seinem Gefährt sitzen und blickte der Erregten direkt in die Augen.

Frau Sailer wollte erneut zu einer heftigen Entgegnung ansetzen, da fuhr ihr ein Gedanke durch den Kopf, der sie völlig aus der Bahn warf. Verunsichert sagte sie im Gesicht rot werdend: „Hm, ja, da war was. Es macht mich sehr verlegen, wenn ich darüber spreche, aber meinem Sohn zuliebe tu ich es. Mein Mann, Gott hab ihn selig, hat sich im Laufe unserer Ehe einen, sage wir, Seitensprung mit einer seiner Sekretärinnen erlaubt. Ich bin zufällig hinter das ‚Pantscherl', wie die Österreicher das nennen, gekommen. Mein Mann und ich haben die dadurch entstandene Ehekrise überwunden. Unglücklicherweise ist aus dieser Beziehung aber ein Kind hervorgegangen. Ein Sohn. Diese Frau lehnte es strikt ab, das Kind abtreiben zu lassen. Durch kein Geld der Welt wollte sie überreden lassen. Wir kamen damals überein, dass wir sie großzügig mit einer einmaligen Zahlung unterstützen würden. Ebenso sollte sie monatlich eine gewisse Summe erhalten, die ihr helfen sollte, mit ihrem Sohn durchzukommen.

Natürlich wurde sie sofort entlassen. Das war meine Bedingung. Es konnte doch unmöglich sein, dass mein Mann dieser Frau täglich an seiner Arbeitsstätte begegnete. Womöglich würden die zwei und ihr Kind hinter meinem Rücken eine Art Familienleben beginnen. Das wollte ich mir keinesfalls bieten lassen. Ich stellte meine Bedingungen: Wenn unsere Ehe weiter bestehen sollte, musste diese Frau sofort aus der Bank entlassen werden. Mein Mann musste ihr ein Zeugnis ausstellen, das bestimmte kryptische Worte enthielt, die sie als völlig ungeeignet für den Beruf einer Sekretärin darstellten. Damit wollte ich verhindern, dass sie in irgendeiner Firma in der Nähe meines Mannes eine Anstellung erhielt, die einen direkten beruflichen Kontakt zu meinem Gatten denkbar machte. Es war mir schon klar, dass das keine Patentlösung darstellte, aber mir fiel nichts Besseres ein. Meinem Mann setzte ich das Messer auf die Brust, natürlich nur symbolisch! Ich sagte ihm, dass ich mich von ihm scheiden lassen würde, wenn er sich der Frau auch nur entfernt nähern würde. Der Unterhalt, den er mir dann hätte zahlen müssen, wäre sehr beträchtlich gewesen.

Er hat allen meinen Forderungen zugestimmt. Wissen Sie, mein Mann hat mich wirklich sehr geliebt. Die Beziehung zu dieser Frau war tatsächlich rein sexueller Natur gewesen. Wir haben uns nach diesem Zwischenfall wieder versöhnt und lebten weiter glücklich und zufrieden miteinander bis zu seinem Tod. Bis dass der Tod euch scheidet, dieser berühmte Satz wurde bei uns zu einer besonderen Wirklichkeit. Seitdem bin ich allein." Sie schniefte.

„Das könnte eine Spur sein!" Ottokar hob den Zeigefinger. Wissen Sie den Namen der Frau?"

„Einen Namen, der mit einer derartigen Bedrohung der eigenen Familie zusammenhängt, den vergisst man nicht. Margit Helmer heißt diese Schlange und sie lebt, soviel ich weiß, in Herrieden.

„Da haben wir es ja!" Ottokar triumphierte. „Marco Helmer dürfte etwa im Alter Ihres Sohnes sein. In den Polizeiakten wird er als uneheliches Kind von Margit Helmer geführt. Der Name seines leiblichen Vaters ist offenbar unbekannt. Wenn mich nicht alles täuscht, steckt Helmer hinter der Entführung Ihres Sohnes. Ich vermute, er wollte sich mit der Tat eine späte Befriedigung für alles verschaffen, was er und seine Mutter durch die strikte Weigerung Ihres Mannes, sich als sein Vater zu bewähren, in der Vergangenheit vermissen und erleiden mussten. Er wollte sich wohl rächen."

Jetzt sah Frau Sailer betroffen drein. „Dann bin ich ja mitschuldig. Ich war damals sehr hartherzig, das sehe ich jetzt. Weil ich unsere Ehe und die Familie retten wollte, habe ich dieser Frau und ihrem Sohn das Leben schwer gemacht." Sie schlug sich die Hand vor den Mund. Tränen stiegen ihr in die Augen.

„Die Vergangenheit lässt sich nicht mehr verändern. Wir haben jetzt aber vielleicht einen Ansatz gefunden, um Ihren Sohn zu befreien. Wir werden alles tun, um diese Frau zu finden und mit ihr zu sprechen. Ich bin jetzt schon überzeugt, dass uns dieses Gespräch einen großen Schritt weiterbringt."

Ottokar redet schon wie ein Politiker daher, erkannte Theodor bewundernd.

Er machte aus einer vagen Vermutung bereits einen Erfolg unter dem Motto: „Gestern standen wir noch direkt vor dem Abgrund, heute sind wir schon einen Schritt weiter!"

Die beiden Detektive verabschiedeten sich von Frau Sailer und verließen die Klinik.

„Theo, wir müssen zu Hause sofort die Adresse von Frau Helmer herausfinden. Los, schieb mich ein wenig schneller zum Auto, jetzt müssen wir geschwind handeln!"

Mühleis, der immer noch innerlich mit seinem Schuldgefühl wegen der verrutschten Perücke kämpfte, wollte schon losrennen, übersah aber bei den ersten schnellen Schritten einen hochstehenden Pflasterstein stolperte und flog hin. Weil er vor Schreck die Griffe des Rollstuhls losgelassen hatte, fiel er ungebremst auf das raue Pflaster. Es tat einen lauten Ratsch und Frau Senftlebens Kleid hatte einen großen Riss. „Au, das tut weh!", jammerte Mühleis und hielt sich sein Bein, das nun schon wieder etwas abbekommen hatte. „Und das schöne Kleid ist auch beschädigt. Was wird Hildegard dazu sagen? Das andere war durch den Sturz auch versaut, das hat sie mir auch nur halbherzig verziehen. Ob sie das jetzt wieder tun wird? Sie achtet doch so sehr auf ihre schönen Kleider. Oh je!"

„Kleid hin oder her, das ist doch jetzt Nebensache. Wir sind den Tätern auf der Spur. Jetzt mach schon, Theo!"

Mühleis jammerte laut weiter, schob jedoch auch wieder kräftig an.

In der Wohnung angekommen, fuhr Ottokar gleich sein Laptop hoch und suchte nach der Adresse. Er hatte sie bereits gefunden, als er zu Theodor sagte: „Geh jetzt runter und lass dich von Frau Senftleben wieder zum Mann zurückverwandeln, aber diesmal wirklich mit einem Affenzahn, wenn ich bitten darf, und kein Geschmuse, das könnt ihr ein andermal nachholen."

Theodor machte sich auf den Weg nach unten. Wunderbarerweise dauerte sein Aufenthalt in der Wohnung im Erdgeschoss diesmal wirklich nur kurze Zeit.

Mit sehr unglücklicher Miene kam er zu Ottokar zurück.

„Mensch, das ging aber schnell“, freute sich der. Aber das Gesicht hat sie dir nicht abgeschminkt. Du musst nicht so traurig dreinschauen, ihr beide habt euch ja bald wieder.“

„Das glaube ich nicht“, erwiderte Theo. „Wie die sich wegen dem ruinierten Kleid aufgeregt hat, das glaubst du nicht! Jetzt hat sie mir ihr wahres Gesicht gezeigt und ich sage dir, dieses Weib ist eine Xanthippe. Ein Teufel in sexy Gewand ist die, mit Haaren auf den Zähnen, die sind so lang.“ Er breitete seine Arme aus. „Wie eine Furie ist sie auf mich losgegangen und hat mich den Idioten rauf und runter geheißen. Noch keine Frau hat mich so beleidigt wie diese alte Knallerbse! Mit der will ich nie, nie mehr etwas zu tun haben, das sage ich dir! Ich bitte dich an dieser Stelle, zieh so schnell es nur geht aus dieser Wohnung aus. Ich will das Haus, in dem diese radikale Wilde wohnt, nicht mehr betreten müssen.“

„Aber Theo, jetzt lass doch die Kirche im Dorf“, versuchte Ottokar ihn zu beruhigen. „Als Papst muss ich dich ernstlich ermahnen: Denke an Vergebung und christliche Nächstenliebe. Jetzt ist deine Barmherzigkeit mit der Durchgedrehten gefordert. Außerdem haben schon meine Eltern in dieser Wohnung hier gewohnt und vorher meine Großeltern, die verlasse ich nur endgültig mit den Füßen voran, wenn du weißt, was ich damit sagen will. Wir können uns doch in Zukunft bei dir treffen oder in unserer Stammkneipe und im Sommer im Wirtschaftsgarten auf dem Weinbergplateau, oder meinetwegen auch in Rom. Bloß nicht im Castell Gandolfo, da sind die drei anderen Pensionisten, die will ich nicht sehen!“

Theo war jetzt tatsächlich etwas ruhiger und erklärte: „Ottokar ich muss mich erst wieder einmal fangen. Ich wasche mein Gesicht, dann können wir nach Herrieden zu Frau Helmer fahren. Ich bin gleich fertig.“

Wenig später fuhren die beiden los. In Herrieden fanden sie das Haus, in dem Frau Helmer wohnte, und läuteten an der Haustüre. Eine alte Frau mit verhärmten Gesichtszügen öffnete.

„Sind Sie Frau Helmer?", wollte Hauptvogel von ihr wissen.

„Wer fragt?", antwortete die Frau kurz angebunden.

Ottokar stellte sich und seinen Freund vor. „Wir sind Bekannte Ihres Sohnes", log er ungeniert. „Können wir kurz hereinkommen und mit Ihnen sprechen?"

„Na, dann kommen Sie halt schon. Ich hab von dem Schlingel länger nichts gehört. Mich interessiert, was der so treibt. Vielleicht können Sie mir das sagen?"

Sie gab ihnen den Weg frei. Ottokar stemmte sich auf seine Krücken und erklomm mit Theos Hilfe die wenigen Stufen zum Hauseingang hinauf.

„Gehen Sie einfach geradeaus ins Wohnzimmer." Die Frau wies ihnen den Weg einen engen Flur entlang.

Als sie sich in die dortige Polstergarnitur gesetzt hatten, erzählte Hauptvogel eine Fantasiegeschichte, in der es um famose Geschäftsbeziehungen zu Marco Helmer ging und um große gemeinsame Geschäfte.

„Ja, mein Sohn ist ein Geschäftsmann durch und durch. Er hat schon immer Sinn für den Umgang mit Geld gehabt. Seine Im- und Exportgesellschaft läuft sehr gut. Manchmal musste er für längere Zeit ins Ausland, dann hörte und sah ich nichts von ihm, eine Schweinerei ist das, wie der sich manchmal als Sohn verhält." Lob und Tadel waren in dieser Beurteilung treu vereint.

Auslandsaufenthalte, das waren vermutlich Gefängnisaufenthalte, vermutete Hauptvogel. Er wollte vom Thema schwieriger, gleichzeitig aber großartiger Sohn ablenken und fragte interessiert: „Erzählen Sie uns doch ein wenig, wie Ihr Sohn aufgewachsen ist."

Frau Helmer nickte, dann erzählte sie davon, wie sie und ihr unehelicher Sohn, sich mit verhältnismäßig wenig Geld durchschlagen mussten. „Immer wieder wollte Marco als Kind wissen, wer sein Vater war. Ich durfte es ihm nicht sagen. Der Sailer hätte mir sonst das monatliche Unterhaltsgeld gestrichen. Der hat mir damit zumindest ernsthaft gedroht. Der Marco kam aber immer wieder auf dieses Thema zurück. Er hätte so gerne einen Vater gehabt, mit dem er das Gleiche unternehmen konnte, was er von den anderen Kindern hörte. Ich habe aber eisern geschwiegen. Vor Kurzem erst ist er jetzt zufällig auf den Namen seines Vaters gestoßen.

Ich war krank und lag im Krankenhaus. Da bekam ich Post von einer Behörde und sollte bestimmte Papiere wegen einer Erbschaftsangelegenheit vorlegen. Ich habe Marco gebeten, die Unterlagen für mich herauszusuchen. Er hat in meinen Sachen gekramt und dabei seinen Geburtsschein gefunden. Auf dem Dokument stand der Name seines Vaters. Ich weiß, dass er daraufhin angefangen hat, nach dem Mann zu suchen. Er war stolz und wahnsinnig wütend zugleich, als er herausfand, dass sein Vater ein reicher Mann war.

Mit großer Enttäuschung fand er heraus, dass der bereits gestorben war. Er hat auch entdeckt, dass sein Halbbruder, Rubert Sailer, Chefarzt in unserem Klinikum ist und dass die Frau vom alten Sailer derzeit in einem Wohnstift lebt. Sohn und Mutter geht es sehr gut. Marco war der festen Überzeugung, dass die beiden ihr Leben bisher auf seine Kosten gelebt haben, deshalb ist er jetzt auch sehr zornig auf sie.

Nun kommt noch zu seinem Ärger hinzu, dass ein Verwandter von uns gestorben ist. Die Erben streiten ohne Ende um ein Haus und ein großes Grundstück am Ortsrand von Ansbach. In den Streit hängt sich mein lieber Sohn leider auch sehr hinein, obwohl ich ihm ständig davon abrate. Nun steht dieses Haus leer und verkommt, weil diese Idioten sich nicht einigen können."

Beide Ermittler hatten bei dieser Information gleich aufmerksam die Ohren gespitzt.

„Wo ist denn dieses Haus?“, fragte Hauptvogel innerlich plötzlich sehr angespannt.

Frau Helmer nannte ihnen die Straße und die Hausnummer. Mühleis notierte sie. Ottokar sagte ein wenig hastig: „Tja, liebe Frau Helmer, weil Ihr Sohn sich nicht in seinem Haus aufhält, haben wir gehofft, ihn hier bei Ihnen zu finden. Wir müssen wohl weiter nach ihm suchen. Wenn er zu Ihnen kommt, rufen Sie uns bitte gleich an. Es geht wirklich um eine große Sache." Beide bedankten sich für die sehr offenen Auskünfte und verabschiedeten sich in Eile von Wolfs Mutter.

„Wir hatten großes Glück, dass niemand Frau Helmer vom Zustand ihres Sohnes im Klinikum informiert hat. Vermutlich haben sie ihre Adresse aus irgendeinem Grund nicht gefunden, oder nicht daran gedacht? Sowas gibt's. Theo, du denkst bestimmt dasselbe, was ich mir auch denke?"

„Klar, mein kriminalistischer Sachverstand sagt mir, dass Rubert Sailer in dem Haus am Stadtrand festgehalten wird." „Genau das denke ich auch. Wir fahren jetzt in deine Wohnung, Theo und besprechen in Ruhe unser weites Vorgehen. Du willst ja nicht mehr zu mir."

„Nein, nie mehr betrete ich das Haus, in dem diese Hexe auf mich lauert."

„Theo, ich glaube, wir sind der letzten Entführerin, dieser Kobra, ganz nahegekommen", sagte Ottokar mit einer gewissen Zufriedenheit. Hier irrte sich der Pseudopapst wirklich sehr.

***

Rubert Sailer saß neben seiner Patientin, die immer noch im Reich der Träume weilte.

Er nahm ganz stark an, dass sie seine Entführerin war. Ohne ihre übliche Tarnung konnte er sie zum ersten Mal richtig betrachten. Sie war eine Frau Ende zwanzig. Sie war ausgesprochen hübsch, eine dunkelhaarige, schlanke Schönheit.

Der Arzt hatte bereits die zweite Flasche mit dem Blutersatzstoff angeschlossen. Die Gefahr eines Todes durch einen Schock schien ihm damit gebannt.

Er hatte ihr zudem vorsichtshalber ein Narkotikum gegeben, denn der Eingriff, den er an ihrem Bein vornehmen musste, wäre für sie äußerst schmerzhaft gewesen. Zunächst hatte Rubert festgestellt, dass sie einen Steckschuss abbekommen hatte. Die

Kugel steckte also noch in der Muskulatur. Ohne Röntgengerät war es gar nicht so einfach gewesen, sie zu finden. Bevor er mit der Suche angefangen hatte, musste er zunächst den Blutverlust eindämmen. Nachdem er die Wunde gereinigt hatte, fand er die Stelle, in der sich das beschädigte Blutgefäß befand. Er stoppte den Blutfluss, dann holte er die Kugel aus dem Oberschenkel. Als ihm das gelungen war, ging er an eine gründliche Säuberung der Wunde und nähte sie dann zu. Er versorgte die Einschussstelle mit einem Verband, um sie vor Verunreinigung zu schützen.

Rubert Sailer hätte natürlich gleich nach dem Eintreffen seiner Patientin die Sanitäter rufen können, um sie ins Klinikum bringen zu lassen. Warum er das nicht getan hatte, konnte er selbst nicht recht verstehen. Vielleicht schreckte er vor dem Gedanken zurück, dass die Frau dann sofort unter akutem Verdacht, ein schweres Verbrechen begangen zu haben, in die Hände von Polizei und Staatsanwaltschaft geriet. „Aber das wäre doch in Ordnung!“, sagte ihm eine innere Stimme. „Sie hat ja ein Verbrechen begangen und gehörte sowieso aus dem Verkehr gezogen.“ Er hörte nicht auf diese vernünftigen Argumente. Aber was war es dann, das ihn dazu brachte, eine Operation unter diesen widrigen Verhältnissen zu unternehmen, anstatt den Notarzt zu rufen? Vielleicht litt er schon unter dem Stockholm-Syndrom? Hatte er sich wie die Geiseln in der namensgebenden schwedischen Hauptstadt unverständlicherweise auf die Seite der Gangster geschlagen?

Oder war seine Entscheidung ganz einfach von der Angst bestimmt, dass sich diese Kriminelle an ihm und seiner Mutter für die Auslieferung rächen würde, wenn sie nach der Strafverbüßung wieder in die Freiheit kam?

Er überlegte: Hatte ihn das Eingesperrtsein schon so verändert, dass er seinen Gerechtigkeitssinn zugunsten des Eigennutzes aufgab?

Mit einem Gedanken wischte er schließlich alle Bedenken beiseite. Die Operation eines verletzten Menschen war schließlich seine ärztliche Pflicht. Punkt!

Rubert beschloss, nicht weiter über seine Motive nachzudenken, und fing an, die blutige Postuniform zu durchsuchen. Dabei konnte er sich nur wundern. Diese Frau hatte neben ihrem Mobilfunkgerät ein ganzes Waffenarsenal mit sich herumgetragen. Er fand zwei Messer, die Pistole mit ausgeschraubtem Schalldämpfer und viele kleinere Utensilien, von denen er nicht wusste, wozu man sie brauchte. Bei der Untersuchung ihres Kopfes hatte er in ihren hochgesteckten Haaren einen länglichen Gegenstand gefunden, der vielleicht als Schlagwaffe dienen konnte. Das alles wirkte sehr professionell. Ein kleines Kästchen, das sich in einer Hosentasche finden ließ, erkannte er als Funkgerät. Ihm ging ein Licht auf: Also damit hatten die Verbrecher immer die Türe dieses Zimmers geöffnet, ohne die Klinke zu verwenden – und das ganz geräuschlos.

Er schob die Uniform samt Inhalt unter das Bett. Die Pistole hatte er bei sich behalten und sah sie an. Nach einiger Begutachtung hatte er verstanden, wie man sie benutzte. Er schraubte den sperrigen Schallschutz ab und schob sie griffbereit unter das Oberbett neben sich, das gab ihm ein gewisses Gefühl der Sicherheit.

Er war jetzt bewaffnet. Eine ganz neue Situation war eingetreten.

Rubert bemerkte, dass seine Patientin langsam in den Wachzustand wechselte.

Er prüfte Puls und Blutdruck und war ganz zufrieden.

Kobra schlug die Augen auf und blickte noch halb im Schlaf, aber unvermindert aufmerksam um sich. Schließlich blieb ihr Blick an Ruberts Gesicht hängen. Sie sah ihm direkt in die Augen und öffnete den Mund, um etwas zu sagen. Rubert holte ein Glas mit Wasser von seinem kleinen Tisch und befeuchtete ihre Lippen damit, dann hob er ganz sachte ihren Kopf an und flößte ihr ein wenig Wasser ein.

Jetzt konnte Kobra sprechen. Es klang noch sehr krächzend, war aber zu verstehen: „Wo bin ich? Was ist mit mir geschehen?“

Rubert erklärte ihr die Situation, in der sie sich befand, und berichtete von seiner Versorgung ihrer Wunde.

„Sie brauchen jetzt erst einmal Ruhe. So eine Schusswunde löst einen Schock aus, den Körper, Seele und Geist erst verkraften müssen. Vielleicht sollten Sie nun ein wenig schlafen. Die Tür ist offen. Ich bin nun nicht länger Ihr Gefangener und werde Sie verlassen, sobald ich sicher bin, dass Ihr Zustand stabil ist. Bis dahin passe ich auf Sie auf. Sie können sich auf mich verlassen."

„Haben Sie die Polizei gerufen?"

„Nein, das habe ich nicht. Fragen Sie mich bitte nicht, warum ich das nicht gemacht habe. Ich weiß es nämlich selbst nicht genau. Sie haben mich überfallen und mich eingesperrt. Ich habe Schmerzen und Todesängste ausgestanden durch Sie. Schließlich haben Sie mir auch eine Million Euro geraubt. Ich habe trotz alledem nur eine Bitte: Lassen Sie und Ihre Kumpels mich und meine Mutter in Zukunft in Frieden. Versprechen Sie mir das?"

„Ja, das tue ich, Sie können sich auch auf mich verlassen. Ich danke Ihnen für alles, was Sie für mich getan haben."

„Ich verlasse mich auf Ihr Versprechen."

Noch während er das sagte, kam sich Rubert wie ein Traumtänzer vor. Selbst wenn sich die Frau an ihr Versprechen hielte, wer konnte ihm garantieren, dass ihre Kumpane das auch tun würden? Andererseits glaubte er auch an so etwas wie „Ganovenehre". Darauf wollte er sich verlassen. Pragmatisch dachte er dabei zudem an die Tatsache, dass die Verbrecherin, selbst wenn sie gefasst und verurteilt wäre, nicht für alle Zeit weggesperrt sein würde. Sie könnte sich nach ihrer Freilassung leicht an ihm und seiner Mutter rächen, wenn er sie der Polizei ausgeliefert hatte. Vielleicht kam dieser Gedanke dem Sinn seines Tuns am nächsten?

Kobra sah ihn immer noch eindringlich an. „Sie haben mir vielleicht das Leben gerettet. Ich finde es ziemlich großmütig, dass sie mich jetzt nicht ausliefern wollen. Zu Ihrer Beruhigung kann ich sagen, dass Bär, also der große, kräftige Mann, bei einem Überfall auf uns getötet wurde. Wolf, das ist der andere, liegt schwer verletzt im Krankenhaus und damit ist er in den Händen der Polizei. Sie können mich ruhig verlassen. Ich werde mir Hilfe rufen, dazu brauche ich mein Handy." Rubert gab es ihr in die Hand. Sie begann zu tippen und legte es ans Ohr. In schnellem Italienisch sprach sie hinein. Rubert konnte nur die Angabe von Ort, Straße und Hausnummer verstehen, alles andere war für ihn unverständlich. Vermutlich sprach sie einen besonderen Dialekt.

„Ich werde in etwa zwei Stunden von meiner Familie hier abgeholt. Sie können danach gehen. Sie sind ein freier Mann! Vergessen Sie aber Ihr Geld nicht. Der Koffer mit der Million steht im Besenschrank im Erdgeschoss."

Rubert war hin- und hergerissen. Am liebsten wäre er sofort aus der Tür in die Freiheit gerannt, aber sein ärztliches Gewissen erhob dagegen Einspruch. Er durfte die Patientin noch nicht alleine lassen. Es konnte immer noch eine Krise auftreten. Die Gefahr der Mortalität bestand trotz der Behandlung immer noch.

„Ich bleibe hier bei Ihnen und passe auf Sie auf, bis Sie abgeholt werden. Sie können ruhig die Augen zumachen und schlafen. Solange ich bei Ihnen bin, kann Ihnen nichts geschehen."

Kobra blickte ihn lange an, dann sagte sie leise mit einem kleinen Lächeln: „Sie sind ein ganz besonderer Mann, das habe ich schon bemerkt. Ich möchte Sie näher kennenlernen. Ein Mann, der sich für eines meiner Lieblingsbücher interessiert, interessiert auch mich besonders. Vielleicht lernen Sie meine angenehmeren Wesenszüge unter besseren Umständen kennen. Ich lade Sie jetzt schon in mein Haus in Italien ein. Ich werde Sie gut bewirten und Ihnen meine Dankbarkeit beweisen. Das verspreche ich Ihnen."

Als sie das gesagt hatte, schloss sie erschöpft die Augen, legte ihren Kopf zur Seite und schlief ein.

Rubert überdachte seine Worte und Entscheidungen noch einmal gründlich und fand sie gut und richtig. Er lehnte sich zurück und suchte Entspannung in dem angefangenen Buch.

Es dauerte wirklich zwei volle Stunden, bis es an der Eingangstür läutete.

Zu seiner Überraschung standen zwei Männer und eine Frau in Sanitätskleidung vor ihm. Durch einen angelegten Mundschutz versuchten sie wohl, sich zu tarnen.

Sie hatte eine Krankentrage bei sich und auf der Straße hinter ihnen wartete tatsächlich ein großer Krankentransportwagen.

In gebrochenem Deutsch sagte einer der Männer zu ihm: „Wir kommen, um Signorina Rosso abzuholen. Wo ist sie?“

„Kommen Sie mit, sie befindet sich im Keller.“ Rubert ging voran und die drei Gestalten folgten ihm.

Im Kellerraum angekommen, weckte Rubert seine Patientin vorsichtig auf.

Als Kobra die Augen öffnete, musterte sie sofort die drei Sanitäter.

Rubert fragte sicherheitshalber: „Kennen Sie diese Leute?“

Kobra nickte schwach: „Ja, das sind Mitglieder meiner Familie. Ich kenne sie.“

Die drei Fremden begrüßten Kobra in demselben eigenartigen Italienisch, das auch Kobra selbst sprach, und redeten dann schnell auf sie ein. Sie wandte sich daraufhin Rubert zu und sagte: „Ich werde nun nach Italien gebracht. Machen Sie sich keine Sorgen, die Reise wird mit einem Flugzeug meiner Familie vonstattengehen. Ich bin in Sicherheit. Noch einmal herzlichen Dank! Ich werde mich bei Ihnen melden, um mein Versprechen einzulösen.“

Die Sanitäter luden sie vorsichtig auf die Trage und gingen mit ihr nach oben. Rubert hörte, wie die Türen geschlossen wurden, und vernahm, dass der Transporter wegfuhr. Dann war es plötzlich wieder ganz still.

Er suchte zunächst seine Sachen zusammen und wollte das Haus verlassen.

Mit dem, was dann passierte, hatte er überhaupt nicht gerechnet.

Noch einmal brachte ein unvorhersehbares Ereignis Rubert an die Schwelle Todes.

***

Auf einer Station des Klinikums Ansbach war etwa eine Stunde vorher mit einem Mal ein großer Tumult entstanden. Die Mitarbeiter des Pflegepersonals rannten hin und her, öffneten Türen zu den Krankenzimmern und suchten überall nach einem bestimmten Patienten, der überraschend verschwunden war.

Im Pflegestützpunkt wurde aufgeregt telefoniert. Auch auf den anderen Stationen sollte nach Wolf gesucht werden, denn der Mann war äußerst gefährlich. Es war ihm offensichtlich gelungen, aus dem Krankenzimmer zu entkommen, obwohl er unter polizeilicher Bewachung stand.

Die Ausgänge des Krankenhauses hatte man nach der Entdeckung sofort geschlossen. Niemand kam hinein oder heraus. Alle verfügbaren Personen des hauseigenen Wachdienstes durchsuchten das Gebäude vom Keller bis ins Dachgeschoss. Bereits nach kurzer Zeit stoppte der erste Streifenwagen der Polizei vor dem Haus. Weitere folgten.

Was war geschehen?

Der Polizist, der vor der Tür des Patientenzimmers, in dem Wolf lag, schon einige Zeit Wache gehalten hatte, hatte ein menschliches Bedürfnis gespürt, verließ seinen Platz auf dem Flur und hatte die Toilette auf dem Gang aufgesucht. Danach ließ er sich im Pflegestützpunkt mit einer Tasse Kaffee und einem Bamberger versorgen. Auch für ein kleines Pläuschchen mit einer hübschen Krankenschwester nahm er sich noch ein wenig Zeit, trank dabei in Ruhe seinen Kaffee und ließ sich das wunderbare Hörnchen schmecken. Als er nach einiger Zeit wieder zu seinem Stuhl auf dem Gang zurückkehren wollte, kam ihm auf dem Flur eine Schwester entgegengerannt: „Ich habe bei Herrn Helmer Blut nehmen wollen, er ist aber nicht mehr da!" Der Polizist bekam einen furchtbaren Schreck und rannte zu dem Krankenzimmer, in dem Wolf bislang mit einer schweren Schussverletzung auf den Tag seiner Genesung geharrt hatte.

Der Beamte schaute hektisch im Zimmer umher und prüfte anschließend den Sanitärraum. Schwer geschockt holte er sein Handy aus der Tasche und meldete die Flucht des Schwerverbrechers an seine Dienststelle.

Kurz darauf war im Krankenhaus der Teufel los. Immer mehr Polizei traf ein. Alles, was Beine hatte, war ins Klinikum und an die Ausfallstraßen der Stadt beordert worden. In dieser Situation machte sich wieder einmal der Personalmangel bei der Polizei auf fatale Weise bemerkbar. Man hatte einfach zu wenige Leute, um alles abzusuchen und die Straßen abzuriegeln. So war es Wolf gelungen, vollkommen unbemerkt sein Zimmer zu verlassen und über die Treppe zum Hauptausgang hinaus zu spazieren. Der rege Besucherzustrom unterstützte seine Flucht. Beschwerden hatte er freilich noch. Die Verletzung schmerzte und er fühlte sich auch noch sehr schwach, aber seit Stunden hatte er trotzdem schon darüber nachgedacht, wie er das Haus ungesehen verlassen konnte. Er registrierte die Zeiten, wann das Pflegepersonal oder die Reinigungskraft sein Zimmer betrat. Immer wieder gelang es ihm außerdem, sein Bett zu verlassen und den wachhabenden Polizisten auf dem Gang durch einen winzigen Spalt der geöffneten Tür zu beobachten. Dabei hatte er sich einen Stuhl zu seinem Beobachtungsposten hingezogen, denn es war ihm noch nicht möglich lange zu stehen.

Dieses Observieren des Beamten erwies sich für ihn als eine sehr große Belastung. Er kroch nach einiger Zeit immer ziemlich erschöpft in sein Bett zurück und schlief ein. An diesem Tag sah er den Beamten aufstehen. Wolf öffnete die Tür etwas weiter und beobachtete, wie der Polizist zur Toilette ging.

Nun setzte er alles auf eine Karte. Er zog schnell Hemd und Hose an. Über den Krankenhauskittel hängte er sein Jackett, leider war es immer noch voller Blut. Dann lief er, so schnell er in seinem Zustand konnte, durch die Gänge zur Treppe, dabei versuchte er so zu laufen, dass die blutige Seite seiner Jacke immer zur jeweiligen Wand sah.

Vor dem Krankenhaus standen ein paar Taxis. Er öffnete die Tür des ersten und nannte den zeitungslesenden Fahrer sein Ziel. Dann setzte er sich auf den Rücksitz. Während das Taxi startete, bemühte sich Wolf, ruhiger zu atmen und Kräfte zu sammeln. Der Taxifahrer fragte freundlich: „Na, Sie sind wohl gerade entlassen worden. Geht‘s wieder gut?“

Wolf brummte: „Mir geht's besser, aber ich fühle mich noch sehr schwach."

Damit sagte er die Wahrheit, gleichzeitig wollte er den Taxifahrer aber in absoluter Sicherheit wiegen.

Die Fahrt ging in Richtung Stadtgrenze. Als sie ein Waldstück erreicht hatten, sagte Wolf zum Fahrer: „Ach du Schreck, ich habe meinen Koffer im Klinikum stehen lassen. Bitte drehen Sie noch einmal um, damit ich ihn holen kann." Der Fahrer nickte und hielt an, um rückwärts in einen Waldweg hineinzufahren. Gerade als er wieder den Vorwärtsgang einlegen wollte, traf ihn von hinten ein harter Schlag, der ihn sofort in die Bewusstlosigkeit schickte.

Wolf kletterte etwas mühsam aus dem Wagen, dann ging er zur Fahrerseite, öffnete die Türe, löste den Sicherheitsgurt des Taxifahrers und zog den Mann aus dem Auto. Er versetzte ihm vorsichtshalber einen weiteren Schlag, damit er noch ein wenig länger aus dem Verkehr gezogen blieb, und schleifte ihn zu einem seitlichen Graben. Dort rollte er ihn hinein. Von der Straße aus war er so vollkommen unsichtbar.

Wolf setzte sich selbst ans Steuer und fuhr los. Einige Straßenzüge vor dem Haus, in dem Kobra vermutlich mit dem Gefangenen wartete, stellte er das Taxi ab. Ein wenig schwankend, machte er sich dann auf den Weg. Beim Haus angekommen, stellte er zu seiner Überraschung fest, dass die Haustüre nur angelehnt war. Wolf spürte gleich ein sehr ungutes Gefühl. Einige Signallampen fingen in seinem Gehirn zu blinken an. Er öffnete vorsichtig die Tür und schlich den Flur entlang. In der Küche hatte er sicherheitshalber eine Pistole in einem Schrank deponiert. Auch die Küchentür stand offen. Wolf ging hinein und holte die Waffe aus dem Schrank. Nachdem er sie entsichert hatte, bewegte er sich behutsam weiter und gelangte zur Kellertreppe, die er, jedes Geräusch sorgsam vermeidend, hinabging. Verblüfft sah er, dass die Tür zum Zimmer des Gefangenen offen stand. Von drinnen waren schwache Geräusche zu hören. Mit zwei schnellen Schritten war er bei der Tür und riss sie ganz auf, dabei schrie er, so laut er nur konnte: „Hände hoch, oder ich schieße!“

Rubert, der gerade dabei war, hastig einige seiner herumliegenden Kleidungsstücke zusammenzuraffen, traf der Schrei wie ein Schlag. Er fühlte sich einen Moment wie gelähmt. Wolf stand direkt vor ihm und zielte mit der Pistole auf sein Gesicht. Rubert riss seine Hände nach oben und starrte den Verbrecher wie ein Gespenst an.

Vor ihm stand ein blonder Mann, etwa in seinem Alter, dessen Gesicht von Krankheit gezeichnet war. Er war totenbleich. Mit von Hass verzerrten Zügen starrte ihn dieser Mann an und zielte mit einer Pistole auf ihn.

Verblüfft bemerkte er eine gewisse Ähnlichkeit mit seiner eigenen Person.

„Hier wird nicht abgehauen! Setz dich sofort auf dein Bett, sonst jage ich dir eine Kugel ins Hirn!“, schrie ihn der aggressive Mann an.

Wer war denn das um Himmels willen? Es musste Wolf sein, der vor ihm stand, vermutete Rubert. Einer der Entführer, von denen Salvia Rosso gesprochen hatte.

Wieso sah der ihm so ähnlich? Außerdem – der sollte doch schwer verletzt im Klinikum liegen!

Immer noch völlig im Schockzustand ließ sich Rubert auf das Bett plumpsen.

Wolf wurde erst jetzt auf das bereits getrocknete Blut auf dem Boden aufmerksam. Er kombinierte, dass es diesem so harmlos wirkenden Typ irgendwie gelungen sein musste, Kobra zu überwältigen. Er musste sie, der Größe des Blutflecks nach zu urteilen, sehr schwer verletzt haben. Wahrscheinlich hat er sie dann aus dem Haus getragen und irgendwo draußen abgelegt. Vermutlich war sie tot.

„Was hast du mit Kobra angestellt, du elender Kerl?“, keuchte Wolf.

Rubert, der immer noch seine Hände hochhielt, wollte sich rechtfertigen.

„Sie war schwer verletzt. Ich habe sie behandelt, dann wurde sie von ihren Leuten hier abgeholt. Sie hat mich freigelassen und versprochen, dass Sie beide mir nichts mehr antun werden."

„Alles Quatsch! Verarschen kann ich mich selber. Wo hast du sie hingebracht und wo ist der Koffer mit dem Geld?" Wolfs Stimme klang heiser. Er merkte, wie ihn langsam die Kräfte verließen.

„Ich sagte Ihnen doch, wie es abgelaufen ist. Ich schwöre, das ist die Wahrheit. Von dem Geldkoffer weiß ich nichts."

Das war natürlich eine Lüge, aber das wusste im Moment nur Rubert.

„Wie auch immer, du bist jetzt mein Gefangener und bleibst es so lange, bis ich mein Geld habe. Vielleicht lege ich dich dann um, mal sehen. Du hast es verdient. Du und deine Familie habt mir mein Leben und das Leben meiner Mutter gründlich versaut! Jetzt rechne ich mit euch ab. Ich will euer Geld und vielleicht auch euer Luxusleben. Leben gegen Leben, ganz alttestamentlich, wenn du weißt, was ich meine."

Rubert hatte ihm mit offenem Mund zugehört. „Ich weiß wirklich nicht, wovon du redest. Ich kenne dich doch überhaupt nicht. Wie soll ich dir und deiner Mutter das Leben verdorben haben? Soviel ich weiß, hat meine Mutter auch niemandem etwas Schlimmes angetan."

„Da täuschst du dich gründlich. Vielleicht kannst du es nicht gleich glauben, aber ich bin dein Bruder, genauer dein Halbbruder. Der alte Sailer war mein Vater und deine Mutter hat sich dafür eingesetzt, dass es mir und meiner Mutter so dreckig ging, wie nur irgend möglich. Dir, ihrem Liebling, hat sie von ihrem Tun nichts erzählt, aber du steckst voll mit in der Scheiße drin und hast all die Jahre nur von ihren Intrigen profitiert. Du bist ein gemachter Mann, während ich zum gesuchten Verbrecher wurde. Schuld seid Ihr. Verstehst du jetzt, dass ich mir alles zurückholen will?"

Rubert hatte damit zu tun, das Gehörte zu verdauen. In seinem Kopf drehte sich alles. Dann sagte er: „Du kannst das nicht zurückholen. Selbst wenn du uns unser Geld und das Leben nimmst, lässt sich die Vergangenheit nicht mehr ändern. Falls meine Eltern euch wirklich so viel Schlimmes angetan haben sollten, dann tut mir das unendlich leid. Aber ich kann nichts dafür und meine Mutter ist nun alt und krank. Sie wird voraussichtlich nicht mehr allzu lange leben. Meinst du, es befriedigt dich wirklich, uns alles zu nehmen? Eine Liebe, die man im Kinder- und Jugendalter vermissen musste, kommt nicht wieder. Man kann das nur betrauern, aber du bist jetzt kein Kind mehr. Nur du selbst kannst deinem Leben Sinn geben, das ist der einzige Weg zur Erlösung aus der Misere. Glaub mir bitte, es wird dir nichts nützen, uns zu vernichten."

„Verdammter Klugscheißer! Schlaue Reden kannst du halten. Meinst du, ich nehme dir das Gequatsche ab? Es wird mich durch und durch befriedigen, dich und dein verpisstes Miststück von einer Mutter zum Teufel zu schicken! Vielleicht sollte ich es in deinem Fall jetzt gleich tun, dann bin ich dich für alle Zeiten los."

Rubert schaute auf die Pistole und suchte dabei verzweifelt nach einem Gedanken, der ihn retten konnte.

Er machte einen Versuch: „Ich weiß, wo das Geld ist. Ich sage es dir, wenn du mich verschonst. Wenn du mich tötest, bekommst du die Million nie."

„Dann sag's schon. Vielleicht überlege ich es mir dann noch einmal!"

„Wie kann ich sicher sein, dass du mich nicht erschießt, wenn ich es gesagt habe?"

„Ich könnte es dir versprechen."

„Und darauf soll ich mich verlassen?"

„Klar, du hast bestimmt schon etwas von sogenannter ‚Ganovenehre' gehört, oder?"

„Versprichst du mir also, nicht auf mich zu schießen und mich gehen zu lassen, wenn ich dir jetzt sage, wo das Geld ist?"

„Ich verspreche es!"

„Also gut. Das Geld befindet sich im Besenschrank im ersten Stock."

„Danke lieber Halbbruder, aber so leicht kommst du mir nicht davon.

Ich pfeife auf mein Versprechen! Du hast jetzt genau eine Minute Zeit für ein Gebet oder sonst was. Dann muss ich dir das Licht ausblasen. Es wird mir ein Vergnügen sein!"

Wolf hatte das gerade ausgesprochen, dann krachte ein furchtbar lauter Schuss.

Was war denn jetzt schon wieder los?

***

Ottokar Hauptvogel und Theodor Mühleis waren nach ihrem Besuch bei Frau Helmer zum Mittagessen in ihre Stammwirtschaft gefahren. Die beiden hatten sich zur Belohnung für ihre gelungenen Ermittlungserfolge, so zumindest bezeichneten sie ihr bisheriges Tun, jeweils ihr Lieblingsgericht bei der feschen Kellnerin bestellt, dazu ein Glas Bier. Unter dem Motto: Bevor wir jetzt zuschlagen und dem Fall ein glückliches Ende bereiten, wollen wir erst einmal gut speisen.

Das taten sie dann auch in Ruhe und mit Genuss, denn Eile ist des Teufels Bote, und wie man isst, so arbeitet man. Auf sie bezogen hieß das eben mit Bedacht und mit Freude.

Nach dem Essen verzichteten sie ausnahmsweise auf eine Ruhepause. Ottokar ließ sich dagegen von Theodor zu seiner Wohnung zurückfahren, um dort seinen alten Revolver, Munition und dazu sein Fernglas zu holen. Theo hatte seine Dienstwaffe im Spind auf der Inspektion gelassen. Beide hofften, dass sich die Sache auch mit einer einzigen Waffe erledigen lassen würde. Eigentlich wollten sie ja zunächst nur das mutmaßliche Haus der Erpresser beobachten und erst im Fall, dass sie sich sicher waren, dass es das Gefängnis von Rubert Sailer enthielt, die Polizei verständigen. Den Rest würde dann das SEK erledigen. So einfach war das.

Theodor parkte den Wagen in ausreichend Abstand zum Haus. Ottokar spähte durch das Fernglas. Er konnte nichts Ungewöhnliches entdecken. „Ich glaube, wir müssen näher ran", sagte er nach einer Zeit erfolgloser Beobachtung. „Wir gehen ein Stück zu dem Haus hin und drum herum. Vielleicht können wir von seiner Rückseite etwas sehen. Schade, dass du nicht deine Frauenkleider anhast, das würde uns viel unverdächtiger erscheinen lassen. Jetzt müssen wir einfach so tun, als wären wir zwei Freunde, die miteinander einen Verdauungsspaziergang machen und sich dabei angeregt unterhalten."

„Ottokar, wenn du von Frauenkleidern sprichst, muss ich gleich an Hildegard denken, das hat mir eben einen kalten Schauer über den Rücken gejagt."

„Manche Sünden straft der Herr eben auf seine Weise!"

„In dem Fall bist der Herr du. Bitte treibe keine weiteren Scherze!"

„Okay, ich halte mich zurück. Komm, lass uns jetzt gehen. Denke daran: Wir sind zwei alte Knacker beim Spazierengehen. Eine schauspielerische Aufgabe!"

„Das mit dem alten Knacker gefällt mir nicht. Du kannst nur für dich sprechen."

„Los geht's!"

Plaudernd und mit den Händen gestikulierend liefen die beiden gemächlich auf das Haus zu. Aus dem Augenwinkel scannten sie das Gebäude aufmerksam. Zuerst die Vorder- dann auch die Rückseite. Keine neue Erkenntnis!

Ottokar kam zu einem Entschluss: „Wir müssen da rein!"

„Bitte, also das kannst du doch nicht im Ernst wollen. Wir haben ausgemacht, das Haus nur zu observieren und, wenn nötig, meine Kollegen zu rufen." Theo hatte ein sehr mulmiges Gefühl.

„Also sei kein Frosch. Ich habe schon eine weiterführende Idee, echt genial! Wir klingeln und spielen zwei aufdringliche Zeugen Jehovas, das macht uns ja wohl total unverdächtig, das ist einfach zu alltäglich. Wir sehen dann, wer uns öffnet, und erst dann entscheiden wir weiter."

„Ich mache mit, aber nur unter der Bedingung, dass wir dann gleich wieder gehen, wenn die nichts von uns wissen wollen. Schau mal, du hast nicht einmal ein Wachturmheft bei dir und ohne große Tasche wirken wir auch nicht besonders echt."

Ohne Theo zu antworten oder ihn auch nur eines Blickes zu würdigen, lief Ottokar nun auf den Hauseingang zu, so schnell das mit seinen Krücken eben ging.

Bei der Tür angekommen, sahen sie mit Erstaunen, dass sie einen Spalt offenstand.

„Wir gehen hinein! Das ist ein päpstlicher Befehl, also keine Widerrede. Ganz leise! Nimm meinen Revolver, man weiß ja nicht, wie die reagieren. Du kannst doch schießen?“ Er entsicherte den Revolver und drückte ihn Theodor in die Hand.

„Klar, wie Wyatt Earp, oder wie der heißt. Aber alles läuft gerade entgegen unserer Abmachung, das will ich nur gesagt haben.“

Ottokar öffnete die Tür etwas weiter und flüsterte: „Du gehst vor, du hast die Waffe.“

„Das war so aber nicht ausgemacht!“, flüsterte Theo zurück, aber dann duckte er sich und schlich in den Hausflur hinein. Ottokar kam langsam nach. Er war vorsichtig und achtete darauf, mit seinen Krücken kein Geräusch zu verursachen.

Im Erdgeschoss war alles still. Niemand schien sich hier aufzuhalten. Von der Kellertreppe her hörten sie jedoch zwei aufgeregt klingende Männerstimmen.

Beide näherten sich vorsichtig der Treppe. Ottokar gab Theodor einen kleinen Schubs und flüsterte ihm ganz leise ins Ohr: „Ich rufe die Polizei.“

Jetzt war es Theodor, der plötzlich vom Jagdfieber gepackt war, und obwohl ihm Ottokar ein Zeichen zum Rückzug gab, wollte er nun unbedingt näher an die Männer herankommen und hören, was sie sagten.

Er schlich mit äußerster Vorsicht die Treppenstufen hinab und stellte sich hinter die offene Zimmertür. Die Worte, die er vernahm, entsetzten ihn bis ins Mark.

Er spitzte um das Türblatt und sah, wie ein Mann, der mitten im Zimmer stand, den anderen, der auf einem Bett saß, mit der Pistole bedrohte und sagte, er wolle ihn sofort töten.

Kommissar Theodor Mühleis lief angesichts dieser Situation zur Höchstform auf, zielte und schoss mit Ottokars antiker Pistole auf den bewaffneten Mann. Leider war er schon immer ein lausiger Schütze gewesen und so schoss er auch diesmal daneben. Die Kugel bohrte sich in die gegenüberliegende Wand. Der Mann mit der Pistole zögerte keinen Augenblick, er fuhr herum und schoss. Er hätte Mühleis sicherlich getroffen, doch seine verletzte Schulter vereitelte den Versuch. Die schnelle Bewegung hatte bei Wolf überdies ein starkes Schwindelgefühl ausgelöst und ihm wurde kurz schwarz vor den Augen. Sein sichtbares Wanken bot Rubert eine unverhoffte Möglichkeit, zu reagieren. Er handelte blitzartig.

Theo hatte sein Missgeschick gesehen und warf sich auf den Boden, um von dort weiter zu feuern. Da hörte er aus dem Inneren des Zimmers einen Schuss. Der hatte eindeutig nicht ihm gegolten. Auf den Schuss folgte ein Aufschlag auf den Boden.

Was war denn jetzt los?

Hatte der drinnen den anderen erschossen?

Sehr vorsichtig und maximal angespannt schob sich Theodor mit erhobenem Revolver ein wenig nach vorne, um besser sehen zu können.

Was er sah, konnte er kaum fassen. Der Schütze lag reglos auf dem Boden. Blut lief aus seinem Mund.

Der andere Mann stand mit einem merkwürdig traurigen Blick über dem Liegenden und sah ihn an. Die Pistole baumelte schlaff in seiner Hand. Dann ließ er sich resigniert zurück auf das Bett fallen. Theo zögerte nicht. Mit erhobener Waffe zielte er auf den Sitzenden und schrie: „Waffe fallen lassen, Polizei. Hände hoch, oder ich schieße!“

Der Mann ließ die Pistole mit einer resignierten Geste auf den Boden fallen, hob die Arme und sagte mit belegter Stimme: „Bitte nicht schießen, ich bin Rubert Sailer. Ich bin entführt worden. Bitte helfen Sie mir hier raus. Der Mann hier braucht dringend einen Notarzt.“

„Sie sind doch selbst Arzt. Ich glaube Ihnen nicht. Wer sagt mir, dass Sie nicht auch einer von den Erpressern sind?“

„Ich bin wirklich Doktor Rubert Sailer, so glauben Sie mir doch! Und ich habe soeben diesen Menschen hier niedergeschossen“, sagte er mit matter Stimme. „Vielleicht habe ich sogar gerade meinen Bruder getötet.“

„Theodor stand auf und hatte seine Waffe noch immer auf den Verdächtigen gerichtet. „Aufstehen, Hände an die Wand. Beine spreizen und keine unbedachte Bewegung, sonst garantiere ich für nichts.“ Der vermeintliche Rubert Sailer folgte ohne Widerrede.

Theodor sah sich beide Männer näher an. Sie sahen sich ähnlich. Beide glichen dem Mann auf dem Bild, das den Entführten zeigte.

Wer war jetzt wer?

Der Kommissar tastete den vor ihn stehenden Mann ab. Seine Hände spürten, wie er zitterte und bebte.

„Wie sollen Sie denn in Ihrer Situation an diese Waffe gekommen sein? Geben Sie zu, dass Sie einer der Entführer sind und der, der hier liegt, ist Rubert Sailer. Sie haben keine Chance mehr.“

„Ich bin Rubert Sailer, so glauben Sie mir doch. Und die Pistole gehört Kobra, das ist eine der Verbrecher, die mich entführt haben. Die Waffe ist liegen geblieben, als sie von irgendwelchen Leuten abgeholt wurde. Ich hatte sie unter dem Kopfkissen im Bett versteckt. Als der Schusswechsel stattfand, habe ich sie schnell hervorgeholt und gleich auf Helmer geschossen.“

„Wenn das wahr ist, haben Sie ein unglaubliches Glück, noch am Leben zu sein! Wir werden feststellen, wer Sie sind.“

„Momentan kann ich mich allerdings nicht richtig über dieses Glück freuen.“ Ruberts Stimme klang traurig und matt.

Als Theodor sicher war, dass der andere keine weitere Waffe bei sich trug, blickte er prüfend zu dem Angeschossenen am Boden. Ob der noch lebte? Dann befahl er Sailer in hartem Ton, langsam die Treppe hinaufzusteigen. Der fing gleich an, mit erhobenen Händen die Stufen hinaufzugehen.

Im Erdgeschoss erwartete Ottokar die beiden. Er war sehr blass im Gesicht.

„Wen bringst du denn mit?“, wollte er wissen.

„Der Herr hier behauptet, Rubert Sailer zu sein.“

„Das kann jeder sagen."

„Ich bin Doktor Rubert Sailer!"

„Die Polizei wird gleich hier sein, die sollen das feststellen. Jetzt bin ich erst einmal froh, dass dir nichts passiert ist, lieber Monsignore. Ich bin vor Sorge um dich fast gestorben."

Sailer wandte sich halb zu Mühleis um: „Sie sind ein Geistlicher? Das hätte ich jetzt nicht vermutet." Er blickte Theodor selbstbewusst an, das machte den verlegen.

„Na ja, so ganz bin ich das nicht, aber es würde viel zu weit führen, das an dieser Stelle zu erklären."

Mehrere Krankenwagen kündigten sich schon von Weitem mit ihren Martinshörnern an, und auch die Spezialfahrzeuge des SEK sowie die dazugehörigen Funkstreifenwagen kamen schließlich vor der Haustüre zum Stehen. Die Polizisten sprangen mit ihren Stahlhelmen auf den Köpfen, den schusssicheren Westen und den Maschinenpistolen im Anschlag aus den Fahrzeugen und machten durch ihr Furcht gebietendes Äußeres einigen Eindruck.

Als sie Theodor Mühleis erblickten, der mit einem alten Revolver einen Mann mit erhobenen Händen bedrohte, und daneben den stadtbekannten Ottokar Hauptvogel, blieben sie erst einmal verwundert stehen. Einer von ihnen, er trug die meisten Silbersterne auf den Schulterklappen, stellte die ein wenig naiv klingende Frage: „Was macht ihr denn hier?"

Mühleis klärte ihn über den Sachstand auf. Er schüttelte nur immer wieder den Kopf. „Dass ausgerechnet ihr beide das geschafft habt, diesen Mann zu befreien, ich kann es nicht glauben."

Hauptvogel wurde es nun doch zu viel. „He, was denkst du denn! Nur weil ihr nichts zuwege bringt, traut ihr es auch keinem anderen zu?"

Tage später

Ottokar Hauptvogel und Theodor Mühleis saßen in einem Flugzeug, das nach Rom unterwegs war. Sie hatten in der Business Class Platz genommen und genossen es, von bezaubernden Stewardessen mit Köstlichkeiten versorgt zu werden. Die beiden Freunde konnten sich das leisten, denn das Honorar von Mutter und Sohn Sailer war fürstlich ausgefallen.

Sie unterhielten sich über die zurückliegenden Entwicklungen nach der Befreiung von Rubert Sailer. „Bist du stolz auf die Belobigung, die dir der Polizeipräsident ausgesprochen hat, und auf deine Ernennung zum Kriminal-Oberkommissar?"

„Das kannst du dir aber denken! Ich habe lange auf eine solche Anerkennung meiner aufopferungsvollen Tätigkeit warten müssen. Der Franz Schöberl ist allerdings nicht gut auf mich zu sprechen. Er gibt sich neidisch bis zum Anschlag und behauptet, dass er mit der Anerkennung früher dran gewesen wäre als ich."

„Ich freue mich auch über mein Ansbacher Stadtsiegel", sagte Ottokar.

„Eigentlich ist das ja nur als Auszeichnung für besondere ehrenamtliche Leistungen gedacht, aber den Stadtoberen ist anscheinend in meinem Fall nichts Besseres eingefallen – und billig ist die Auszeichnung für die auch."

„Was denkst du über die weitere Entwicklung im Fall von Marco Helmer?", wollte Ottokar von Theodor wissen.

„Nachdem er von Rubert Sailer persönlich operiert wurde, ist er doch auf dem Weg der Besserung."

„Ich denke, wenn es ihm gesundheitlich besser geht, wird er vor Gericht gestellt, da geht kein Weg vorbei. Einige Jahre hinter Gittern sind ihm sicher. Ich freue mich darüber, dass uns Rubert Sailer erzählt hat, dass er und sein Halbbruder nach der Operation ein zweistündiges Gespräch miteinander hatten. Sailer bewertete das als sehr positiv und vielversprechend."

„Rubert Sailer hat doch von einer Einladung nach Süditalien gesprochen. Eine gewisse Salvia Rosso verlangt nach ihm. Das ist Kobra! Wie findest du das Ottokar?"

„Ich bin nicht davon begeistert, weil ich stark vermute, dass die italienische Mafia einen tüchtigen Chirurgen gut gebrauchen kann."

Theodor nickte zustimmend und wechselte das Thema:

„Ottokar, wie fühlst du dich eigentlich im Moment? Nun geht doch gerade dein Wunsch, wieder nach Rom zurückzukehren, in Erfüllung."

„Ach Theo, ich habe gemischte Gefühle. Einerseits freue ich mich darauf, endlich wieder mein weißes Gewand zu tragen, meinen Pileolus auf dem Kopf und die schönen, weichen roten Schuhe an den Füßen. Ich freue mich auch auf die alte Stadt mit ihrer großen Geschichte und auch auf das großartige italienische Essen. Ich bin gespannt auf meine Räume im Vatikan. Auf all das freue ich mich, aber es gibt natürlich auch einen Wermutstropfen, der mir Sorge bereitet. Ich denke nur an alle Schleimer, die mir wieder schöntun werden. Das finde ich zum Kotzen.

Daneben muss ich natürlich auch an diese intriganten Kardinäle denken, die bestimmt schon wieder ihre Netze aufgespannt haben, in der Hoffnung, dass ich mich darin verfange. Und dann sind da noch all die anderen, die in meiner Abwesenheit vermutlich ihre Waffenarsenale ergänzt und angefangen haben, ihre päpstlichen und unpäpstlichen Gedanken in dicke Bücher zu pressen. Ach, weißt du, mir graut auch vor der vielen Arbeit. Wenn ich daran denke, tut mir jetzt schon der Arm weh vom dauernden Segenspenden; im Papamobil durch die Menge, vom Fenster aus, bei allen möglichen kleinen und großen Festen und Empfängen. Ich weiß nicht, wie ich das bisher alles geschafft habe. Und dann muss ich zwischendurch in der Welt herumreisen. Ich bin nur froh, dass ich nicht damit angefangen habe, auf jedem Flughafen das Pflaster zu küssen, wie das einer meiner Vorgänger immer praktiziert hat. Dauernd diesen Öl- und Kerosingeschmack im Mund, also das könnte ich überhaupt nicht haben. Mein Italienisch ist auch ziemlich eingerostet. Eigentlich geht es nicht weit über buongiorno, arrivederci, si, grazie, prego und cappuccino hinaus."

Ottokar musste an der Stelle mit seinem Lamento innehalten, weil ein blondes Zauberwesen neben sie getreten war und sich nach ihren Wünschen erkundigte.

Ottokar seufzte und sagte zu ihr: „Mein größter Wunsch wäre, dieses Flugzeug würde sofort wieder umkehren und mich und den Monsignore aussteigen lassen. Eigentlich bin ich gar nicht so furchtbar scharf darauf, in Rom wieder Papst zu sein."

Die Stewardess schaute ein wenig verdutzt, dann lachte sie hell auf. „Ein köstlicher Witz, den muss ich gleich meinen Kolleginnen erzählen. Kann ich den Herren noch etwas Gutes bringen? Wir haben einen ausgezeichneten Cognac im Angebot, oder einen jahrzehntealten schottischen Whisky. Oder darf ich Ihnen einen köstlichen Wein anbieten und dazu eine Auswahl an delikaten Tapas?"

„Ein Bier wäre nicht schlecht!", meinte Mühleis. Vielleicht ein Weizenbier aus Neumarkt in der Oberpfalz, das wäre jetzt was! Haben sie auch Bratwürste?"

„Kein Problem, auch das können wir bieten.

Was darf ich Ihnen bringen, hochverehrte Heiligkeit?", fragte die Flugbegleiterin mit einem spitzbübischen Grinsen.

„Bringen Sie mir auch ein Weizenbier meine Tochter." Hauptvogel sprach seine Bestellung mit einem so ernsten Gesicht aus, dass die blonde Dame in lautes Kichern ausbrach. „Aber sehr gerne, eure Heiligkeit! Ich mag Fluggäste, die Humor haben!"

Als sie wieder mit eleganten Schritten entschwunden war, sagte Hauptvogel zu Mühleis „Ich muss mich schon wundern über die Albernheit des Personals in diesem Flugzeug. Dieses Getue und Gekicher! Ich kann mich nicht daran erinnern, das früher so erlebt zu haben."

Dann kam das Bier, schön kalt. Die beiden stießen miteinander an und fühlten sich nach dem ersten Schluck fast so wohl wie zu Hause in Mittelfranken.

Wie es nun mal so ist, verlangte das Bier zu gegebener Zeit aus den Bäuchen herausgelassen zu werden. Gerade hatte der Pilot Turbulenzen über den Alpen angekündigt und das Anschnallen auf dem Sitz angemahnt, da musste Ottokar dem Druck weichen, das heißt mit anderen Worten, er musste die Toilette aufsuchen.

„Ich bin gleich wieder da!"

Die enge Kabine, in der Ottokar dann stand, fing plötzlich heftig an zu schaukeln. Das Flugzeug, so schien es, brachte seine Freude über die baldige Landung in Italien mit kleinen und größeren Hüpfern zum Ausdruck. Ottokar wurde hin und her geschleudert und schlug sich seinen Kopf mit voller Wucht hart an einem dieser Platzsparschränke an. Es tat einen lauten Schlag als Kopf und Schrank zusammenstießen. Ottokar jammerte ein wenig und es schien ihm, als hätte sich in seinem Haupt etwas gelöst. Er fühlte sich irgendwie anders. Er öffnete die Kabinentür und wankte wie ein Schwerbetrunkener zurück zu seinem Sitz.

„Mensch, Theodor, warum hast du mich nur auf die seltsame Idee gebracht, mit dir nach Rom zu fliegen? Wenn ich nur an diesen chaotischen Verkehr dort denke und all die Abgase! Mir wird jetzt schon schlecht."

„Also Ottokar, meine Idee war das nicht. Du wolltest doch in päpstlicher Eigenschaft wieder in den Vatikan zurück. Ich hätte lieber in der Toskana Urlaub gemacht. Wegen dir sitze ich nun hier."

„Hä? Was redest du da von meiner päpstlichen Eigenschaft? Lass bitte den Unsinn. Ich habe gerade keinen Sinn für Späße. Mir tut der Kopf ganz schön weh. Den habe ich mir gerade auf der Toilette ziemlich fest angeschlagen."

„Aber du bist doch Papst Ottokarius I, oder nicht?"

„Hör bitte auf mit diesem dummen Gerede. Ich weiß nicht, was in deinem Bier drin war, darum sage ich vorsichtshalber: Ich bin Ottokar Hauptvogel, Privatdetektiv, Stadtführer in Ansbach und zu allem Überfluss auch Mesner und last und, ich meine tatsächlich ganz least, auch noch Kirchenvorsteher. Halt! Jetzt wo du es sagst, ich erinnere mich an einen komischen Traum. Ich träumte, Papst zu sein. Ich kann mich aber nicht daran erinnern, dir irgendwann davon erzählt zu haben."

Theo war bereits aus dem Häuschen: „Mensch, Ottokar! Du bist offenbar wieder normal! Wie ich mich freue, meinen Ottokar wieder zu haben! Du warst nach deinem Unfall im Treppenhaus überzeugt, der Papst zu sein.“

„Theo, jetzt glaube ich, du träumst!“

„Hast du in meiner Abwesenheit noch irgendwas anderes getrunken außer dem Bier? Du redest irre! Ich bin der, der ich war, der ich bin und der ich sein werde. Punkt! Ich möchte dieses Thema lieber beenden.“

„Auch gut! Aber es ist doch eine schöne Überraschung!

Ich habe auch eine Überraschung für dich, lieber Ottokar. Stell dir vor, was mir von zu Hause aus gelungen ist: Wir haben morgen einen Supertermin. Dreimal darfst du raten, mit wem.“

„Mit Berlusconi vielleicht, der hat ja jetzt bestimmt mehr Zeit.“

„Nein, ganz kalt!“

„Mit Lady Gaga?“

„Nein, noch kälter!“

„Bleibt nur noch der Papst.“

„Huch! Du hast es erraten! Der Kandidat hat hundert Punkte. Wir können an der Privataudienz seiner Heiligkeit teilnehmen. Was sagst du jetzt?“

„Ach du meine Güte! Wie hast du das geschafft?“

„Also ich muss gestehen, ich habe ein wenig geflunkert. Ich habe gesagt wir wollen eine fränkische Botschaft in Rom eröffnen. Du wirst der Botschafter sein und ich dein Stellvertreter. Wir wollen uns mit einem Antrittsbesuch dem Papst persönlich vorstellen.“

Ottokar nickte „Die Idee finde ich im Prinzip sehr gut. Franken muss sich nicht nur in Bayern profilieren, sondern sich auch dem Vatikan stärker ins Bewusstsein bringen. Der nächste Papst könnte schließlich aus Ansbach oder aus Fürth kommen. Aber was passiert mit uns, wenn die rauskriegen, dass wir nicht die sind, die wir behaupten zu sein?“

„Ach, da mach dir keine Sorgen. Ein früherer Schulfreund von mir hat es bis in den Vatikan geschafft. Der hat versprochen, uns einzuschleusen. Außerdem sind da so viele großköpfige Leute anwesend, wir fallen überhaupt nicht darunter auf."

„Du hast vielleicht Nerven! Mir wird jetzt schon angst und bang. Schöne Überraschung, das muss ich sagen!"

„Du wirst sehen, das wird ein unvergessliches Erlebnis."

„Das befürchte ich auch!"

„Ein Problem gibt es noch. Wir müssten uns in Rom heute noch standesgemäße schwarze Anzüge kaufen."

„Auch das noch!" Ottokar griff sich in komischer Verzweiflung an, seinen immer noch schmerzenden, Kopf.

***

Was beide nicht wussten, war, dass ein anderer Mann in erwartungsvoller Vorfreude auf ein Wiedersehen gleichzeitig mit ihnen geradewegs in den Süden flog, allerdings mit einer anderen Maschine und auch mit einem anderen Ziel, nämlich Süditalien. Er wollte in einem kleinen Ort in der Nähe von Reggio Calabria eine schöne Frau besuchen, die den melodischen Namen Salvia Rosso trug.

Während des Fluges vertiefte sich Sailer jedoch in das Buch eines seriösen und bekannten Kenners der allgemeinen Situation in Süditalien und der in Kalabrien im Besonderen. Der Wissenschaftler beleuchtet unter anderem eingehend die Taten und das Wirken der verschiedenen Mafiaorganisationen in diesem Teil des Landes. Rubert Sailer, der es schon seit seiner Schul- und Studienzeit gewohnt war, effektiv zu lesen, nahm ziemlich schnell die erschütternden Informationen auf.

Zunächst einmal musste er lernen, dass Mafia nicht gleich Mafia ist.

Der Begriff Mafia bezeichnet eigentlich nur die sizilianische Cosa Nostra. Die kalabrische Mafia heißt Ndrangetha, die neapolitanische Camorra und die apulische Sacra Corona Unita, wurde ihm erklärt.

Der Autor befasste sich ausführlich und recht anschaulich mit deren verbrecherischem Tun und berichtete, dass der Einfluss der Verbrecher weit über Italien hinaus reicht, besonders auch in die deutsche Gesellschaft, Wirtschaft und Politik. Gerade Deutschland war zum Beispiel ein ideales Land, um die Gelder aus den verschiedenen Geschäftsbereichen des Verbrechens zu waschen. Besonders interessant war dieses Land, weil die Mafiosi hier im Gegensatz zu Italien keinen Nachweis erbringen mussten, auf welche Weise sie ihr Geld erworben hatten. Wenn jemand in Deutschland heute ein Hotel, ein Restaurant oder einen ganzen Straßenzug kauft, werde in ein paar Jahren niemand mehr nachweisen können, dass er diese Gebäude mit Kokaingeldern gekauft hat, las Sailer erstaunt.

Das im Bericht beschriebene Verhältnis von Verbrechen und Kirchenvertretern empfand er als zutiefst abstoßend.

Es erschien ihm so, als hätten sich Kirche und Mafia irgendwann aus verschiedenen und gegensätzlichen Gründen in ihrem gemeinsamen Wunsch nach Konservativismus gefunden.

Für die meisten Mafiosos war nicht der Papst, sondern der Mafiaboss Gottes Vertreter auf Erden. Die Gebote der Kirche waren die Gebote der Mafia. Allerdings weniger in ethischer als mehr in praktischer Hinsicht.

Diese pervertierte Umwidmung betraf die meisten Gebote.

Nur ein kirchliches Gebot hatte die Mafia nicht übernommen: Du sollst nicht töten. Das lief vielmehr nach dem Grundgedanken: Kann denn ein Arbeitsauftrag Sünde sein? Töten war für einen uomo d'onore jedenfalls Pflichterfüllung. Klar, andere machen das ja auch auf Befehl!

So ging es in dem Buch Seite um Seite weiter. Je mehr er las, desto mulmiger wurde es Rubert. Von Ängsten und Vorahnungen geplagt, fasste er einen Entschluss.

Sailer musste sich eingestehen, dass für ihn diese und andere gesellschaftliche Themen bis zu diesem Zeitpunkt lediglich ganz am Rande seines geistigen Horizonts existiert hatten. Immer hatten die unzähligen Aufgaben und Anforderungen seines Berufes im Mittelpunkt seines Interesses gestanden.

Vieles schien er tatsächlich völlig vernachlässigt zu haben, das betraf nicht nur die gesellschaftliche Ebene. Auch die Frage, wer er überhaupt war, schien ihm noch lange nicht beantwortet.

Er fragte sich unwillkürlich, ob ihn seine Entführung und das wenn auch nur verhältnismäßig kurze Zwischenspiel als Gefangener und der Gewalt ausgelieferter Mensch grundsätzlich verändert hatten.

Er hatte sich nach seiner Freilassung auf die Spur einer Empfindung gemacht, die sich in seinem Gefängnis viel deutlicher zu Wort gemeldet hatte, als in seinem bisherigen Alltag. Es war das Gefühl, trotz all seiner Erfolge sein eigentliches Ich noch nicht gefunden zu haben. Es war verschüttet unter seinem Streben nach Aufstieg und den hohen beruflichen Aufgabenstellungen.

Stand hinter dem Wunsch, nach Kalabrien zu reisen und dort Salvia Rosso zu treffen, vielleicht das Verlangen, seine eigene Person zu finden?

Das rasch durchgelesene Buch löste in ihm eine tiefe Nachdenklichkeit aus. Er musste nicht länger grübeln, ob seine Freilassung der Salvia Rosso richtig oder falsch gewesen war.

Ihm war jetzt vollkommen klar geworden, dass ihm mit dieser Handlung ein schwerwiegender Fehler unterlaufen war. Er hatte damit einem hochgefährlichen Mitglied der Mafia die Möglichkeit geschenkt, sofort wieder Verbrechen im Auftrag der Verbrecherbande zu auszuüben. Rubert Sailer schämte sich wegen seiner Bedenken lediglich um sein eigenes Wohl und nicht zuletzt wegen seiner unverzeihlichen Blauäugigkeit.

Und so kam es, dass Sailer nach der Landung des Flugzeugs entschlossen ausstieg und prompt mit der nächsten Maschine zurück nach Deutschland flog.

Auf die Beweise von Salvia Rossos Dankbarkeit wollte er jedenfalls ganz und gar verzichten.

***

Am späten Vormittag des nächsten Tages öffneten sich für Ottokar und Theodor hohe Türen im päpstlichen Palast des Vatikans.

Eine illustre und exklusive Gesellschaft aus aller Herren Länder, bevölkerte einen prächtigen Raum.

Es waren genau zwölf Personen. Alle waren mehr oder weniger aufgeregt und warteten gespannt auf die Begegnung mit Papst Franziskus, diesem außergewöhnlichen, hervorragenden Menschen.

Auch Ottokar und Theodor standen zunächst noch freudig erregt, in der der Schar. Sie hatte sogar einen Platz ganz vorne, direkt beim Rednerpult, zugewiesen bekommen.

Als eine Stimme laut rief: „Seine Heiligkeit, Papst Franziskus!“, beugten die Damen, jede mit schwarzem Schleier, die Knie und die anwesenden Herren senkten die Köpfe.

Der Papst trat ganz leger unter sie und ließ sich die Besucher von seinem Sekretär einzeln vorstellen. Für jede und jeden hatte er ein freundliches Wort. Er konnte ernst zuhören oder heiter plaudern.

Immer wieder lachte Franziskus auch laut auf und unterhielt sich offenbar prächtig.

Die Steifheit der Versammelten wich einer fröhlichen Gelassenheit und der Vorfreude auf die Rede des Pontifex mit dem sich anschließenden persönlichen Segen.

Der Papst kam Ottokar und Theodor immer näher. Gleich würde er bei ihnen sein. Die Freunde warteten voller Unsicherheit. Was sollten sie nur sagen, wenn er Ottokar in seiner Eigenschaft als Botschafter ansprach und Theodor als seinen Sekretär? Man konnte den Papst doch nicht anlügen!

Ottokar wurde es immer heißer in seinem schicken neuen Anzug. Er fuhr mit einem Finger unter dem Hemdkragen herum. Es schien ihm, als würde der ihn würgen. Auf seiner Stirn hatten sich Schweißtropfen angesammelt und seine Hände waren schon tropfnass vor Aufregung.

Theodor reagierte anders, ihm war eiskalt. Die blanke Angst hatte ihn in ihrem Griff. Er fühlte sich steif wie ein Schneemann im tiefsten Winter, obwohl es in dem festlichen Raum angenehm warm war. Er stand stocksteif da und hatte dabei einen vollkommen trockenen Mund. Kein Wort würde er sprechen können.

Schließlich kam Franziskus lächelnd auf sie zu. Ottokar hatte seine schweißnassen Hände schon vorher schnell an seiner Hose abgewischt und Theodor versuchte sein plötzlich auftretendes Zittern zu unterdrücken.

„Mir ist bekannt, dass ihr beiden nicht die seid, für die ihr euch ausgebt", sagte Franziskus verschmitzt lächelnd in gebrochenem Deutsch. „Ihr seid keine Hersteller von aufblasbaren Kirchen! Ja, da staunt ihr, was? Wir haben im Vatikan eben auch gute Ermittler und wissen von jedem und jeder hier, wer und was sie in Wirklichkeit sind. Lieber Herr Hauptvogel und lieber Herr Mühleis, ich freue mich sehr, Sie beide bei mir begrüßen zu können. Mir ist auch bekannt, dass Ihnen durch Ihre besonderen kriminalistischen Fähigkeiten gelungen ist, einen Mann aus den Fängen von gefährlichen Verbrechern zu befreien. Meine große Hochachtung! Sie sind hier herzlich willkommen!

Bitte seien Sie gerne unter uns und nehmen Sie unseren päpstlichen Segen mit zurück in Ihre Heimat. Ich wünsche Ihnen weiterhin viel Erfolg bei Ihrer so außerordentlich wichtigen Tätigkeit in Ansbach und darüber hinaus." Dann wandte er sich Ottokar zu und fragte ihn mit einem Augenzwinkern: „Geht es Ihnen wieder besser, lieber Herr Hauptvogel?"

Der Angesprochene bezog diese Frage auf seinen Beinbruch und sagte: „Viel besser, Eure Heiligkeit. Ich danke für Ihre Freundlichkeit."

Theo war es inzwischen gelungen, seinen Mund wieder gesprächsbereit zu machen. Er sagte immer noch etwas heiser: „Auch ich möchte mich sehr herzlich bei Ihnen bedanken, verehrte Heiligkeit. Wir sind ja allzumal Sünder und ermangeln des Ruhmes vor Gott, wie der Apostel Paulus schrieb. Danke, dass Sie uns so annehmen, wie wir eben sind."

Theodor war, als stünde er während seiner kleinen Rede neben sich selbst und hörte sich erstaunt zu. Toll, was mir einfällt, wenn es darauf ankommt, dachte er stolz bei sich.

„So geht in Frieden ihr beiden, Gottes heilige Engel mögen euch begleiten und schützen!“ Franziskus zeichnete das Segenszeichen über ihnen, dann ging er zum Pult.

Eben wollte er dort mit seiner geistlichen Ansprache beginnen, da begann zu allem Unmut ein Handy seine Melodie zu spielen. Blechern erklang das Lied „Ich hab‘ mein Herz in Heidelberg verloren.“ Theodor suchte hektisch in seiner Jackentasche herum und Ottokar wäre am liebsten im Fußboden versunken. „Oh Theodor, warum vergisst du immer, dein Handy auszuschalten?“

Gleich erhob sich unwilliges Murren in der Gesellschaft.

Mit einem innerlich gesprochenem „Allmächt!“ schlug Ottokar die Hände vor sein Gesicht.

Theodor war natürlich genauso erschrocken wie Ottokar. Wie peinlich! Eigentlich unverzeihlich. Er warf einen schnellen Blick auf das Display. Noch ein Schreck: „Hilfe! Ausgerechnet Hildegard!“

Er schaltete das Mobiltelefon schnell aus und rammte es wieder in die Seitentasche seines Sakkos. Mit puterrotem Gesicht und schmerzlich verzogener Miene blickte er dann auf den Papst, der unweit von ihm am Ambo stand. Franziskus lächelte ihn freundlich an und sagte in deutscher Sprache:

„Mein lieber Freund, die Liebe ist eine Himmelsmacht!“

Dank:

Mein Dank richtet sich an Reinhard Baran für die Durchsicht des Manuskriptes. Ebenso an die Lektorin des Hans Fahner Verlages Frau Yvonne Durmann für ihre sehr aufmerksame, freundliche und kompetente Weise, mit der sie meine Arbeit unterstützte.
Herrn Lambert Herrmann dem Herausgeber, für die freundliche Aufnahme meines Buches in das Programm des Fahner Verlages.
Mein besonderer Dank geht an Herrn Holger Lang, der mir in außerordentlicher Freundlichkeit gestattete, im Roman seine Person in der Gestalt von „Ottokar Hauptvogel“ aufleuchten zu lassen.
Alle anderen Personen in meiner Geschichte sind von mir frei erfunden. Meiner Fantasie sind im Sinne eines unterhaltsamen und spannenden Krimis auch Orte entsprungen, die es in Wirklichkeit so nicht gibt.
Nicht zuletzt danke ich meiner Frau für ihre Geduld während meiner Schreibphase.